La flor púrpura

La flor púrpura

CHIMAMANDA NGOZI ADICHIE

Traducción de
Laura Rins Calahorra

LITERATURA RANDOM HOUSE

El papel utilizado para la impresión de este libro ha sido fabricado a partir de madera procedente de bosques y plantaciones gestionadas con los más altos estándares ambientales, garantizando una explotación de los recursos sostenible con el medio ambiente y beneficiosa para las personas. Por este motivo, Greenpeace acredita que este libro cumple los requisitos ambientales y sociales necesarios para ser considerado un libro «amigo de los bosques». El proyecto «Libros amigos de los bosques» promueve la conservación y el uso sostenible de los bosques, en especial de los Bosques Primarios, los últimos bosques vírgenes del planeta.

Título original: *Purple Hibiscus*
Publicado por acuerdo con Algonquin Books de Chapel Hill, división de Workman Publishing Company, Nueva York

Primera edición: febrero de 2016

Printed in Spain – Impreso en España

ISBN: 978-84-397-3121-4
Depósito legal: B-25925-2015

Compuesto en La Nueva Edimac, S. L.

Impreso en Limpergraf (Barberà del Vallès, Barcelona)

RH31214

Penguin
Random House
Grupo Editorial

Para el profesor James Nwoye Adichie
y la señora Grace Ifeoma Adichie,
mis padres, mis héroes, ndi o ga-adili mma

ÍNDICE

LA ROTURA DE LOS DIOSES

Domingo de Ramos

Todo empezó a desmoronarse en casa cuando mi hermano, Jaja, no fue a comulgar y padre lanzó su pesado misal al aire y rompió las figuritas de la estantería. Acabábamos de regresar de la iglesia. Madre dejó las palmas encima de la mesa y subió a cambiarse. Más tarde, las entrelazó formando unas cruces que se combaban por su propio peso y las colgó en la pared, bajo la foto de familia enmarcada en dorado. Allí se quedaron hasta el siguiente Miércoles de Ceniza, día en que las llevamos a la iglesia para incinerarlas. Padre, que como el resto de oblatos lucía vestiduras largas de color gris, ayudaba cada año a distribuir las cenizas. Su fila era la más lenta porque se esmeraba en presionarlas con el dedo pulgar para formar una cruz perfecta en la frente de cada feligrés mientras pronunciaba despacio, dando sentido a cada una de las palabras, «polvo eres y en polvo te convertirás».

Padre siempre se situaba en el primer banco para la misa, en el extremo junto al pasillo central, y madre, Jaja y yo nos sentábamos a su lado. Él era el primero en recibir la comunión. Casi ningún feligrés se arrodillaba para recibirla en el altar de mármol bajo la rubia imagen de tamaño natural de la Virgen María, pero padre sí. Al cerrar los ojos apretaba tanto los párpados que su rostro se tensaba en un gesto contrito, y entonces sacaba la lengua tanto como le era posible. Después volvía a su asiento y contemplaba al resto de la congregación que se dirigía al altar con las palmas de las manos juntas y estiradas, como si sostuvieran un plato en posición perpendicular al suelo, tal como el padre Benedict les había inculcado. A pesar de llevar ya siete años en Santa Inés, seguían refiriéndose a él como «nuestro nuevo párroco». Tal vez habría sido distinto de no haber tenido aquella piel tan blanca que le confería aspecto de nuevo. El color de su rostro, de un tono entre la leche condensada y la pulpa de guanábana, no se había oscurecido en absoluto a pesar del intenso calor de los siete harmatanes que había pasado en Nigeria y su nariz británica seguía siendo tan estrecha como siempre, aquella nariz que me hizo temer que no fuera capaz de aspirar suficiente aire el día en que llegó a Enugu. El padre Benedict había cambiado algunas cosas en la parroquia, como el hecho de insistir en que el credo y el kirie solo se recitaran en latín, el igbo no se aceptaba; tampoco el hacer palmas, que tuvo que reducirse al mínimo, no fuera a ser que comprometiera la solemnidad de la misa. En cambio, sí que permitía los cantos ofertorios en igbo; él los llamaba cantos indígenas, y al pronunciar la palabra «indígenas» las comisuras de sus labios se curvaban en un gesto forzado. Durante sus sermones, el padre Benedict solía referirse al Papa, a padre y a Jesús, en ese orden. Ponía a padre de ejemplo para ilustrar los Evangelios.

—Cuando dejamos que nuestra luz brille ante los demás, estamos reflejando la entrada triunfal de Cristo —dijo aquel Domingo de Ramos—. Mirad al hermano Eugene. Podría haber elegido ser como los otros grandes hombres de su país. Podría haber decidido quedarse sentado en casa y no hacer nada tras el golpe, para asegurarse de que el gobierno no se interpondría en sus negocios. Pero no; utilizó el *Standard* para contar la verdad, a pesar de que eso comportó que el periódico perdiera la financiación publicitaria. El hermano Eugene se ha expresado en favor de la libertad. ¿Cuántos de nosotros hemos defendido la verdad? ¿Cuántos hemos reflejado la entrada triunfal?

La congregación pronunció un «sí» o un «Dios lo bendiga» o un «amén», pero no demasiado alto para no parecerse a una de aquellas iglesias pentecostales que proliferaban como setas; luego, todos siguieron escuchando con atención y en silencio. Hasta los bebés dejaron de llorar como si también ellos estuvieran atentos. Incluso los domingos en que el padre Benedict hablaba de cosas por todos conocidas los feligreses escuchaban religiosamente. Contaba que era padre quien hacía las mayores donaciones al Óbolo de San Pedro y a San Vicente de Paúl, o que era padre quien costeaba el vino para la comunión, los nuevos hornos del convento en los que las reverendas hermanas cocían las hostias y las nuevas dependencias del hospital de Santa Inés donde el padre Benedict ofrecía la extremaunción. Y yo permanecía sentada con las rodillas muy juntas al lado de Jaja, tratando con todas mis fuerzas de evitar que el orgullo se reflejara en mi rostro porque padre decía que la modestia era algo muy importante.

Al mirar a padre vi que también él mantenía el rostro inexpresivo, la misma cara que aparecía en la fotografía del artículo que daba a conocer con mucho bombo que Amnistía Internacional le había concedido un premio del movimiento pro derechos humanos. Aquella fue la única ocasión en la que se permitió aparecer en el periódico. El director, Ade Coker, había insistido en ello, argumentando que luego estaría contento, que era demasiado modesto. Y de hecho fue madre quien nos lo dijo a Jaja y a mí, ya que padre no iba contando ese tipo de cosas. Aquel rictus impenetrable duró en su rostro hasta que el padre Benedict hubo finalizado el sermón y llegó el momento de la comunión. Después de comulgar, padre siempre volvía a sentarse y observaba a la congregación que se dirigía hacia el altar para, tras la misa, informar con verdadera preocupación al padre Benedict sobre quién había dejado de ir a comulgar dos domingos seguidos. Cuando aquello ocurría, animaba al clérigo a llamar la atención a la persona en cuestión para hacerla volver al redil. Nada excepto el pecado mortal podía hacer que alguien renunciara a la comunión dos domingos seguidos.

Así que cuando padre vio que Jaja no se dirigía al altar aquel Domingo de Ramos en que todo cambió, nada más llegar a casa estampó en la mesa el misal, que tenía las tapas de piel y del cual asomaba una cinta roja y amarilla. La mesa era de un cristal muy grueso, pero se tambaleó, al igual que las palmas que había sobre ella.

—Jaja, hoy no has ido a comulgar —dijo con calma, casi como si formulara una pregunta.

Jaja se quedó mirando el misal sobre la mesa, como si quisiera enderezarlo.

—La oblea me produce mal aliento.

Lo miré incrédula. ¿Es que se había vuelto majareta? Padre insistía en que la llamáramos «hostia», porque aquella palabra se encontraba próxima a captar la esencia, lo sagrado, del cuerpo de Cristo. «Oblea» resultaba demasiado laico, era lo que producían en las fábricas de padre: obleas de chocolate, de plátano… Era lo que se compraba a los niños en lugar de galletas para concederles un capricho.

—Y además el cura me roza la boca y me entran náuseas —prosiguió Jaja.

Sabía que yo lo estaba mirando, que con ojos atónitos le rogaba que se callara, pero no me miró.

—Es el cuerpo de Nuestro Señor. —Padre seguía hablando en voz baja, muy baja. Todavía tenía la cara hinchada, llena de granos infectados, pero en aquel momento su expresión resultaba aún más deforme—. No puedes dejar de participar del cuerpo de Nuestro Señor. Ya sabes que eso significa la muerte.

—Entonces moriré. —El miedo había hecho oscurecer los ojos de Jaja hasta hacerlos parecer de alquitrán, pero miraba a padre a la cara—. Entonces moriré, padre.

Padre echó un rápido vistazo alrededor de la estancia, como buscando alguna prueba de que algo se había desprendido del techo, algo que nunca se habría imaginado que pudiera caerse. Cogió el misal y lo lanzó por los aires, contra Jaja. No lo rozó, pero fue a parar a la estantería de cristal que madre limpiaba a menudo, y rajó el estante superior, barrió las figuritas de cerámica beige que representaban bailarinas de danza clásica en distintas posiciones y cayó al suelo, sobre ellas (bueno, más bien cayó sobre los miles de pedazos a que habían quedado reducidas), y allí aterrizó el enorme misal con tapas de piel que contenía las lecturas de los tres ciclos anuales de la iglesia.

Jaja no se movió. Padre iba de un lado a otro sin parar. Yo me quedé en la puerta, contemplándolos. El ventilador del techo daba vueltas y más vueltas y las bombillas que colgaban de él chocaban unas contra otras. Entonces entró madre, las pisadas de sus zapatillas de suela de goma resonaron en el suelo de mármol. Se había quitado la túnica cubierta de lentejuelas de los domingos y la blusa de mangas anchas. Ahora llevaba una sencilla bata estampada atada sin apretar a la cintura y la camiseta blanca que se ponía día sí día no, un recuerdo de unas jornadas espirituales a las que había asistido junto con padre. Sobre sus pechos caídos podían leerse las palabras: DIOS ES AMOR. Se quedó mirando las figuritas hechas trizas en el suelo y luego se arrodilló y empezó a recoger los pedazos con las manos.

Únicamente el zumbido del ventilador al cortar el aire rompía el silencio. Nuestro comedor era espacioso y estaba unido a un salón más amplio, pero aun así el ambiente resultaba asfixiante. Las paredes pintadas de color hueso en las que lucían las fotografías enmarcadas del abuelo se me venían encima y hasta la mesa de cristal parecía abalanzarse sobre mí.

–*Nne, ngwa.* Ve a cambiarte –me ordenó madre, y yo me sobresalté a pesar de que había pronunciado en voz baja y serena aquellas palabras en igbo. Acto seguido, sin pausa alguna, le dijo a padre–: Se te está enfriando el té. –Y a Jaja–: Ven a ayudarme, *biko.*

Padre se sentó a la mesa y se sirvió el té en el juego chino con flores rosas pintadas en los bordes. Esperaba que nos pidiera a Jaja y a mí que tomáramos un sorbo, como siempre. Él lo llamaba el «sorbo de amor», puesto que uno compartía las cosas que amaba con aquellos a los que amaba. «Tomad un sorbo de amor», solía decir, y primero iba Jaja. Luego yo cogía la taza con ambas manos y me la acercaba a los labios. Un sorbo. El té siempre estaba demasiado caliente y me quemaba la lengua, y si la comida había sido algo picante, me escocía. Pero no me importaba porque sabía que, cuando me quemaba, el amor de padre ardía en mí. Pero aquel día no dijo «Tomad un sorbo de amor». No dijo absolutamente nada al llevarse la taza a los labios.

Jaja se encontraba de rodillas junto a madre, había formado un recogedor con el boletín informativo de la iglesia y colocaba en él uno de los pedazos irregulares de cerámica.

—Ten cuidado, madre, o te cortarás los dedos con los trozos —le advirtió.

Tiré de una de mis trenzas por debajo del pañuelo negro con que me cubría la cabeza para ir a la iglesia, para asegurarme de que no estaba soñando. ¿Por qué Jaja y madre mostraban un comportamiento tan normal, como si ignoraran lo que acababa de ocurrir? ¿Y por qué padre se tomaba el té con tanta calma, como si Jaja no le hubiera plantado cara? Me di la vuelta despacio y subí a quitarme el vestido rojo de los domingos.

Después de cambiarme, me senté junto a la ventana de mi habitación. El anacardo del jardín se erguía tan cercano que, de no ser por la mosquitera metálica, podría haber estirado el brazo y haber arrancado una hoja. Los frutos amarillos de forma acampanada colgaban con languidez y atraían a las abejas zumbadoras que topaban contra la red. Oí que padre subía a su habitación para dormir la siesta, como de costumbre. Cerré los ojos, todavía sentada, y esperé a oír cómo llamaba a Jaja y cómo este se dirigía al dormitorio. Pero tras unos minutos de silencio que me parecieron interminables, abrí los ojos y apoyando la frente en la persiana de lamas miré fuera. El jardín de casa era lo bastante grande como para albergar a un centenar de invitados bailando atilogu, lo bastante espacioso como para permitir a cada uno ejecutar las volteretas en el aire y caer sobre los hombros del bailarín precedente. El muro coronado de cable eléctrico en espiral era tan alto que no alcanzaba a ver los coches que pasaban por la calle. Se acercaba la estación de las lluvias y los frangipanis plantados cerca del muro ya invadían el jardín con el olor empalagoso de sus flores. Una hilera de buganvillas de color violeta, cortadas sin complicaciones en línea tan recta como un mostrador, separaba los árboles de tronco retorcido de la entrada. Más cerca de la casa, radiantes arbustos de hibisco se extendían y llegaban a tocarse como si quisieran intercambiarse los pétalos. De los de color púrpura habían empezado a brotar capullos aletargados, pero la mayoría de los que estaban en flor eran rojos. Los hibiscos rojos florecían con mucha facilidad, teniendo en cuenta que a menudo madre los despojaba para decorar el altar de la iglesia y que quienes venían de visita solían arrancar algunas flores al salir en dirección al coche.

Casi siempre se trataba de compañeros de la iglesia de madre. Una vez, una mujer se colocó una flor detrás de la oreja; la vi perfectamente desde la ventana de mi habitación. Pero incluso los representantes del gobierno, dos hombres vestidos con americana negra que habían venido hacía algún tiempo, tiraron del hibisco al marcharse. Habían llegado en una furgoneta con matrícula del gobierno federal y habían aparcado cerca de las plantas. No se quedaron mucho tiempo. Más tarde, Jaja me explicó que habían venido para sobornar a padre, me contó que los había oído decirle que la furgoneta estaba llena de dólares. Yo no estaba segura de que mi hermano lo hubiera oído bien, pero a veces pensaba en ello. Me imaginaba la furgoneta llena de montones y montones de dinero extranjero, y me preguntaba si lo tendrían guardado en varias cajas de cartón o en una sola, del tamaño de nuestro frigorífico.

Todavía me encontraba junto a la ventana cuando madre entró en mi habitación. Cada domingo antes de comer, mientras le pedía a Sisi que echara un poco más de aceite de palma en la sopa y un poco menos de curry en el arroz de coco, cuando padre dormía la siesta, madre me trenzaba el pelo. Se sentaba en un sillón cerca de la puerta de la cocina y yo hacía lo propio en el suelo, con la cabeza sujeta entre sus piernas. Aunque la cocina era espaciosa y la ventana estaba siempre abierta, mi pelo absorbía el aroma de las especias y, después, cuando me acercaba la punta de una trenza a la nariz, volvía a notar el olor de la sopa *egusi*, del *utazi* y del curry. Pero esta vez madre no entró en la habitación con la bolsa de los peines y los aceites esenciales para el pelo y me pidió que bajara. En vez de eso, me dijo:

—La comida está lista, *nne.*

Quería decirle que sentía que padre hubiera roto sus figuritas, pero las palabras que me salieron fueron:

—Siento que se hayan roto tus figuritas, madre.

Ella asintió de forma breve e hizo un gesto con la cabeza para quitarle importancia. Sin embargo, para ella aquellas figuritas la tenían. Años atrás, antes de que yo pudiera comprenderlo, me preguntaba por qué les sacaba brillo cada vez que se oían aquellos ruidos procedentes de su dormitorio, como si alguien estampara algo contra la puerta. Siempre bajaba la escalera en silencio con sus zapatillas de suela de goma, pero yo la descubría al oír que se abría la puerta del comedor. Entonces yo también bajaba y la veía junto a la estantería con un trapo de cocina humedecido en agua jabonosa. Invertía por lo menos un cuarto de hora en cada bailarina. Nunca vi lágrimas en sus mejillas. La última vez, hacía tan solo dos semanas, cuando todavía tenía el ojo hinchado y del color morado oscuro de un aguacate pasado, las cambió de posición tras limpiarlas.

—Te trenzaré el pelo después de comer —me dijo, y se volvió para marcharse.

—Sí, madre.

Bajé tras ella. Cojeaba un poco, como si tuviera una pierna más corta que la otra, y aquel modo de andar la hacía parecer aún más bajita. La escalera tenía una elegante forma de S. Me encontraba a medio camino cuando vi a Jaja de pie en el recibidor. Antes de comer, normalmente se ponía a leer en su habitación, pero aquel día no había subido; se había quedado en la cocina todo el tiempo, con madre y Sisi.

—*Ke kwanu?* —le pregunté, aunque en realidad no era necesario preguntarle qué tal estaba.

No hacía falta más que mirarlo. Su rostro de diecisiete años mostraba líneas de expresión. Las tenía en forma de zigzag por la frente y cada surco oscuro evidenciaba una gran tirantez. Me acerqué y le estreché un momento la mano antes de entrar en el comedor. Padre y madre ya estaban sentados. Padre se lavaba las manos en el cuenco de agua que sostenía Sisi. Esperó a que Jaja y yo nos sentáramos frente a ellos e inició la bendición. Estuvo veinte minutos agradeciendo a Dios los alimentos. Luego pronunció distintas estrofas del avemaría, a las que nosotros respondíamos: «Ruega por nosotros». Su oración favorita era «Nuestra Señora, protectora de los nigerianos». La había creado él mismo.

—Si todo el mundo rezara cada día —nos dijo—, Nigeria no se tambalearía como un hombretón con piernas de chiquillo.

Para comer había fufú y sopa de *onugbu*. El fufú estaba suave y esponjoso. Sisi lo hacía muy bien; machacaba el ñame con mucha energía mientras iba añadiendo agua en pequeñas cantidades. Sus mejillas se contraían a cada movimiento de la mano del mortero. La sopa era espesa y tenía trocitos de carne de ternera hervida, pescado salado y hojas de *onugbu* de color verde oscuro. Comimos en silencio. Dividí mi fufú y con las manos hice pelotillas que luego eché en la sopa; al llevármelas a la boca, procuraba coger también trocitos de pescado. Estaba convencida de que la sopa estaba buenísima, pero no le notaba el sabor. No podía. Tenía la lengua como esparto.

—Pasadme la sal, por favor —dijo padre.

Todos nos volcamos hacia el salero y Jaja y yo alcanzamos el botecito de cristal al mismo tiempo. Rocé su dedo con el mío, con suavidad, y entonces él lo soltó. Se lo pasé a padre. El silencio resultaba cada vez más incómodo.

—Esta tarde han traído el zumo de anacardos. Está bueno. Estoy segura de que va a venderse bien —dijo al fin madre.

—Pídele a la chica que traiga un poco —le ordenó padre.

Madre hizo sonar la campanilla que colgaba de un cable transparente sobre la mesa, y apareció Sisi.

—¿Señora?

—Tráenos dos botellas de la bebida que han enviado de la fábrica.

—Sí, señora.

Deseaba que Sisi hubiera preguntado «¿Qué botellas, señora?», o «¿Dónde están?», solo para que siguieran hablando y disimular así los movimientos nerviosos de Jaja al moldear el fufú. Sisi volvió enseguida y dejó las botellas cerca de padre. Las etiquetas eran de color apagado, como las de todo lo que se envasaba en las fábricas de padre: las obleas, los bollos de crema, el zumo y las rodajas de plátano frito. Padre nos sirvió a todos la bebida amarilla. Rápidamente, cogí mi vaso y probé un sorbo. Me supo a agua. Quería mostrarme entusiasmada; quizá si elogiara su sabor padre se olvidaría de que todavía no había castigado a Jaja.

—Está muy bueno, padre —aseguré.

Padre lo saboreó, inflando las mejillas al removerlo dentro de la boca.

—Sí, sí.

—Sabe igual que el fruto —observó madre.

«Di algo, por favor», quería transmitirle a Jaja. Se suponía que tenía que aportar su opinión y contribuir a elogiar el nuevo producto de padre. Siempre lo hacíamos, cada vez que un empleado de alguna de sus fábricas nos traía algo para probar.

—Sabe a vino blanco —añadió madre. Estaba nerviosa; lo supe no solo porque el sabor del vino blanco no tenía nada que ver con el de los anacardos, sino porque su tono de voz era más bajo de lo habitual—. Vino blanco —repitió, cerrando los ojos para saborearlo mejor—, blanco y afrutado.

—Sí —la secundé.

Una pelotilla de fufú me resbaló de entre los dedos y fue a parar a la sopa.

Padre miraba fijamente a Jaja.

—Jaja, ¿no has compartido la bebida con nosotros, *gbo*? ¿Es que te has quedado sin palabras? —le preguntó en igbo.

Mala señal. Casi nunca hablaba en igbo y, aunque Jaja y yo lo hablábamos en casa con madre, no le gustaba que lo hiciéramos en público. Nos decía que teníamos que demostrar que éramos personas educadas y hablar en inglés. La hermana de padre, tía Ifeoma, nos dijo una vez que padre era, en gran medida, un producto colonial. Lo había afirmado en un tono suave, indulgente, como si él no tuviera la culpa, como cuando uno se refiere a alguien que grita frases incoherentes debido a la gravedad de la malaria que padece.

—¿No tienes nada que decir, *gbo*, Jaja? —le volvió a preguntar.

—*Mba*, no tengo palabras —respondió Jaja.

—¿Cómo?

Una sombra se cernió sobre los ojos de padre, la sombra que envolvía antes los de Jaja. El miedo había abandonado la mirada de Jaja y había invadido la de padre.

—No tengo nada que decir —insistió Jaja.

—El zumo está bueno —empezó a decir madre.

Jaja empujó su silla hacia atrás.

—Gracias, Señor. Gracias, padre. Gracias, madre.

Me volví a mirarlo. Por lo menos daba las gracias de la forma adecuada, como siempre había hecho tras una comida. Pero también estaba haciendo lo que nunca antes había hecho: se levantaba de la mesa antes de que padre hubiera ofrecido la plegaria tras tomar los alimentos.

—¡Jaja! —lo increpó padre.

La sombra se hacía mayor y envolvía los ojos de padre por completo. Jaja abandonó el comedor con su plato. Padre hizo el gesto de levantarse, pero luego se dejó caer en el asiento. Las mejillas se le descolgaban como a un bulldog.

Cogí mi vaso y me concentré en el zumo, amarillo claro como la orina. Me lo tomé todo de un trago. No sabía qué más hacer. Nunca antes en toda mi vida había ocurrido algo así. Las paredes iban a derrumbarse, estaba segura, e iban a aplastar los frangipanis; el cielo se desmoronaría y las alfombras persas que cubrían el brillante suelo de mármol se encogerían. Seguro que iba a ocurrir algo parecido. Pero lo único que ocurrió fue que de pronto me ahogaba. Mi cuerpo se estremeció a causa de la tos. Padre y madre corrieron a socorrerme, padre me daba golpes en la espalda mientras madre me friccionaba los hombros y decía:

—*O zugo*, deja de toser.

Aquella tarde la pasé en la cama y no cené con la familia. Me había cogido la tos y las mejillas ardientes me quemaban el dorso de la mano. En mi cabeza, miles de monstruos jugaban dolorosamente a pasarse la pelota, aunque la pelota era un misal con las tapas de piel. Padre entró en mi habitación; el colchón se hundió al sentarse, me acarició las mejillas y me preguntó si quería algo más. Madre me estaba cocinando *ofe nsala*. Le dije que no y nos quedamos sentados en silencio, cogidos de las manos, durante mucho tiempo. Padre siempre hacía ruido al respirar, pero en aquellos momentos resollaba como si le faltara el aliento y me pregunté qué debía de estar pensando, si en su mente quizá huía, huía de algo. No lo miré a la cara porque no quería ver los sarpullidos que se extendían por cada centímetro de piel; eran tantos y tan uniformes que conferían a su rostro aspecto de hinchado.

Algo más tarde, madre me subió un poco de *ofe nsala*, pero la sopa aromática solo me produjo náuseas. Tras vomitar en el baño, le pregunté a madre dónde estaba Jaja. No había subido a verme después del almuerzo.

—Está en su habitación. No ha bajado para cenar.

Me acarició las trenzas. Le gustaba seguir la forma en que los mechones de distintas zonas de mi cuero cabelludo se sujetaban entrelazados. Ya no tendría que trenzarlo hasta la semana siguiente. Mi pelo resultaba demasiado grueso; siempre que intentaba pasarme el peine, se me apelmazaba formando un gran enredo. En aquel momento solo hubiera servido para encolerizar a los monstruos que habitaban en mi cabeza.

—¿Vas a sustituir las figuritas? —le pregunté.

Notaba el olor a desodorante calcáreo bajo sus brazos. Su rostro de piel marrón, impecable exceptuando la reciente cicatriz de forma irregular que tenía en la frente, no mostraba expresión alguna.

—*Kpa* —respondió—. No las voy a sustituir.

Quizá madre se hubiera dado cuenta de que no necesitaba más figuritas; cuando padre lanzó el misal contra Jaja, no fueron solo las bailarinas lo que se vino abajo, sino todo. Únicamente entonces me di cuenta, al pensarlo.

Tumbada en la cama, después de que madre saliera de la habitación, repasé mentalmente el pasado, los años en que Jaja, madre y yo hablábamos más con el espíritu que con los labios. Hasta Nsukka. Aquella visita lo empezó todo; el pequeño jardín de tía Ifeoma, junto al porche de su piso de Nsukka, comenzó a romper el silencio. El desafío de Jaja me parecía ahora igual que el experimento con los hibiscos púrpura de tía Ifeoma: raro, con un trasfondo fragante de libertad, pero de una libertad distinta a la que la multitud había clamado, agitando hojas verdes en Government Square, tras el golpe. Libertad para ser, para hacer.

Pero mis recuerdos no comenzaban en Nsukka. Empezaban antes, cuando todos los hibiscos de nuestro jardín eran extraordinariamente rojos.

HABLANDO CON NUESTROS ESPÍRITUS

ANTES DEL DOMINGO DE RAMOS

Estaba sentada delante del escritorio cuando madre entró en mi habitación, con mis uniformes del colegio colgados del brazo, uno sobre otro. Los colocó encima de la cama. Acababa de recogerlos del tendedero del patio trasero, donde yo los había puesto a secar por la mañana. Jaja y yo lavábamos nuestros uniformes y Sisi el resto de la ropa. Primero metíamos un trocito diminuto de la prenda en el agua jabonosa para comprobar si desteñiría, aunque ya sabíamos que no. Teníamos que emplear todos y cada uno de los minutos de la media hora que padre había planificado para aquella tarea.

—Gracias, madre, estaba a punto de entrarlos —le dije, y me levanté para doblar la ropa.

No era justo dejar que una persona mayor hiciera la faena que le correspondía a uno, pero a madre no le importaba; era una de las muchas cosas que no le importaban.

—Se acerca llovizna y no quiero que se mojen. —Pasó la mano por mi uniforme; una falda gris con la cinturilla combinada en un tono más oscuro, lo bastante larga para cubrirme las pantorrillas—. *Nne*, vas a tener un hermanito, no sé si niño o niña.

Me quedé mirándola. Estaba sentada en mi cama, con las rodillas juntas.

—¿Vas a tener un bebé?

—Sí.

Sonrió, sin dejar de pasar la mano por mi falda.

—¿Cuándo?

—En octubre. Ayer fui a ver al doctor a Park Lane.

—Alabado sea el Señor.

Era lo que Jaja y yo decíamos, lo que padre esperaba que dijéramos, cuando ocurría algo bueno.

—Sí. —Madre dejó la falda poco convencida—. El Señor es misericordioso. ¿Sabes?, cuando sufrí los abortos después de tenerte a ti, en el pueblo empezaron a correr rumores. Los miembros de nuestra *umunna* llegaron a enviar mensajeros para que persuadieran a tu padre de que tuviera hijos con otra mujer. Había mucha gente con hijas dispuestas, muchas incluso tenían título universitario. Habrían dado a luz gran cantidad de hijos, se habrían hecho cargo de nuestra casa y nos habrían ayudado a salir adelante, como la segunda esposa del señor Ezendu. Pero tu padre se quedó conmigo, con nosotros.

No solía hablar tanto rato seguido. Por lo general hablaba al igual que comen los pájaros, en pequeñas cantidades.

—Sí —convine.

Era de elogiar que padre no hubiera accedido a tener más hijos con otra mujer, que no hubiera optado por casarse de nuevo. Aunque, después de todo, padre era diferente. No me gustaba que madre lo comparara con el señor Ezendu, ni con nadie. Aquello lo rebajaba y manchaba su reputación.

—Incluso llegaron a decir que alguien me había cerrado el útero con *ogwu*. —Madre meneó la cabeza y esbozó aquella sonrisa indulgente que se le dibujaba en los labios cuando hablaba de las personas que creían en los oráculos, o cuando algún familiar le aconsejaba que visitara a un hechicero, o cuando la gente relataba historias acerca de que habían desenterrado mechones de pelo y huesos de animales envueltos en un trapo que habían sido previamente enterrados en el jardín de su casa para echarles mal de ojo—. No saben que los caminos del Señor son inescrutables.

—Claro —afirmé. Cogí las prendas con cuidado, asegurándome de que no se desdoblaran—. Los caminos del Señor son inescrutables.

No sabía que había estado tratando de quedarse embarazada desde el último aborto, casi seis años atrás. Ni siquiera podía imaginármelos a ella y a padre juntos, en la cama que compartían, hecha a medida y mayor que las de matrimonio más grandes. Cuando pensaba en el afecto que se profesaban, me los imaginaba dándose la paz en la iglesia, pensaba en cómo padre la estrechaba con ternura entre sus brazos después del apretón de manos.

—¿Te ha ido bien en la escuela? —me preguntó madre, levantándose. Ya me había hecho aquella pregunta.

—Sí.

—Sisi y yo estamos haciendo *moi-moi* para las hermanas; están a punto de llegar —dijo antes de bajar.

La seguí y dejé los uniformes en la mesa del pasillo, de donde Sisi los recogería para plancharlos.

Las hermanas, miembros de la congregación Nuestra Señora de la Medalla Milagrosa, llegaron enseguida y sus cantos en igbo, acompañados de enérgicas palmadas, resonaban en el piso de arriba. Durante media hora, se dedicaron a rezar y a cantar; luego madre las interrumpió con esa voz suya tan baja, apenas perceptible ni siquiera con la puerta de mi habitación abierta, para decirles que les había preparado «un poco» de merienda. Cuando Sisi entró con las fuentes de *moi-moi*, arroz *jollof* y pollo frito, las mujeres reprendieron a madre con dulzura.

—Hermana Beatrice, ¿qué es esto? ¿Por qué lo has hecho? El *anara* que nos ofrecen las otras hermanas es más que suficiente. No tendrías que haberte molestado, de verdad.

Y entonces se oyó una voz aflautada, «¡Alabado sea el Señor!», que arrastró la primera palabra tanto como le fue posible. El «Aleluya» de respuesta hizo estremecer las paredes de mi habitación y la cristalería de la sala. Acto seguido, retomaron sus plegarias para pedir a Dios que premiara la generosidad de la hermana Beatrice y le añadieron más bendiciones de las que ya tenía. A continuación, se oyó por toda la casa el sonido metálico de cucharas y tenedores rebañando las fuentes. Madre nunca usaba cubiertos de plástico, por numeroso que fuera el grupo.

Justo habían empezado a bendecir los alimentos cuando oí que Jaja subía a saltos la escalera. Sabía que iba a entrar primero en mi habitación porque padre no estaba en casa. Si no, habría pasado antes por su habitación para cambiarse.

—*Ke kwanu?* —le pregunté en cuanto entró.

Su uniforme, que consistía en unos pantalones cortos azules y una camisa blanca con la insignia reluciente de San Nicolás en el bolsillo izquierdo, aún mostraba las rayas del planchado por delante y por detrás. Había sido elegido el chico más pulcro del año anterior y padre lo había obsequiado con un abrazo tal que Jaja creyó que le había roto la espalda.

–Bien. –Se quedó junto a mi escritorio y hojeó distraído el libro de *Introducción a la tecnología* que tenía abierto enfrente–. ¿Qué has comido?

–*Garri.*

Con la mirada añadió: «Me gustaría que aún comiéramos juntos».

–A mí también –contesté en voz alta.

Antes, nuestro chófer, Kevin, me recogía en las Hijas del Inmaculado Corazón y luego pasábamos por San Nicolás a recoger a Jaja. Mi hermano y yo comíamos juntos en casa. En cambio, ahora Jaja seguía el plan para alumnos aventajados y tenía que asistir a algunas clases por la tarde. Padre había modificado su horario, pero no el mío, y por tanto no podía esperarlo para comer. Cuando él llegara yo ya tenía que haber hecho la siesta y haberme puesto a estudiar.

No obstante, Jaja sabía lo que yo comía cada día ya que en la pared de la cocina había colgado un menú que madre cambiaba dos veces al mes. Aun así, me lo preguntaba. Era algo que practicábamos a menudo, nos hacíamos mutuamente preguntas de las cuales ya conocíamos la respuesta. Tal vez fuera para evitar hacernos las otras preguntas, aquellas de las que no queríamos saber la respuesta.

–Tengo deberes, tres ejercicios –me explicó Jaja, dándose media vuelta para salir.

–Madre está embarazada –anuncié.

Jaja volvió atrás y se sentó en el borde de la cama.

–¿Te lo ha dicho ella?

–Sí. Lo espera para octubre.

Jaja cerró los ojos un momento y luego volvió a abrirlos.

–Nosotros cuidaremos del niño, lo protegeremos.

Sabía que Jaja lo decía por padre, pero no le seguí la conversación, sino que le pregunté:

—¿Cómo sabes que será un niño?

—Es una intuición. ¿Tú qué crees?

—No lo sé.

Jaja se quedó sentado un rato más antes de bajar a comer; yo retiré el libro de texto y alcé la mirada para observar mi horario, colgado en la pared frente a mí. En la cabecera de la hoja, escrito en negrita, se leía «Kambili», como a su vez se leía «Jaja» en la que mi hermano tenía en la pared de su habitación, también sobre el escritorio. Me preguntaba cuánto tardaría padre en confeccionar un horario para el bebé, para mi nuevo hermanito; si lo haría en cuanto naciera o esperaría un par de años. Padre era un amante del orden. Aquello se percibía en los mismos horarios, en la meticulosidad de las líneas en tinta negra que separaban los días y diferenciaban la hora de estudio de la de la siesta; la de la siesta del tiempo dedicado a la vida familiar; la vida familiar de la comida; la de la comida de la de las oraciones; y estas, de la hora de dormir. A menudo lo revisaba. Durante el curso, dedicábamos menos tiempo a la siesta y más al estudio, incluso los fines de semana. En cambio, en vacaciones disponíamos de más horas para la vida familiar, para leer los periódicos, para jugar al ajedrez o al Monopoly y para escuchar la radio.

Fue precisamente durante la reunión familiar del día siguiente, sábado, cuando tuvo lugar el golpe de Estado. Padre acababa de darle jaque mate a Jaja cuando oímos en la radio la música militar; los solemnes compases nos obligaron a prestar atención. Un general con un fuerte acento hausa anunció que había tenido lugar un golpe de Estado y que un nuevo gobierno dirigía el país. Pronto sabríamos quién era ahora el jefe de Estado.

Padre apartó el tablero de ajedrez y se disculpó diciendo que iba a llamar por teléfono desde su despacho. Jaja, madre y yo lo esperamos en silencio. Ya sabía que llamaba a su director, Ade Coker, tal vez para decirle algo sobre cómo cubrir la noticia del golpe. Cuando volvió, nos tomamos el zumo de mango que Sisi había servido en vasos altos mientras nos contaba las noticias. Se le veía triste; sus labios habitualmente rectos parecían curvarse hacia abajo.

–Los golpes provocan golpes –nos dijo, y nos contó cosas acerca de los sangrientos años sesenta que acabaron en una guerra civil justo después de que él dejara Nigeria para ir a estudiar a Inglaterra.

Un golpe de Estado siempre engendra un círculo vicioso. Los militares siempre se derrocaban unos a otros porque podían, porque estaban todos borrachos de poder.

Nos dijo que los políticos eran unos corruptos y que el *Standard* había publicado muchos artículos de ministros que guardaban dinero en bancos extranjeros, dinero con el que se podría pagar a los profesores y construir carreteras. Lo que necesitábamos los nigerianos no eran soldados para controlarnos sino una nueva democracia.

«Una nueva democracia.» De la manera en que lo pronunciaba sonaba a algo importante, aunque eso pasaba con casi todo lo que él decía. Le gustaba inclinarse hacia atrás y alzar la mirada al hablar, como si buscara algo en el aire. Yo me quedaba absorta observando el movimiento de sus labios y, a veces, me olvidaba de todo; habría querido quedarme allí siempre, escuchando su voz, las cosas importantes que tenía que decir. Cuando sonreía me sentía igual, su rostro se abría como un coco que mostraba la reluciente pulpa blanca de su interior.

El día después del golpe, antes de salir hacia Santa Inés para la confesión sacramental, nos sentamos en la sala y leímos la prensa; el vendedor nos repartía a diario cuatro ejemplares de cada una de las publicaciones más importantes, según había dispuesto padre. Primero leímos el diario *Standard*. Era el único que contenía un editorial de fondo crítico y apelaba al nuevo gobierno militar a reinstaurar rápidamente la democracia. Padre leyó en voz alta uno de los artículos de la revista *Nigeria Today*. Era una columna de opinión de un escritor que insistía en que era hora de dar paso a un presidente militar, ya que los políticos habían perdido el control y la economía estaba hecha un desastre.

—El *Standard* nunca hubiera publicado estas tonterías —se quejó padre, dejando el periódico—. Por no hablar del detalle de llamar a ese hombre «presidente».

—La palabra «presidente» se aplica a alguien que ha sido elegido. El término correcto es «jefe de Estado» —observó Jaja.

Padre sonrió, y en aquel momento deseé haberme adelantado a mi hermano.

—El editorial del *Standard* está muy bien —convino madre.

—Ade es el mejor con diferencia —alabó padre, con repentino orgullo mientras ojeaba otro periódico—. «Cambio de guardia», vaya titular. Están todos muertos de miedo y por eso denuncian la corrupción del gobierno civil, como si creyeran que entre los militares no va a haber corrupción. Este país va de mal en peor.

—Dios proveerá —dije; sabía que padre lo aprobaría.

—Claro, claro —asintió padre.

Acto seguido me tendió la mano y estrechó la mía, y yo sentí cómo una dulce ternura me invadía.

Durante las semanas siguientes, los periódicos que leíamos en familia evidenciaban un tono diferente, más apagado. También el *Standard* era diferente; era aún más crítico, más de lo habitual si cabe. Hasta el trayecto hacia la escuela había cambiado. La semana después del golpe, todas las mañanas Kevin arrancaba ramas de árboles y las colocaba sobre la matrícula del coche para que los manifestantes de Government Square nos dejaran pasar. Las ramas verdes significaban solidaridad. Pero nuestras ramas nunca resultaban tan vivas como las de los manifestantes y, a veces, al pasar me preguntaba qué debía de sentirse estando allí, junto a ellos, de pie en la calzada clamando libertad.

Algunas semanas después, cuando Kevin conducía por Ogui Road, en el control de carretera cerca del mercado vimos a los soldados caminando arriba y abajo mientras ponían a tono sus largos rifles. De vez en cuando, ordenaban detenerse a algún vehículo y lo registraban. Una vez vi a un hombre de rodillas en el asfalto junto a su Peugeot 504 con las manos en alto.

Pero en casa nada cambió. Jaja y yo seguíamos nuestros horarios a rajatabla y nos continuábamos haciendo preguntas cuyas respuestas ya conocíamos. Lo único distinto era el vientre de madre; su volumen empezaba a aumentar con sutileza y suavidad. Al principio parecía un balón desinflado, pero para Pentecostés ya abultaba su túnica de adornos dorados y rojos lo suficiente para hacer evidente que no se trataba de las ropas que llevaba debajo ni de los extremos anudados de la propia prenda. El altar estaba decorado con el mismo tono de rojo que la túnica de madre. Aquel era el color de Pentecostés.

El sacerdote invitado celebró la misa cubierto con una casulla roja que le quedaba demasiado corta. Era joven y a menudo alzaba la mirada mientras leía el Evangelio; sus ojos oscuros traspasaban a los feligreses. Al terminar, besó la Biblia despacio. En cualquier otra persona aquel gesto hubiera resultado un tanto dramático, pero no así en él. Le imprimía realismo. Había sido recién ordenado y esperaba que le asignaran una parroquia, tal como nos dijo. Tenía un buen amigo en común con el padre Benedict y estuvo encantado cuando este le ofreció visitar la parroquia y celebrar la misa. Sin embargo, no hizo ningún comentario acerca de lo bonito que estaba nuestro altar de Santa Inés, con los escalones relucientes como bloques de hielo a los que hubieran sacado brillo. Ni tampoco destacó el hecho de que fuera uno de los altares más bellos de Enugu, tal vez incluso de toda Nigeria. No sugirió, como habían hecho los sacerdotes que nos habían visitado previamente, que la presencia de Dios se hacía más evidente en Santa Inés, que los santos iridiscentes de las vidrieras que iban del suelo hasta el techo impedían que Dios se marchara de allí. A medio sermón inició un canto inesperado en igbo: «Bunie ya enu...».

La congregación entera contuvo el aliento, algunos suspiraron, otros quedaron boquiabiertos. Estaban acostumbrados a oír los sermones pobres del padre Benedict, a su voz monótona y nasal. Poco a poco se fueron uniendo a él. Vi que padre fruncía los labios. Miró a ambos lados para comprobar si Jaja y yo también cantábamos y asintió en señal de aprobación cuando vio nuestros labios sellados.

Después de la misa, esperamos en la puerta de la iglesia a que padre saludara a los fieles que se agrupaban a su alrededor.

—Buenos días, alabado sea Dios —decía al estrechar la mano a los hombres, al abrazar a las mujeres, al dar palmaditas a los niños y al pellizcar las mejillas a los más pequeños.

Algunos le susurraban algo, él les contestaba igualmente en voz baja y ellos le daban las gracias y estrechaban su mano entre las propias antes de marcharse. Por fin padre terminó con el protocolo y el patio, antes abarrotado de coches, quedó casi vacío, así que nos dirigimos a buscar nuestro vehículo.

—Vaya con ese joven que canta durante el sermón como si fuera el pastor impío de una de esas iglesias pentecostales que crecen por todas partes como hongos. La gente como él solo le trae problemas a la iglesia. Tenemos que acordarnos de rogar por él —sentenció padre mientras giraba la llave en la cerradura del Mercedes.

A continuación, colocó el misal y el boletín en el asiento y se dirigió a la casa parroquial. Siempre pasábamos a visitar al padre Benedict después de la misa.

—Si no te importa, me quedaré esperándote en el coche, *biko* —dijo madre, apoyándose en el Mercedes—. Tengo ganas de vomitar.

Padre se volvió a mirarla. Contuve el aliento. El momento se hizo muy largo, aunque debió de durar solo unos segundos.

—¿Seguro que quieres quedarte en el coche? —le preguntó padre.

Madre miraba al suelo, con las manos sobre el vientre bien para mantener cerrada la túnica, bien para mantener en él el pan y el té del desayuno.

—No me encuentro bien —masculló.

—Te he preguntado si estás segura de que prefieres quedarte en el coche.

Madre alzó la mirada.

—Voy contigo. Tampoco estoy tan mal.

El semblante de padre no varió ni un ápice. Esperó a que llegara hasta donde él estaba, se dio la vuelta y empezaron a caminar hacia la casa parroquial. Jaja y yo los seguimos. Yo observaba a madre mientras caminaba. Hasta aquel momento no me había percatado de su aspecto demacrado. Parecía como si a su piel, normalmente del suave color de la manteca de cacahuete, le hubieran extraído todo el líquido y ahora tenía un aspecto ceniciento, como el del suelo agrietado por el harmatán. Jaja me preguntó con la mirada: «Y si vomita ¿qué?». Sostendría en alto el bajo de mi vestido para que pudiera arrojar en este y así no ensuciaríamos tanto en casa del padre Benedict.

Daba la sensación de que el arquitecto había advertido demasiado tarde que se trataba de diseñar una casa parroquial y no una iglesia. El arco de entrada al comedor parecía dar paso a un altar, la hornacina donde se encontraba el teléfono parecía el lugar ideal para recibir el Santo Sacramento y el pequeño despacho separado de la sala podría ser perfectamente una sacristía llena a rebosar de libros santos, vestiduras para ofrecer misa y cálices de repuesto.

—¡Hermano Eugene! —exclamó el padre Benedict.

Su pálido rostro se iluminó con una sonrisa al ver a padre. Estaba en la mesa, comiendo. Había rodajas de ñame hervido, propio del almuerzo, pero también un plato con huevos fritos, más propio del desayuno. Nos invitó a participar de los alimentos, pero padre rehusó en nuestro nombre y se acercó a la mesa para hablarle en voz baja.

—¿Cómo estás, Beatrice? —preguntó el padre Benedict, alzando la voz para que madre pudiera oírlo desde la sala—. No tienes buen aspecto.

—Estoy bien, padre. Solo es la alergia por el cambio de tiempo, ya sabe, siempre la sufro en la estación del harmatán y las lluvias.

—Kambili y Jaja, ¿os ha gustado la misa?

—Sí, padre —contestamos Jaja y yo al mismo tiempo.

Nos marchamos poco después, un poco antes de lo habitual. En el coche, padre no dijo nada, solo movía la mandíbula como si rechinara los dientes. Todos permanecíamos en silencio escuchando el «Ave María» procedente de la radio del coche. Al llegar a casa, Sisi había preparado el juego de té de padre, la tetera china con el asa minúscula adornada. Padre dejó el misal y el boletín en la mesa del comedor y se sentó. Madre se le acercó, vacilante.

—Deja que te sirva el té —se ofreció, aunque no lo hacía nunca.

Padre la ignoró y se sirvió él mismo, luego nos llamó a Jaja y a mí para que tomáramos un sorbo. Jaja lo hizo primero y volvió a dejar la taza en el plato. Padre la cogió y me la tendió. Yo la cogí con las dos manos, di un sorbo de té Lipton con leche y azúcar y la devolví a su sitio.

—Gracias, padre —dije, y noté la lengua ardiente de amor.

Subimos los tres a cambiarnos, Jaja, madre y yo. Nuestros pasos en los escalones eran tan mesurados y silenciosos como lo eran los domingos; el silencio que guardábamos hasta que padre despertaba de su siesta y podíamos comer; el silencio de los momentos de reflexión para los que padre nos elegía un pasaje de las Escrituras o un libro de lectura escrito por alguno de los antiguos Padres de la Iglesia y nos los hacía leer para que meditáramos; el silencio del rosario vespertino; el posterior silencio de camino a la iglesia para la confesión sacramental. Hasta los momentos familiares de los domingos eran silenciosos, sin partidas de ajedrez ni comentarios sobre los periódicos, más en consonancia con el día de descanso.

—Tal vez hoy Sisi podría hacer la comida sola —sugirió Jaja al llegar a lo alto de la escalera curva—. Tú tienes que descansar, madre.

Madre iba a decir algo, pero se detuvo. Se llevó la mano a la boca y entró a su habitación como una flecha. Yo me quedé y oí los bruscos sonidos guturales provocados por el vómito antes de dirigirme a mi habitación.

Para comer había arroz *jollof*, bocaditos medianos de *azu*, tan fritos que hasta la espina estaba crujiente, y *ngwo-ngwo*. Padre se tomó la mayor parte del *ngwo-ngwo*, metía la cuchara hasta el fondo del bol de caldo especiado. El silencio se cernía sobre la mesa como las nubes negras en plena estación de las lluvias. Solo lo interrumpía el gorjeo de los pájaros *ochiri* procedente del exterior. Cada año llegaban antes de las primeras lluvias y hacían su nido en el aguacate que había justo enfrente de la ventana del comedor. Jaja y yo encontrábamos a veces nidos en el suelo, hechos con ramitas entrelazadas y briznas de hierba seca y también algunas hebras del hilo que madre utilizaba para trenzarme el pelo y que los *ochiri* cogían del cubo de basura del patio trasero.

Yo terminé la primera.

—Gracias, Señor. Gracias, padre. Gracias, madre.

Me crucé de brazos y esperé a que todos hubieran terminado para rezar. No miré a nadie a la cara, me concentré en el retrato del abuelo colgado en la pared de enfrente.

Cuando padre inició la oración, su voz resultó más trémula de lo habitual. Primero dio gracias por la comida y luego le pidió a Dios que perdonara a aquellos que habían tratado de negarse a Su voluntad, a aquellos que habían tratado de interponer sus deseos egoístas y que no deseaban visitar a Su servidor tras la misa. El «¡Amén!» de madre resonó en la estancia.

Me encontraba en mi habitación después de comer, leyendo el quinto capítulo de san Jaime, porque quería hablar durante la reunión familiar sobre las raíces bíblicas de la unción de los enfermos, cuando de pronto oí los ruidos, unos ruidos sordos y continuados en la puerta de madera tallada a mano de la habitación de mis padres. Pensé que la puerta se habría quedado atascada y que padre estaba tratando de abrirla. Si me concentraba en pensarlo, resultaría ser cierto. Me senté, cerré los ojos y empecé a contar. Al contar se hacía más corto y no tan horrible. A veces aquello terminaba antes de llegar a veinte. Iba por el diecinueve cuando los ruidos cesaron. Oí abrirse la puerta. Los pasos de padre en la escalera sonaron más fuertes, más torpes de lo habitual.

Salí de mi habitación al mismo tiempo que Jaja de la suya. Nos detuvimos en el rellano y vimos a padre bajar con madre al hombro, colgando como uno de aquellos sacos confeccionados con yute rellenos del arroz que los obreros de su fábrica compraban a granel en la frontera con Benín. Abrió la puerta del comedor. Luego le oímos abrir la puerta de entrada y mascullar algo al portero, Adamu.

—Hay sangre en el suelo —dijo Jaja—. Traeré la escobilla del baño.

Limpiamos el rastro que se extendía por la escalera, como si alguien hubiera acarreado un bote mal cerrado de acuarela roja hasta abajo. Jaja frotaba mientras yo humedecía el suelo.

Madre no volvió a casa aquella noche y Jaja y yo cenamos solos. No hablamos de ella; en su lugar, comentamos el caso de los tres hombres que habían sido ejecutados públicamente tres días antes acusados de tráfico de drogas. Jaja había oído a unos chavales hablar de ello en la escuela y el caso había salido por televisión. Los hombres fueron atados a unos postes y sus cuerpos siguieron estremeciéndose incluso después de que cesaran de dispararles. Le conté a Jaja lo que me había dicho una muchacha en clase, que su madre había apagado el televisor preguntándose por qué tenía que presenciar la muerte de seres humanos, preguntándose qué era lo que fallaba en aquellos que se apiñaban en el lugar de la ejecución.

Después de cenar, Jaja dio gracias y al final de la oración añadió una pequeña plegaria por madre. Cuando padre llegó ya estábamos en nuestras habitaciones estudiando, de acuerdo con el horario. Yo dibujaba palotes que representaban figuras embarazadas en la parte interior de la cubierta del libro *Introducción a la agricultura para estudiantes de secundaria* cuando entró en mi habitación. Tenía los ojos hinchados y enrojecidos y había algo en su aspecto que lo hacía parecer más joven, más vulnerable.

—Vuestra madre regresará mañana, para cuando volváis de la escuela ya estará aquí. Se encuentra bien —dijo.

—Sí, padre.

Retiré la mirada de su rostro y la volví hacia mis libros. Me tomó por los hombros y los friccionó con un suave movimiento circular.

—Ponte en pie —me dijo.

Me levanté y él me abrazó, tan fuerte que podía notar el latido del corazón en su pecho.

Madre volvió a casa al día siguiente por la tarde. Kevin la trajo en el Peugeot 505 con el nombre de la empresa estampado en la puerta del acompañante, el mismo coche que con frecuencia nos llevaba y nos traía de la escuela. Jaja y yo nos quedamos esperando en la entrada, lo bastante cerca el uno del otro como para que nuestros hombros se rozaran, y le abrimos la puerta antes de que llegara hasta allí.

—*Umu m* —exclamó, abrazándonos—. Mis niños.

Llevaba la misma camiseta con las palabras DIOS ES AMOR en el delantero. Su túnica verde ya no estaba tan abultada en la zona del vientre, se la había anudado con debilidad en uno de los lados. Tenía la mirada vacía, como la de los locos del pueblo que deambulaban por los contenedores de basura dispuestos al borde de la carretera acarreando los hatos de lona mugrientos y rotos que contenían los retazos de sus vidas.

—Ha ocurrido un accidente y he perdido el bebé —anunció.

Me retiré un poco para mirarle el vientre. Seguía estando abultado y elevaba la túnica formando un ligero arco. ¿Estaba madre segura de haber perdido el bebé? Estaba contemplando su vientre cuando entró Sisi. Los pómulos de Sisi sobresalían tanto que su rostro resultaba anguloso y le confería una expresión inquietantemente divertida, como si se estuviera burlando de uno sin que este supiera por qué.

—Buenas tardes, señora, *nno* —la saludó—. ¿Va a comer ahora o después del baño?

—¿Eh? —Por un momento madre parecía no haber entendido lo que le decía Sisi—. Ahora no, Sisi, ahora no. Tráeme agua y un trapo.

Madre permaneció abrazada a sí misma en el centro de la sala, junto a la mesa de cristal, hasta que Sisi le trajo una palangana de plástico con agua y un trapo de cocina. La estantería estaba formada por tres anaqueles de cristal muy frágil y en cada uno lucían algunas figuritas de color beige que representaban bailarinas. Madre empezó a limpiar el estante inferior y las figuritas que había sobre este. Me senté en el sofá de piel, lo más cerca posible de ella, lo suficiente como para alcanzar a tirar de su túnica.

—*Nne*, es tu hora de estudio. Ve arriba —me reprendió.

—Quiero quedarme aquí.

Pasó el trapo despacio por una de las figuritas, que tenía una pierna del tamaño de una cerilla extendida y muy alzada en el aire, antes de hablar.

—*Nne*, ve.

Subí y me senté delante del libro de texto. La tinta negra empezó a correrse, las letras empezaron a mezclarse y luego a cambiar de color; ahora eran rojas, del color rojo de la sangre fresca. La sangre era acuosa y brotaba del cuerpo de madre, de mis ojos.

Más tarde, durante la cena, padre anunció que íbamos a recitar dieciséis novenas para el perdón de madre. Y el domingo después de Adviento nos quedamos al finalizar la misa e iniciamos las novenas. El padre Benedict nos roció con agua bendita. Unas gotas fueron a parar a mis labios de manera que al orar notaba su sabor salino y rancio. Si padre observaba que Jaja o yo empezábamos a despistarnos en la decimotercera recitación de la oración a san Judas, nos haría volver a empezar desde el principio. Teníamos que recitar bien. No pensé, ni siquiera pensé en pensar, por qué madre tenía que ser perdonada.

Las palabras impresas en mi libro de texto se tornaban sangre cada vez que iniciaba la lectura. Incluso ante la inminencia de los exámenes del primer trimestre y al empezar las clases de repaso, no conseguía encontrarles el sentido.

Unos días antes del primer examen, estaba estudiando en mi habitación, tratando de concentrarme en una palabra cada vez, cuando sonó el timbre. Era Yewande Coker, la esposa del director de padre. Estaba llorando. Podía oírla porque mi habitación se encontraba justo encima de la sala y porque nunca antes había oído a nadie llorar así.

—¡Se lo han llevado! ¡Se lo han llevado! —masculló entre sollozos.

—Yewande, Yewande —trató de calmarla padre en voz mucho más baja que la de ella.

—¿Qué voy a hacer, señor? ¡Tengo tres hijos! ¡A uno todavía le doy el pecho! ¿Cómo voy a criarlos yo sola?

Apenas distinguía sus palabras; sin embargo, oía perfectamente aquel sonido gutural.

—Yewande, no hables así. Ade estará bien, te lo prometo. Estará bien —intervino padre.

Oí a Jaja salir de su habitación. Se disponía a bajar con la excusa de que iba a la cocina a beber agua y así poder quedarse un rato junto a la puerta de la sala y chafardear. Cuando volvió a subir me contó que los soldados habían arrestado a Ade Coker al salir en coche de las oficinas de la editorial del *Standard*. Su coche había sido encontrado abandonado en la cuneta, con la puerta abierta. Me imaginé a Ade Coker siendo obligado a salir del coche y a embutirse en otro vehículo, quizá en una ranchera negra llena de soldados cuyos rifles asomaban por las ventanillas. Me lo imaginaba con las manos trémulas por el miedo y una mancha haciéndose evidente en sus pantalones.

Sabía que lo habían arrestado por la gran noticia de primera plana de la última edición del *Standard* acerca de cómo el jefe de Estado y su esposa habían pagado a alguien para que exportara heroína, algo que ponía en entredicho los motivos para la reciente ejecución de tres hombres y cuestionaba quiénes eran los verdaderos capos de la droga.

Jaja me contó que, al mirar por la cerradura, padre estrechaba la mano de Yewande, rezaba y le pedía que repitiera con él: «Aquel que crea en Él no será abandonado».

Estas fueron las palabras que me dije a mí misma la semana siguiente, al realizar los exámenes. Y también el último día de escuela, durante el trayecto de vuelta a casa en el coche con Kevin, con el informe de evaluación apretado con fuerza contra mi pecho. Las reverendas hermanas nos daban el sobre sin cerrar. Yo era la segunda de la clase, tal como indicaban las cifras: «2/25». Mi profesora de ética, la hermana Clara, había escrito: «Kambili tiene una inteligencia muy desarrollada para su edad, es tranquila y responsable». La directora, la madre Lucy, añadía: «Una alumna brillante y obediente y una hija de la que sentirse orgulloso». Pero yo sabía que padre no iba a sentirse orgullo. A menudo nos decía a Jaja y a mí que no pensaba pagar el dinero que valían las Hijas del Inmaculado Corazón y San Nicolás para que otros alumnos nos pasaran por delante. Nadie se había gastado dinero en sus estudios, todavía menos el impío de su padre, nuestro *Papa-nnukwu*, y sin embargo siempre había sido el primero. Yo quería que padre se sintiera orgulloso, quería hacerlo tan bien como él, quería sentir su mano en el cogote y oír cómo me decía que estaba cumpliendo la voluntad de Dios. Necesitaba que me abrazara muy fuerte y que me dijera que mucho se espera de aquellos a los que mucho se da. Quería que me sonriera, con aquella sonrisa que iluminaba su rostro y que tanto me reconfortaba. Sin embargo, resultaba que era la segunda. Estaba manchada por el fracaso.

Madre abrió la puerta antes de que Kevin detuviera el coche en la entrada. Siempre aguardaba nuestra llegada en la puerta de casa el último día de escuela. Entonaba cánticos en igbo y nos abrazaba, y acariciaba los informes en sus manos. Era la única vez que cantaba en casa.

—*O me mma, Chineke, o me mma…*

Madre inició su cántico, pero se detuvo en seco en cuanto la saludé.

—Hola, madre.

—*Nne*, ¿ha ido bien? Tu expresión no es radiante.

Se hizo a un lado para dejarme paso.

—He sido la segunda.

Madre hizo una pausa.

—Pasa y come. Sisi ha hecho arroz de coco.

Estaba sentada en mi escritorio cuando llegó padre. Subió la escalera con pesadez, cada paso me retumbaba en la cabeza. Se dirigió a la habitación de Jaja. Él había sido el primero de su clase, como siempre, así que padre se sentiría orgulloso, lo abrazaría y le pasaría el brazo por los hombros. Sin embargo, aquello le llevó un rato. Sabía que estaría revisando cada una de las notas y comprobando si alguna de ellas había bajado algún punto con respecto al trimestre anterior. De pronto sentí la urgencia en mi vejiga y corrí al lavabo. Cuando salí, padre ya estaba en mi habitación.

—Buenas noches, padre, *nno*.

—¿Ha ido bien la escuela?

Quería decirle enseguida que había sido la segunda para que lo supiera cuanto antes y así reconocer mi fallo, pero en cambio dije que sí y le tendí el informe de evaluación. Tardó una eternidad en abrirlo y aún más en leerlo. Durante la espera, traté de controlar la respiración, pero era consciente todo el tiempo de que no lo lograba.

—¿Quién ha sido la primera? —preguntó padre al fin.

—Chinwe Jideze.

—¿Jideze? ¿La chica que fue la segunda el último trimestre?

—Sí —reconocí.

El estómago me hacía ruidos, ruidos de vacío que sonaban muy fuertes y que no cesaron ni al meter la barriga.

Padre siguió examinando mi informe un rato; luego dijo:

—Baja a cenar.

Al bajar la escalera parecía que mis piernas no tuvieran articulación alguna, como si fueran de palo. Padre había traído a casa unas galletas nuevas y nos pasó el paquete de color verde antes de empezar a cenar. Di un mordisco.

—Están muy buenas, padre.

Padre tomó un bocado y lo masticó. Se quedó mirando a Jaja.

—Sabe a recién hecha —observó mi hermano.

—Es muy sabrosa —aseguró madre.

—Se venderán bien, si Dios quiere —apuntó padre—. Nuestras obleas son las primeras del mercado y estas galletas también tienen que serlo.

No miré, no podía mirar a padre cuando habló. El ñame hervido y las verduras con pimienta se resistían a bajar por mi garganta, se me pegaban en la boca como los niños se aferran a la mano de su madre en la puerta de la guardería. Tomaba un vaso de agua detrás de otro para obligarme a tragar y para cuando padre dio las gracias después de comer, tenía el estómago lleno de agua. Al terminar, padre dijo:

—Kambili, sube.

Lo seguí arriba. Al subir la escalera vestido con sus pantalones de pijama de seda roja, las nalgas le temblaban como el *akamu* bien hecho, de textura gelatinosa. La decoración de color crema de la habitación de padre cambiaba cada año, pero el tono variaba poco. La alfombra mullida que se hundía bajo los pies al pisarla era de color crema liso; las cortinas tenían una discreta floritura de color marrón en las orillas; los sillones de piel de color crema estaban muy juntos, dispuestos para que dos personas pudieran mantener una conversación de carácter íntimo. Aquella combinación de tonos aumentaba visualmente la habitación; resultaba inabarcable, uno no podía escapar de allí aunque quisiera porque no había adónde escapar. De pequeña, al pensar en el paraíso me imaginaba la habitación de padre, la suavidad, la cremosidad, la eternidad... Me acurrucaría entre los brazos de padre cuando rugieran las tormentas del harmatán que hacían restallar los mangos contra la mosquitera de las ventanas y provocaban chispas anaranjadas al chocar los cables eléctricos entre sí. Padre me acogería entre sus rodillas o me envolvería con su sábana de color crema que olía a seguridad.

En aquel momento me encontraba sentada sobre una sábana similar, en el borde de la cama. Me quité las zapatillas y hundí los pies en la alfombra, decidida a mantenerlos allí para sentir los dedos protegidos; por lo menos una parte de mí estaría a salvo.

—Kambili —me llamó padre con un hondo suspiro—, no has dado todo lo que puedes este trimestre. Has sido la segunda porque así lo has querido.

Sus ojos denotaban tristeza, una profunda tristeza. Quería acariciarle la cara, pasar la mano por sus mejillas abultadas. Sus ojos ocultaban historias pasadas que yo nunca conocería.

Entonces sonó el teléfono; las llamadas eran más frecuentes desde que habían arrestado a Ade Coker. Padre contestó y siguió la conversación en voz baja. Me quedé sentada esperándolo hasta que levantó la mirada y me hizo gestos para que saliera. No me llamó al día siguiente, ni al otro, para hablar de mi informe y decidir cuál sería mi castigo. Suponía que era debido a la preocupación por el caso de Ade Coker, pero ni siquiera cuando consiguió sacarlo de la prisión al cabo de una semana volvió a hablar del informe de evaluación. Tampoco habló de cómo consiguió sacar de allí a aquel hombre, lo único que supimos fue a través del artículo en la contraportada del *Standard*, en la que escribía acerca del valor de la libertad, de cómo su pluma no dejaría nunca de contar la verdad. Pero no mencionaba dónde había estado recluido, ni quién lo había arrestado, ni qué le habían hecho. Aparecía un pie en cursiva en el que daba las gracias a su director: «Un hombre íntegro, el más valiente que conozco». Yo me encontraba sentada junto a madre en el sofá durante la reunión familiar; leí una y otra vez aquella frase y luego cerré los ojos y sentí que me invadía el mismo sentimiento que cuando el padre Benedict se refería a padre en la misa, la misma sensación que me quedaba después de estornudar: un relajado hormigueo.

–Gracias a Dios, Ade está a salvo –dijo madre pasando las manos por el periódico.

–Le han apagado cigarrillos en la espalda –se lamentó padre sacudiendo la cabeza–, demasiados cigarrillos.

–Recibirán su castigo, pero no en vida, *mba* –dijo madre.

Deseé que se me hubiera ocurrido aquella frase antes que a ella. Aunque padre no se volvió a sonreírle, pues estaba demasiado triste para sonreír, sabía que le satisfacía su observación.

–A partir de ahora nuestras publicaciones serán clandestinas –anunció padre–. La situación actual no ofrece suficiente seguridad a mis trabajadores.

Sabía que publicar clandestinamente quería decir hacerlo en un lugar secreto. Me imaginaba a Ade Coker y a los demás en un despacho construido bajo tierra, con un fluorescente iluminando el recinto oscuro y húmedo, inclinados sobre su escritorio redactando la verdad.

Aquella noche, en sus oraciones, padre incluyó largos pasajes en los que exhortaba a Dios a que provocara la caída de aquellos impíos que dominaban el país, y entonó una y otra vez: «Nuestra Señora Protectora de los nigerianos, ruega por nosotros».

Las vacaciones fueron cortas, solo duraron dos semanas, y el sábado antes del inicio de las clases madre nos llevó a Jaja y a mí al mercado para comprarnos un par de sandalias y una cartera a cada uno, aunque no nos hacían falta puesto que las carteras y las sandalias de piel marrón del trimestre anterior estaban casi nuevas. Pero aquel era el único ritual que nos pertenecía a los tres, ir al mercado antes del inicio del nuevo trimestre y poder bajar la ventanilla del coche en el que nos llevaba Kevin sin tener que pedirle permiso a padre. En los alrededores del mercado, nos permitíamos recrear la mirada en los dementes medio desnudos que pululaban por los contenedores de basura, en los hombres que de vez en cuando se detenían para bajarse la bragueta de los pantalones y orinar por las esquinas, en las mujeres que regateaban a gritos por un puñado de hortalizas hasta que el dueño del tenderete aparecía detrás de la montaña de verduras.

Dentro del mercado, nos quitábamos de encima a los comerciantes que nos atraían hacia sí por los oscuros pasillos diciendo «Tengo lo que busca», o «Venga, es por aquí», a pesar de que, en realidad, no tenían ni idea de lo que queríamos. Arrugábamos la nariz ante el fuerte olor a sangre de la carne fresca y ante el de la humedad del pescado salado, y bajábamos la cabeza para evitar los enjambres de abejas que se formaban en el mostrador de los tenderetes de venta de miel.

Al salir del mercado con las sandalias y unos metros de tela que madre había comprado, vimos que se había formado un pequeño grupo alrededor de los puestos de verdura alineados al borde de la calzada por los que habíamos pasado antes. Había soldados dando vueltas por allí. Algunas vendedoras estaban gritando y muchas se llevaban las manos a la cabeza, tal como hace la gente cuando está desesperada o escandalizada. Una mujer gemía tendida en el suelo mientras se tiraba del pelo corto peinado al estilo afro. Se le había desabrochado el vestido y la ropa interior blanca había quedado al descubierto.

—¡Corred! —nos instó madre, acercándose más a nosotros.

Me dio la impresión de que quería evitar que viéramos a los soldados y a la mujer. Al pasar, observé que otra mujer le escupía a un soldado y este levantaba un látigo. Era muy largo y se curvó en el aire antes de impactar en el hombro de ella. Otro soldado estaba tirando al suelo bandejas de fruta y aplastando papayas con las botas mientras se reía. En el coche, Kevin le dijo a madre que los soldados habían ordenado que se derruyeran los puestos de verduras porque eran ilegales. Madre no dijo nada; miró por la ventana como si quisiera conservar una última imagen de aquellas mujeres.

En el camino de vuelta a casa, pensé en aquella mujer que yacía en el suelo. No llegué a ver su rostro, pero tenía la impresión de conocerla, de conocerla desde siempre. Me hubiera gustado acudir en su auxilio, haberla ayudado a ponerse en pie y haberle limpiado el barro rojizo del vestido.

También pensaba en ella el lunes mientras padre me acompañaba en coche a la escuela. Al pasar por Ogui Road, disminuyó la velocidad para arrojarle unos billetes crujientes a un mendigo despatarrado al borde de la carretera, junto a unos niños que escupían pellejos de naranja. El mendigo se quedó mirando el billete, luego se levantó, nos saludó con la mano y se puso a saltar dando palmas. Había supuesto que era cojo. Lo contemplé por el retrovisor, sin quitarle los ojos de encima hasta perderlo de vista. Me recordó a la mujer tumbada en el suelo. En su alegría había algo de impotencia, la misma impotencia que sentía la mujer en su desesperación.

Los muros que cercaban la escuela secundaria Hijas del Inmaculado Corazón eran muy altos, como los de hormigón de casa, pero en lugar de un cable eléctrico en espiral, lo que los coronaba eran trozos de vidrio verde muy afilados. Padre me explicó que aquello era lo que lo había hecho decidirse al terminar la escuela primaria. Me dijo que la disciplina era algo importante. Aquello impedía que los jóvenes saltaran el muro y entraran a formar jaleo, como ocurría en las escuelas públicas.

—Esa gente no sabe conducir —masculló padre al llegar a la verja de la escuela en la que los coches se disputaban el paso a toque de claxon—. No dan ningún premio por ser el primero en acceder al recinto.

Las vendedoras ambulantes, que eran chicas mucho más jóvenes que yo, provocaban a los hombres junto a la verja, acercándose cada vez más para ofrecerles naranjas peladas, bananas y cacahuetes, con la blusa apolillada resbalándoseles por los hombros. Al fin, padre consiguió acceder al recinto y aparcó cerca del campo de voleibol, un poco más lejos del tramo cubierto de césped muy cuidado.

—¿Dónde está tu clase? —me preguntó.

Señalé el edificio junto al grupo de mangos. Padre salió del coche conmigo; yo me preguntaba qué hacía allí, por qué me habría acompañado a la escuela y le habría pedido a Kevin que acompañara a Jaja.

La hermana Margaret lo vio conmigo y nos saludó alegremente con la mano mientras emergía de entre el grupo formado por alumnos y algunos padres para acercarse con paso torpe. Las palabras brotaron con facilidad de su boca: que qué tal estaba padre, si estaba contento con mi progreso en las Hijas del Inmaculado Corazón, si asistiría a la recepción del obispo la semana siguiente…

Al hablar, padre lo hizo con acento británico, como cuando se dirigía al padre Benedict. Lo hacía con cortesía, en aquel tono de ansia por complacer que utilizaba con los religiosos, en especial si eran de raza blanca. Con la misma cortesía con que había entregado el cheque para la reforma de la biblioteca de la escuela. Dijo que esta vez solo había venido para ver mi clase y la hermana Margaret le respondió que si necesitaba algo que se lo hiciera saber.

—¿Dónde está Chinwe Jideze? —preguntó padre al llegar a la puerta del aula, donde había un grupo de chicas hablando.

Miré a mi alrededor, notaba que algo me oprimía las sienes. ¿Qué pretendía padre? El rostro iluminado de Chinwe apareció en el centro del grupo, como de costumbre.

—Es la chica de en medio —contesté yo.

¿Es que padre iba a dirigirse a ella y a estirarle de las orejas por haber sido la primera de la clase? Deseé que se me tragara la tierra.

—Mírala —me instó padre—. ¿Cuántas cabezas tiene?

—Una.

No me hacía falta mirarla para saberlo, pero lo hice de todas formas. Padre se sacó del bolsillo un pequeño espejo del tamaño de una polvera.

—Mírate.

Lo contemplé con curiosidad.

—Mírate en el espejo.

Tomé el espejo y me contemplé en él.

—¿Cuántas cabezas tienes, *gbo*? —me preguntó, hablándome en igbo por primera vez.

—Una.

—Esa chica también tiene una cabeza, no dos. ¿Por qué entonces has permitido que fuera la primera?

—No volverá a ocurrir, padre.

Soplaba un ligero *ikuku* polvoriento que se arremolinaba en espirales ocres como si fueran muelles que se desenroscaran. Notaba el sabor de la arena que se posaba en mis labios.

—¿Por qué crees que trabajo tanto para daros lo mejor a Jaja y a ti? Tenéis que hacer algo de provecho con tantos privilegios. Como Dios os ha dado mucho, también espera mucho. Espera la perfección. Yo no tuve un padre que me llevara a las mejores escuelas. Mi padre se dedicaba a adorar a dioses de madera y de piedra. Yo no habría llegado a ninguna parte de no ser por los curas y las hermanas de la misión. Fui sirviente del párroco durante dos años. Sí, sirviente. Nadie me acompañaba a la escuela. Caminaba cada día los trece kilómetros que me separaban de Nimo, hasta que terminé los estudios primarios. Durante los años que asistí a la escuela secundaria San Gregorio, hacía de jardinero para los curas.

Ya había oído antes aquella historia, cuánto había tenido que trabajar, cuántas cosas le habían enseñado los sacerdotes y las reverendas hermanas en la misión, cosas que nunca hubiera aprendido de haber sido por el idólatra de su padre, mi *Papa-nnukwu*. Pero asentí y traté de mostrar interés. Tenía la esperanza de que mis compañeras de clase no se preguntaran por qué mi padre y yo habíamos decidido mantener semejante conversación en la escuela, frente al edificio donde se impartían las clases. Al fin, padre se dejó de explicaciones y me retiró el espejo.

—Kevin te vendrá a buscar —dijo.

—Sí, padre.

—Adiós. Estudia mucho.

Y me dio un breve abrazo de costado.

—Adiós, padre.

Lo estaba contemplando alejarse por el camino bordeado de verdes arbustos cuando sonó el timbre que anunciaba la reunión de inicio de la jornada escolar.

La reunión dio comienzo entre un gran alboroto, hasta la madre Lucy nos pidió varias veces a las chicas que guardáramos un poco de silencio. Yo estaba en primera fila, como siempre, porque las de detrás eran para las muchachas que formaban camarillas, que se reían tontamente y se susurraban cosas entre ellas, a escondidas de los profesores. Estos se encontraban en un podio, como estatuas con su hábito blanco y azul. Tras entonar un canto de bienvenida del cantoral, la madre Lucy leyó el capítulo quinto de san Mateo hasta el decimoprimer versículo y luego cantamos el himno nacional. Esta práctica era algo relativamente nuevo en las Hijas del Inmaculado Corazón. Había empezado el año anterior porque algunos padres habían expresado su preocupación ante el hecho de que sus hijas no conocieran el himno nacional ni el juramento a la patria. Mientras cantábamos observaba a las hermanas. Las reverendas hermanas nigerianas eran las únicas que cantaban, mostrando los dientes que contrastaban con su piel oscura. En cambio, las reverendas hermanas de piel blanca permanecían de pie con los brazos cruzados o palpaban las cuentas de cristal del rosario que llevaban colgado en la cintura mientras vigilaban que todas las estudiantes movieran los labios. A continuación, la madre Lucy entornó los ojos tras sus gafas de cristal grueso, aguzando la vista para escudriñar las filas. Siempre elegía a alguna alumna para que iniciara el juramento a la patria en solitario, antes de que se unieran las demás.

—Kambili Achike, por favor, empieza —me pidió.

Aquella era la primera vez que la madre Lucy me elegía a mí. Abrí la boca, pero no logré articular palabra.

—¿Kambili Achike?

La madre Lucy y el resto de la escuela se habían vuelto a mirarme.

Me aclaré la garganta con la voluntad de que surgiera la letra. Me la sabía, me concentré en ella. Pero no salió. Noté el sudor cálido y húmedo en las axilas.

—¿Kambili?

Al fin, conseguí balbucear:

—Prometo a Nigeria, mi país, serle fiel, leal y honesta...

El resto de la escuela se unió a mí y mientras movía los labios trataba de calmar mi respiración. Tras la reunión, nos dirigimos a las respectivas aulas. En la mía, tuvo lugar la rutina de siempre: recuperar el sitio, retirar la silla arrastrándola, sacudir un poco el polvo del pupitre y copiar el nuevo horario de la pizarra.

—¿Cómo han ido las vacaciones, Kambili? —me preguntó Ezinne, inclinándose hacia mí.

—Bien.

—¿Has ido al extranjero?

—No —le respondí.

No sabía qué más decir, pero quería que Ezinne se diera cuenta de que apreciaba su amabilidad a pesar de sentirme torpe y cohibida. Quería darle las gracias por no haberse reído de mí ni haberme tachado de segundona engreída como habían hecho las demás, pero las únicas palabras que brotaron de mi boca fueron:

—¿Y tú? ¿Has salido de viaje?

Ezinne se echó a reír.

—¿Yo? *O di egwu*. Sois las muchachas como tú, como Gabriella y como Chinwe, las que viajáis, las que tenéis padres ricos. Yo solo voy al pueblo a visitar a mi abuela.

—Vaya —exclamé.

—¿Por qué ha venido tu padre esta mañana?

—Eh... Eh... —Me detuve a tomar aire porque sabía que si no lo hacía el tartamudeo sería peor—. Quería ver la clase.

—Te pareces mucho a él. Quiero decir que no eres alta, pero tienes sus mismas facciones y complexión —observó mi compañera.

—Sí.

—He oído que Chinwe te arrebató el primer puesto el último trimestre. *Abi?*

—Sí.

—Estoy segura de que a tus padres no les importa. ¡Claro que no! Siempre habías sido la primera, desde primer curso. Chinwe me contó que su padre la había llevado a Londres.

—¡Vaya!

—Yo quedé la quinta y para mí ha representado una mejora importante porque el trimestre anterior había sido la octava. Ya sabes, nuestra clase es muy competitiva. En la escuela primaria siempre era la primera.

En aquel momento Chinwe Jideze se acercó a la mesa de Ezinne. Tenía una voz aguda, como el canto de un pájaro.

—Quiero continuar de delegada de la clase este trimestre, Ezi-Chorlito, así que no te olvides de votar a mi favor —dijo Chinwe.

La falda de su uniforme se ceñía a su cintura y le dividía el cuerpo en dos partes circulares, como un ocho.

—Claro —le aseguró Ezinne.

No me sorprendió que Chinwe pasara por mi lado en dirección al siguiente pupitre y repitiera la misma frase con la única diferencia del apodo. Chinwe no me había dirigido nunca la palabra, ni siquiera cuando nos tocó trabajar en el mismo grupo de ciencias naturales para confeccionar un herbario. Las muchachas se apiñaban alrededor de su pupitre durante el pequeño descanso y a menudo estallaban en carcajadas. Sus peinados solían ser una copia exacta del de Chinwe: mechones trabajados con hilo si aquella semana Chinwe llevaba *isi owu*, o el pelo todo hecho trenzas pequeñas que se unían en una cola de caballo si aquella semana Chinwe lucía *shuku*. Chinwe andaba como si algo le quemara bajo los pies, levantaba una pierna casi en el mismo instante en que el pie contrario rozaba el suelo. A la hora del recreo, andaba a saltos al frente de un grupo de muchachas en dirección a la tienda de golosinas donde iban a comprar galletas y Coca-Cola. Según

Ezinne, Chinwe pagaba los refrescos de todas. Yo normalmente me dedicaba a leer en la biblioteca.

—Lo único que quiere es que seas tú quien se dirija a ella en primer lugar —me susurró Ezinne—. ¿Sabes?, empezó a llamarte «segundona engreída» porque no hablas con nadie. Dice que el hecho de que tu padre sea el dueño de un periódico y de tantísimas fábricas no es motivo para que te comportes de forma tan altiva, porque su padre también es rico.

—No soy altiva.

—Como hoy, en la reunión; ha dicho que no has empezado a cantar cuando madre Lucy te ha llamado por orgullo.

—La verdad es que no he oído a madre Lucy la primera vez.

—Yo no digo que seas altiva, digo que es lo que piensa Chinwe y la mayoría de las muchachas. Quizá deberías intentar acercarte a ella. Al terminar las clases, en lugar de salir corriendo, podrías venirte andando con nosotras hasta la puerta. ¿Por qué siempre sales pitando?

—Me gusta correr —contesté, y me pregunté si aquella mentira tendría importancia a la hora de confesarme el siguiente sábado, teniendo en cuenta que habría que añadirla a la de no haber oído a madre Lucy la primera vez que había pronunciado mi nombre.

Kevin ya me estaba esperando en la puerta con el Peugeot 505 cuando sonaba el timbre que anunciaba el final de las clases y tenía que cumplir con las muchas otras tareas que padre le encargaba, por lo que no se me permitía hacerlo esperar. Así que siempre salía a toda prisa, como si estuviera corriendo los doscientos metros lisos. Una vez que Kevin explicó que había tardado unos minutos más de la cuenta, padre me propinó una sonora bofetada en ambas mejillas al mismo tiempo y sus manazas me dejaron dos marcas simétricas y un zumbido en los oídos durante días.

—¿Por qué? —quiso saber Ezinne—. Si te quedas y hablas con las demás, tal vez se convenzan de que no eres una engreída.

—Me gusta correr —repetí.

La mayor parte de la clase me siguió considerando una engreída hasta final de curso, pero no me importaba demasiado ya que tenía una preocupación mayor: la de asegurarme de que esta vez sería la primera. Tenía que hacer equilibrios para mantenerme en el puesto. Era como ir cada día a la escuela con un saco de arena en la cabeza sin que se me permitiera sujetarlo con la mano. Las palabras de mis libros de texto seguían apareciendo borrosas ante mis ojos, seguía viendo el espíritu de mi hermanito unido con finas líneas de sangre. Memorizaba las explicaciones de los profesores, ya que me era imposible encontrar el sentido a lo que decían los libros si trataba de estudiar. Después de cada examen, se me formaba un gran nudo en la garganta, como si comiera fufú con grumos, y permanecía allí hasta que me daban la nota.

La escuela cerraba durante las vacaciones navideñas a principios de diciembre. Mientras Kevin me llevaba a casa, examiné detenidamente el informe de evaluación y vi «1/25», escrito con una letra tan inclinada que tuve que mirarlo dos veces para asegurarme de que no era un «7/25». Aquella noche me dormí con la imagen muy viva del rostro iluminado de padre, con el sonido de su voz que me decía cuán orgulloso se sentía de mí y lo bien que había cumplido el objetivo que Dios me había marcado.

Diciembre trajo el viento cargado de polvo del harmatán y el viento trajo el aroma del Sáhara y de la Navidad e hizo caer las hojas estrechas y ovaladas del frangipani y las agujas de los pinos a través de las cuales silbaba, por lo cual todo quedó cubierto de un manto marrón. Siempre pasábamos la Navidad en nuestro pueblo natal. La hermana Veronica lo llamaba la migración anual de los igbo y decía, con aquel acento irlandés que le hacía arrastrar las palabras, que no entendía por qué los igbo se hacían construir casas tan grandes en sus pueblos natales para pasar tan solo una semana o dos en diciembre, mientras el resto del año se contentaban con vivir hacinados en los suburbios de la ciudad. Y yo me preguntaba por qué la hermana Veronica se empeñaba en tratar de entenderlo; simplemente, las cosas eran así.

El viento matutino soplaba con furia el día en que nos marchamos y al ulular entre los pinos hacía que estos se vencieran y se doblaran de un lado a otro, como si se inclinaran ante un dios de polvo, mientras las hojas y las ramas imitaban el sonido del silbato de un árbitro de fútbol. Los coches estaban aparcados en la entrada, con las puertas y el maletero abiertos, a punto para ser cargados. Padre conduciría el Mercedes, con madre en el asiento del acompañante, y Jaja y yo en el asiento trasero. Kevin llevaría el vehículo de la fábrica, en el que viajaría también Sisi, y tras él iría Sunday, el transportista que habitualmente sustituía a Kevin cuando este se tomaba su semana anual de vacaciones, con el Volvo.

Padre se encontraba de pie junto al hibisco, dando órdenes con una mano en el bolsillo de su túnica blanca y la otra señalando alternativamente los objetos y los coches.

—Las maletas van en el Mercedes y las verduras también. Los ñames irán en el Peugeot 505, junto con las cajas de Remy Martin y los envases de zumo. Mirad si también caben las pilas de *okporoko*. Los sacos de arroz, el *garri*, las alubias y los plátanos van en el Volvo.

Había mucho que transportar, y Adamu se acercaba desde la puerta para ayudar a Sunday y a Kevin. Solo los ñames, grandes tubérculos del tamaño de un cachorro, ya llenaban el maletero del Peugeot 505, y hasta en el asiento delantero del Volvo iba un saco de alubias tumbado como un pasajero que se hubiera quedado dormido. Kevin y Sunday salieron primero y nosotros los seguimos, de manera que si los soldados y los controles de carretera los detenían, nosotros los veíamos y también nos detendríamos.

Padre rezó el rosario antes de salir por el camino vallado. Se detuvo al final del primer diez de manera que madre pudiera continuar con los siguientes avemarías. Jaja siguió con el siguiente diez y luego me tocó a mí. Padre conducía con calma. La vía rápida era de un solo carril y cuando encontrábamos delante a un camión padre aminoraba la marcha tras él, mascullando que las carreteras eran peligrosas, que la gente de Abuya había robado todo el dinero destinado a construir las carreteras de doble carril. Muchos coches tocaban el claxon y nos adelantaban. Algunos iban tan repletos de ñames, sacos de arroz y cajas de refrescos que la parte trasera del vehículo casi rozaba el suelo.

Padre se detuvo en Ninth Mile para comprar pan y *okpa*. Los vendedores ambulantes se abalanzaron sobre el coche y nos metieron por las ventanillas huevos duros, anacardos tostados, agua embotellada, pan, *okpa* y *agidi* mientras nos decían a voz en grito «Cómprame, te lo vendo barato» o «Mírame, tengo lo que buscas».

Aunque padre solo compró pan y *okpa* envuelto en hojas de plátano calientes, dio un billete de veinte *nairas* a cada uno de los demás vendedores. Su respuesta a coro, «Gracias, señor, que Dios lo bendiga», resonó en mis oídos mientras nos alejábamos de camino a Abba.

La señal verde de BIENVENIDOS A ABBA que indicaba la salida de la autopista era demasiado pequeña, por lo que no hubiera resultado extraño no verla. Padre se desvió por el camino sin asfaltar y enseguida empecé a oír que el Mercedes rozaba la carretera de tierra tostada por el sol y llena de baches. Al pasar, la gente nos saludaba con la mano y llamaba a padre por su tratamiento, «Omelora!». Cerca de los edificios de tres pisos a los que se accedía a través de una verja metálica, se veían algunas barracas hechas con juncos y barro. Había niños desnudos y semidesnudos jugando con pelotas de fútbol deshinchadas. Los hombres se sentaban en los bancos bajo los árboles y bebían vino de palma en cuernos de vaca y tazas de vidrio deslucido. Para cuando alcanzamos las grandes puertas metálicas negras de nuestra casa del pueblo, el coche estaba completamente cubierto de polvo. Tres ancianos que descansaban bajo el *ukwa* solitario que había cerca de la verja empezaron a saludar con la mano y a gritar:

—*Nno nu! Nno nu!* ¿Ya estáis de vuelta? ¡Enseguida entramos a recibiros!

El portero nos abrió paso.

—Gracias, Señor, por la benevolencia del viaje —dijo padre al entrar en el complejo, y se santiguó.

—Amén —respondimos los demás.

La visión de nuestra casa seguía dejándome sin respiración, aquel majestuoso edificio blanco de cuatro plantas, con el agua brotando de la fuente en la parte frontal, flanqueada por los cocoteros y por los naranjos que adornaban el jardín que daba acceso a la puerta principal. Tres jovencitos entraron corriendo para darle la bienvenida a padre. Nos habían seguido al trote por el camino de tierra.

—*Omelora!* ¡Buenas tardes, señor! —pronunciaron a coro con un marcado acento igbo.

Solo llevaban puesto un pantalón corto y se les veía el ombligo, una protuberancia del tamaño de un pequeño globo.

—*Kedu nu?* —Padre le dio a cada uno un billete de diez *nairas* de un fajo que sacó de la bolsa de viaje—. Dad recuerdos a vuestros padres y mostradles el dinero.

—¡Sí, señor! ¡Gracias, señor! —respondieron con su acento característico, y salieron corriendo del complejo, riendo a carcajadas.

Kevin y Sunday descargaron los paquetes de comestibles mientras Jaja y yo sacábamos las maletas del Mercedes. Madre se dirigió junto con Sisi al patio trasero para guardar los trípodes de hierro colado. Nuestra comida se hacía en los fogones de gas, dentro de la cocina, pero los trípodes servían para sujetar las enormes ollas en las que se hacía el arroz, el estofado y la sopa para las visitas. Alguno de los cacharros era tan grande que hubiera podido albergar un cabrito entero. Madre y Sisi apenas cocinaban, solo echaban un vistazo y traían más sal, daditos Maggi o utensilios, ya que las esposas de los miembros de nuestra *umunna* venían y se encargaban de todo. Decían que madre tenía que descansar del trajín de la ciudad. Y cada año al terminar la Navidad se llevaban a su casa las sobras: los trozos de carne, el arroz y las alubias, las botellas de bebidas refrescantes, de maltina y de cerveza. Siempre nos preparábamos para alimentar a todo el pueblo, para que ninguno de los que quisieran venir se fuera sin haber comido y bebido hasta lo que padre llamaba «un nivel de satisfacción razonable». Después de todo, padre ostentaba el título de *omelora*: aquel que trabaja para la comunidad. Pero padre no era el único que recibía visitas; los lugareños se dirigían en tropel a toda casa que fuera grande y tuviera una gran puerta, y a veces llevaban consigo fiambreras de plástico con tapas herméticas. Era Navidad.

Jaja y yo estábamos arriba deshaciendo la maleta cuando entró madre y anunció:

—Ade Coker ha venido con su familia para desearnos feliz Navidad. Van camino de Lagos. Bajad conmigo a saludarlos.

Ade Coker era un hombre menudo y rechoncho, de carácter risueño. Cada vez que lo veía, me lo imaginaba escribiendo artículos para el *Standard*. Intentaba imaginármelo desafiando a los soldados, pero no podía. Parecía un muñeco de peluche y, como siempre sonreía, los profundos hoyuelos de sus mejillas mofletudas parecían permanentes, como si alguien le hubiera hundido una varilla. Hasta sus gafas parecían de juguete: el vidrio, tintado de un tono azulado, era más grueso que el cristal de una ventana, y la montura era de plástico blanco. Cuando entramos, estaba lanzando al aire a su hijo de meses, una copia idéntica de sí mismo, y su hija, de pie junto a él, le pedía que también la lanzara a ella.

—Jaja, Kambili, ¿cómo estáis? —nos saludó, y antes de que pudiéramos responder estalló en aquella risa suya tan contagiosa. Mientras hacía muecas al bebé, añadió—: ¿Sabéis?, dicen que cuanto más alto los lanzas de pequeños, más fácil es que aprendan a volar.

El bebé gorjeaba mostrando sus encías rosadas y trataba de dar alcance a las gafas de su padre. Ade Coker echó la cabeza hacia atrás y volvió a lanzar al bebé al aire.

Su esposa, Yewande, nos abrazó y nos preguntó qué tal estábamos. Luego le dio una palmada juguetona en el hombro a Ade Coker y le quitó al bebé. La miré y recordé cómo entre sollozos imploraba a voz en grito a padre que la ayudara.

—¿Os gusta venir al pueblo? —nos preguntó Ade Coker.

Los dos nos quedamos mirando a padre; estaba en el sofá, leyendo sonriente una tarjeta de felicitación.

—Sí —respondimos a la vez.

—¿Eh? ¿Os gusta este lugar dejado de la mano de Dios? —Abrió los ojos hasta un punto esperpéntico—. ¿Tenéis amigos aquí?

—No —respondimos.

—Y entonces ¿qué hacéis en el culo del mundo? —se burló.

Jaja y yo sonreímos y no dijimos nada.

—Qué callados que son —observó, volviéndose hacia padre—. Siempre lo han sido.

—No tienen nada que ver con los chiquillos escandalosos que se crían hoy en día, que no están bien educados ni temen a Dios —le explicó padre.

Estaba segura de que era orgullo lo que tensaba sus labios y le iluminaba la mirada.

—Imagínate lo que sería del *Standard* si todos fuéramos así de callados.

Era una broma. Ade Coker se rió y también su esposa, Yewande. Pero padre no. Jaja y yo nos dimos la vuelta y nos dirigimos arriba, en silencio.

Me despertó el susurro de las hojas de los cocoteros. Más allá de la verja, oía los balidos de las cabras, el canto de los gallos y la gente felicitándose a gritos; el sonido de sus voces de marcado acento igbo me llegaba a través de las paredes de barro.

—Buenos días, ¿estáis despiertos? ¿Habéis dormido bien?

—Buenos días, y en tu casa, ¿habéis dormido bien?

Me incorporé para abrir la ventana de la habitación, para oír mejor los sonidos y dejar que entrara el aire fresco con pinceladas de excrementos de cabra y naranjas maduras. Jaja llamó a la puerta antes de entrar. En Abba ocupábamos habitaciones contiguas; en cambio en Enugu, nuestros dormitorios estaban lejos el uno del otro.

—¿Ya te has levantado? —me preguntó—. Bajemos para las plegarias antes de que nos llame padre.

Encima del pijama, me puse la bata que usaba como colcha ligera en las noches cálidas y me la até con un nudo debajo del brazo. Luego bajé detrás de Jaja.

Los amplios pasillos hacían que nuestra casa pareciera un hotel, así como el olor impersonal de las estancias cerradas la mayor parte del año, de los baños, las cocinas sin usar y las habitaciones deshabitadas. Solo utilizábamos la planta baja y el primer piso, los otros dos permanecían sin habitar desde hacía muchos años, cuando padre fue nombrado jefe y obtuvo el título de *omelora*. Todavía formaba parte de la dirección de Leventis y aún no había comprado su primera fábrica. Los miembros de nuestra *umunna* llevaban mucho tiempo animándolo. Insistían en que contaba con una buena fortuna para hacerlo y, además, ninguno de ellos había obtenido nunca un título. Así que cuando finalmente padre se decidió, tras largas charlas con el párroco y tras insistir en que eliminaran todas las reminiscencias paganas de la ceremonia de obtención del título, fue como una minifiesta por la nueva cosecha de ñames. Los coches ocupaban cada centímetro del camino de tierra que conducía a Abba. El tercer y el cuarto piso de la casa eran un hormiguero de gente. Ahora yo solo subía cuando quería otear más allá del tramo de carretera que había justo detrás de las paredes.

—Hoy padre va a celebrar una reunión de miembros de la iglesia —me anunció Jaja—. He oído cómo se lo decía a madre.

—¿A qué hora?

—Antes de mediodía.

Y con la mirada añadió: «Podremos estar juntos».

En Abba, Jaja y yo no teníamos que seguir ningún horario. Hablábamos más y pasábamos menos tiempo solos en nuestra habitación porque padre estaba muy ocupado recibiendo a la continua afluencia de visitas y asistiendo a reuniones del consejo eclesiástico a las cinco de la madrugada y a reuniones del Ayuntamiento hasta medianoche. O tal vez fuera porque Abba era distinto, porque la gente entraba en nuestra casa cuando se le antojaba o porque el mismo aire que respirábamos se movía a un ritmo más lento.

Padre y madre se encontraban en una de las pequeñas habitaciones que daban a la sala principal de la planta baja.

—Buenos días, padre. Buenos días, madre —los saludamos Jaja y yo.

—¿Qué tal estáis? —nos preguntó padre.

—Bien —respondimos.

Padre parecía lleno de vida; debía de estar despierto desde hacía horas. Estaba hojeando su Biblia, la versión católica que contenía los libros deuterocanónicos, forrada de una piel negra y brillante. Madre estaba aún medio dormida. Se frotó los ojos legañosos al preguntarnos si habíamos dormido bien. Oí voces procedentes de la sala principal. Los invitados habían llegado de madrugada. Cuando nos hubimos santiguado y puesto de rodillas alrededor de la mesa, alguien llamó a la puerta. Se asomó un hombre de mediana edad que llevaba una camiseta raída.

—*Omelora!* —llamó el hombre en aquel tono contundente que la gente utilizaba cuando se dirigía a alguien por su título—. Me voy. Voy a ver si compro algunos regalos de Navidad para mis hijos en Oye Abagana.

Hablaba inglés con un acento igbo tan marcado que incluso en las palabras más cortas sonaban vocales de más. A padre le gustaba que la gente del pueblo hiciera un esfuerzo para hablar en inglés. Decía que demostraban tener buen criterio.

—*Ogbunambala!* —respondió padre—. Espérame, estoy rezando con mi familia. Quiero darte algo para tus hijos. Compartirás conmigo el té y el pan.

—¡Vaya! *Omelora!* Gracias, señor. Este año no he probado la leche.

El hombre seguía asomado a la puerta. Tal vez pensaba que, si se marchaba, padre retiraría su promesa de té con leche.

—*Ogbunambala!* Ve a sentarte y espérame.

El hombre se retiró. Padre leyó los salmos antes de rezar el padrenuestro, el avemaría, el gloria patri y el credo. Aunque rezábamos en voz alta después de dejar que padre pronunciara en solitario las primeras palabras, nos envolvía un velo de silencio. No obstante, al decir «Ahora rezaremos al Espíritu Santo con nuestras propias palabras, pues el Señor intercede por nosotros conforme a Su voluntad», el silencio se rompió. Nuestras voces sonaron fuertes y discordantes. Madre inició una plegaria por la paz y por los que gobernaban el país. Jaja rezó por los sacerdotes y los religiosos en general. Yo rogué por el Papa. Durante veinte minutos, padre rezó para que estuviéramos protegidos de los descreídos y de las fuerzas del mal, por Nigeria y por los impíos que la gobernaban, y porque nosotros siguiéramos creciendo sin apartarnos del buen camino. Finalmente, rogó por la conversión de nuestro *Papannukwu*, para que se salvara del infierno. Padre dedicó un tiempo a la descripción del averno, como si Dios no supiera que las llamas eran eternas y ardían con furia desatada. Al final, alzamos nuestras voces y respondimos: «¡Amén!».

Padre cerró la Biblia.

—Kambili, Jaja, esta tarde iréis a casa de vuestro abuelo y le felicitaréis por las fiestas. Kevin os acompañará. Acordaos de no tocar la comida, ni de beber nada de nada. Y, como siempre, no os quedéis más de quince minutos. Quince minutos como máximo.

—Sí, padre.

Llevábamos oyendo aquello por Navidad desde hacía unos cuantos años, desde la primera vez que visitamos a *Papa-nnukwu*. El abuelo había convocado una reunión de la *umunna* para quejarse de que no conocía a sus nietos y de que nosotros no lo conocíamos a él. Nos lo había explicado él mismo, ya que padre no nos contaba cosas como aquella. *Papa-nnukwu* había explicado en la *umunna* cómo padre se había ofrecido a construirle una casa, a comprarle un coche y a contratar un chófer, a cambio de que se convirtiera y tirara el *chi* que cobijaba en el pequeño santuario de juncos que había construido en el jardín. *Papa-nnukwu* se había echado a reír y le había respondido que se contentaba con ver a sus nietos siempre que fuera posible. No pensaba tirar el *chi*, ya se lo había dicho muchas veces. Los miembros de nuestra *umunna* se pusieron de parte de padre, como siempre, pero le pidieron que nos dejara visitar a *Papa-nnukwu*, porque cualquier hombre que fuera lo suficientemente mayor para ser llamado abuelo se merecía la visita de sus nietos. Padre nunca iba a saludarlo ni a visitarlo, pero le enviaba algún pequeño fajo de *nairas* a través de Kevin o de uno de los miembros de la *umunna*, más pequeño aún que el que regalaba a Kevin como paga extraordinaria de Navidad.

—No me gusta enviaros a casa de un pagano, pero Dios os protegerá —nos dijo padre.

Guardó la Biblia en un cajón y nos atrajo a su lado, acariciándonos los brazos con suavidad.

—Sí, padre.

Entró en el amplio salón. Pude oír más voces, más gente que entraba y decía «Nno nu», y se quejaba de lo difícil que resultaba la vida, de que aquella Navidad no podría comprar ropa nueva a sus hijos.

—Jaja y tú tomaréis el desayuno arriba. Yo misma os lo subiré. Vuestro padre desayunará con los invitados —nos explicó madre.

—Deja que te ayude —me ofrecí.

—No, *nne*, ve arriba. Quédate con tu hermano.

Vi que madre se dirigía a la cocina, con su cojera característica. Su pelo trenzado estaba recogido en una redecilla rematada en un nudo del tamaño de una pelota de golf, como el gorro de Papá Noel. Tenía aspecto de cansada.

—*Papa-nnukwu* vive cerca, podemos ir andando en cinco minutos, no hace falta que nos acompañe Kevin —propuso Jaja mientras subíamos.

Cada año decía lo mismo, pero Kevin siempre nos llevaba en coche para vigilarnos.

Aquella misma mañana, un poco más tarde, mientras salíamos de la finca en el coche con Kevin, me volví a contemplar una vez más las relucientes paredes y columnas blancas de nuestra casa, el perfecto arco plateado de reflejos irisados que formaba el agua de la fuente. *Papa-nnukwu* nunca había puesto un pie allí, porque cuando padre decretó que no se permitía la entrada a los paganos, no hizo una excepción con su padre.

—Vuestro padre me ha dicho que podéis quedaros quince minutos —nos avisó Kevin mientras aparcaba junto al bordillo cerca de la valla hecha con juncos de *Papa-nnukwu*.

Antes de salir del coche, me quedé mirando la cicatriz que Kevin tenía en el cuello. Se había caído hacía unos años de una palmera en su pueblo natal, en el delta del Níger, estando de vacaciones. La cicatriz iba del centro de la cabeza hasta la nuca. Tenía forma de daga.

—Ya lo sabemos —respondió Jaja.

Mi hermano empujó la portezuela de madera de *Papa-nnukwu* y esta chirrió al abrirse. Era tan estrecha que, de haber venido padre alguna vez de visita, hubiera tenido que entrar de lado. Todo el terreno ocupaba apenas la cuarta parte de nuestro patio trasero de Enugu. Dos cabras y unos cuantos pollos pululaban por allí, mordisqueando y picando algunas briznas de hierba seca. La casa que se erguía en el centro del terreno era pequeña, compacta como un dado. Era difícil imaginar que padre y tía Ifeoma se hubieran criado allí. Se parecía a una de aquellas casas que solía dibujar en el parvulario: cuadrada, con la puerta rectangular en el centro y dos ventanas cuadradas a cada lado. La única diferencia era que en casa de *Papa-nnukwu* había un porche, delimitado por barrotes de hierro oxidado. La primera vez que Jaja y yo fuimos de visita, entré buscando el baño y *Papa-nnukwu* se puso a reír y señaló fuera, hacia un cuchitril del tamaño de un armario hecho con bloques de cemento sin pintar y unas hojas de palma entrelazadas a modo de puerta. Aquel día también había examinado su persona, apartando los ojos cuando cruzábamos la mirada, en busca de algún rasgo diferencial, de algún signo de impiedad. No llegué a descubrir ninguno, pero estaba segura de que lo había. Tenía que haberlo.

Papa-nnukwu estaba sentado en un taburete bajo en el porche, enfrente tenía unos cuencos llenos de comida sobre un mantel individual de rafia. En cuanto entramos, se levantó. Llevaba una túnica atada en la nuca sobre una camiseta que debía de haber sido blanca pero que se había oscurecido con el tiempo y amarilleaba en la zona de las axilas.

—*Neke! Neke! Neke!* ¡Kambili y Jaja han venido a ver a su abuelo! —exclamó.

Aunque se había encorvado por la edad, era fácil adivinar que había sido muy alto. Le estrechó la mano a Jaja y a mí me dio un abrazo. Apreté mi cuerpo contra el suyo unos instantes, con delicadeza, mientras contenía la respiración por el fuerte y desagradable olor a mandioca que lo impregnaba.

—Venid y comed —nos ofreció, señalando el mantel de rafia.

Los cuencos de loza contenían fufú hojaldrado y sopa aguada sin ningún pedazo de carne ni de pescado. Era costumbre ofrecerlo, pero *Papa-nnukwu* ya sabía que íbamos a decir que no y nos miraba con ojos traviesos.

—No, gracias, señor —dijimos, y nos sentamos en el banco de madera junto a él.

Yo me recosté y apoyé la cabeza en los postigos de la ventana, que tenían unas aberturas horizontales simétricas.

—He oído que llegasteis ayer —comentó.

Su labio inferior temblaba, al igual que su voz, y a veces yo tardaba unos instantes en entender lo que acababa de decir, ya que hablaba en un dialecto antiguo; su habla no mostraba ninguna de las flexiones anglicanizadas de la nuestra.

—Sí —respondió Jaja.

—Kambili, has crecido, te has convertido en una madura *agbogho*. Pronto tendrás pretendientes —dijo bromeando.

Se estaba quedando ciego del ojo izquierdo, que estaba cubierto de una fina película del color y la consistencia de la leche diluida. Sonreí mientras él estiraba el brazo para darme unas palmadas en el hombro; las manchas claras de su mano debidas a la edad aún destacaban más a causa del color terroso oscuro de su piel.

—*Papa-nnukwu*, ¿está bien? ¿Cómo se encuentra? —le preguntó Jaja.

Papa-nnukwu se encogió de hombros como queriendo decir que había muchas cosas que no funcionaban correctamente, pero que no tenía elección.

—Estoy bien, hijo. ¿Qué puede hacer un pobre viejo sino estar bien hasta que llegue el momento de unirse a sus antepasados?

Hizo una pausa para modelar un pedazo de fufú con los dedos.

Me quedé mirando aquella sonrisa en su rostro mientras lanzaba con gracia el trozo de comida al suelo, a la hierba seca que se mecía con el viento, y le pedía a Ani, el dios de la tierra, que comiera con él.

—A menudo me duelen las piernas. Vuestra tía Ifeoma me trae medicamentos siempre que puede reunir el dinero necesario. Pero soy viejo, y si no son las piernas, serán las manos.

—¿Vendrán tía Ifeoma y sus hijos este año? —le pregunté.

Papa-nnukwu se rascó los pocos mechones blancos que se empeñaban en aferrarse a su calva.

—*Ehye*, los espero mañana.

—El año pasado no vinieron —observó Jaja.

—Ifeoma no pudo. —*Papa-nnukwu* sacudió la cabeza—. Desde que murió el padre de sus hijos, ha pasado momentos muy duros. Pero este año los traerá y los veréis. No está bien que apenas conozcáis a vuestros primos, no está bien.

Jaja y yo no dijimos nada. No conocíamos muy bien a tía Ifeoma ni a sus hijos porque ella y padre se habían peleado a causa de *Papa-nnukwu*. Madre nos lo había contado. Tía Ifeoma dejó de hablarle a padre cuando le prohibió a *Papa-nnukwu* que viniera a casa, y pasaron unos cuantos años antes de que volvieran a dirigirse la palabra.

—Si en la sopa hubiera algo de carne —dijo *Papa-nnukwu*—, os la ofrecería.

—No se preocupe, *Papa-nnukwu* —lo tranquilizó Jaja.

El abuelo se tomó su tiempo para tragar la comida. Miré cómo esta se deslizaba por su garganta y luchaba por pasar por la nuez con aspecto de pasa arrugada que sobresalía de su cuello. No tenía cerca ninguna bebida, ni siquiera agua.

—Esa chica que me ayuda, Chinyelu, está a punto de llegar. La he mandado a comprar refrescos para vosotros a la tienda de Ichie —dijo.

—No, *Papa-nnukwu*. Gracias, señor —dijo Jaja.

—*Ezi okwu?* Sé que vuestro padre no os deja comer aquí porque yo ofrezco los alimentos a nuestros antepasados, pero ¿beber tampoco? ¿Es que no compro la bebida en la tienda como todo el mundo?

—*Papa-nnukwu*, hemos tomado algo justo antes de venir —aclaró Jaja—. Pero si tenemos sed, beberemos en su casa.

Papa-nnukwu sonrió. Tenía los dientes amarillentos y muy separados, ya que se le habían caído unos cuantos.

—Has hablado bien, hijo. Eres la reencarnación de mi padre, Ogbuefi Olioke. Él también hablaba con acierto.

Me quedé mirando el fufú en el plato de loza que había perdido el esmalte verde hoja en los bordes. Me imaginaba el fufú, que los vientos del harmatán secarían hasta convertirlo en un mendrugo, rascando la garganta de *Papa-nnukwu* al tragárselo. Jaja me dio un ligero codazo, pero yo no quería irme, quería quedarme por si el fufú se quedaba atascado en la garganta de *Papa-nnukwu* y lo asfixiaba y había que salir corriendo a por agua. Aunque no sabía dónde estaba el agua. Jaja volvió a darme un codazo y yo seguí sin ser capaz de levantarme. El banco me retenía, me succionaba como una ventosa. Vi un gallo gris que se dirigía al santuario en la esquina del jardín, donde habitaba el dios de *Papa-nnukwu*, adonde padre decía que ni Jaja ni yo debíamos acercarnos nunca. El santuario era una cabaña baja y abierta, con el tejado de barro y las paredes cubiertas de hojas de palma secas. Se parecía a la gruta que había debajo de Santa Inés, la dedicada a Nuestra Señora de Lourdes.

—Con su permiso, nos marchamos, *Papa-nnukwu* —dijo Jaja, poniéndose finalmente en pie.

—Muy bien, hijo mío —respondió.

No dijo «¿Adónde vais tan pronto?» o «¿Es que mi casa os ahuyenta?». Estaba acostumbrado a que nos marcháramos al poco de llegar. Al acompañarnos al coche, apoyándose en el bastón torcido hecho con la rama de un árbol, Kevin salió del vehículo y lo saludó, luego le tendió el pequeño fajo de dinero.

—¿Eh? Dad las gracias a Eugene de mi parte —añadió *Papa-nnukwu*, sonriendo—. Dadle las gracias.

Al marcharnos nos dijo adiós con la mano. Yo le devolví el saludo y seguí con los ojos posados en él mientras volvía a su habitáculo. Si a *Papa-nnukwu* le molestaba que su hijo le mandara sumas miserables de dinero de forma impersonal a través del chófer, no lo demostraba. No lo había demostrado la pasada Navidad, ni la anterior. Nunca. Padre había tratado de forma muy distinta a mi abuelo materno, hasta que murió cinco años atrás. Cada año, al llegar a Abba, padre se detenía en casa del abuelo en nuestro *ikwu nne*, la casa en la que madre había vivido de soltera, antes de llegar a nuestra propia casa. El abuelo tenía la piel muy clara, era casi albino, y se decía que aquel era uno de los motivos por los que a los misioneros les caía bien. Siempre decidido a hablar en inglés con aquel marcado acento igbo, también sabía latín y a menudo recitaba los artículos del Concilio Vaticano I y pasaba la mayor parte del tiempo en San Pablo, la iglesia de la que había sido el primer catequista. Insistía en que lo llamáramos abuelo en inglés, en lugar de *Papa-nnukwu* o *nna-ochie*. Padre aún hablaba de él a menudo, con la mirada llena de orgullo, como si se tratara de su propio padre. Decía que él había abierto los ojos antes que mucha de nuestra gente, que era uno de los pocos que había recibido bien a los misioneros. «¿Sabéis lo rápido que aprendió el inglés? Cuando se hizo intérprete, ¿sabéis cuántos se convirtieron gracias a él? ¡Pero si él solito convirtió a la mayor parte de Abba! Hacía las cosas como se han de hacer, como las hacen los blancos, no como las sigue haciendo nuestra gente.» Padre conservaba una foto del abuelo con la vestimenta propia de los Caballeros de San Juan, enmarcada en caoba y colgada en una de las paredes de nuestra casa en Enugu. No me hacía falta aquella foto para acordarme del abuelo. Solo tenía diez años cuando murió, pero recordaba perfectamente sus ojos verdes casi albinos, la manera en que utilizaba la palabra «pecador» en cada frase.

—La salud de *Papa-nnukwu* no parece tan buena como el año pasado —le susurré a Jaja al oído en el coche de vuelta a casa.

No quería que Kevin me oyera.

—Es mayor —observó Jaja.

Al llegar a casa, Sisi nos trajo la comida, arroz y carne de ternera frita servida en platos muy elegantes de color beige, y Jaja y yo comimos solos. La reunión eclesiástica había empezado y a veces oíamos cómo las voces masculinas se alzaban en una discusión, al igual que oíamos la modulación de las voces femeninas en el patio trasero, las de las esposas de los miembros de nuestra *umunna*, que se dedicaban a lubricar las ollas para que luego resultaran más fáciles de lavar, a machacar especias en morteros de madera y a encender el fuego bajo los trípodes de hierro.

—¿Lo vas a confesar? —le pregunté a Jaja mientras comíamos.

—¿El qué?

—Lo que has dicho antes, que si teníamos sed, beberíamos en casa de *Papa-nnukwu*. Ya sabes que no podemos —dije.

—Solo quería decir algo para que se sintiera mejor.

—Lo lleva bien.

—Lo disimula bien —me corrigió Jaja.

En aquel momento, padre abrió la puerta y entró. No lo había oído subir la escalera y tampoco lo esperaba porque la reunión seguía en el piso de abajo.

—Buenas tardes, padre —lo saludamos Jaja y yo.

—Kevin me ha dicho que habéis pasado veinticinco minutos en casa de vuestro abuelo. ¿Es eso lo que yo os había dicho? —Padre hablaba en voz baja.

—Me he entretenido, ha sido culpa mía —mintió Jaja.

—¿Qué es lo que habéis hecho allí? ¿Habéis tomado algún alimento que ha sido ofrecido a los ídolos? ¿Habéis profanado vuestro paladar cristiano?

Me quedé de piedra; no sabía que los paladares también pudieran ser cristianos.

—No —respondió Jaja.

Padre se acercó a mi hermano. Ya solo hablaba en igbo. Creí que iba a estirarle de las orejas, que iba a propinarle unos cuantos tirones al mismo ritmo de sus palabras, que le daría una bofetada que sonaría como cuando un gran libro se caía al suelo desde la estantería de la escuela, y que luego se acercaría y me daría también a mí un sopapo con la tranquilidad de quien se estira para alcanzar el pimentero. Pero en cambio dijo:

—Quiero que terminéis de comer y vayáis a vuestras habitaciones a rezar y a pedir perdón.

Y volvió a bajar.

El silencio que dejó resultaba violento pero era un alivio, como llevar una chaqueta de lana que pica en una mañana de frío glacial.

—Aún te queda arroz en el plato —dijo Jaja al fin.

Asentí y cogí el tenedor. Entonces oí a padre levantar la voz justo bajo la ventana y volví a dejar el cubierto.

—¿Qué está haciendo en mi casa? ¿Qué está haciendo Anikwenwa en mi casa?

El timbre de voz enfurecido de padre hizo que se me helaran las puntas de los dedos. Jaja y yo nos asomamos a la ventana y, al no alcanzar a ver nada, salimos al porche y nos quedamos junto a los pilares.

Padre se encontraba en el jardín, cerca de un naranjo. Hablaba a gritos a un viejo arrugado que llevaba una camiseta blanca rota y una túnica atada fuertemente al talle. Alrededor de padre se encontraban unos cuantos hombres.

—¿Qué hace Anikwenwa en mi casa? ¿Qué hace aquí un idólatra? ¡Fuera!

—¿Ya sabes que tengo la edad de tu padre, *gbo*? —le preguntó el viejo. El dedo que agitaba en el aire pretendía estar dirigido al rostro de padre, pero no pasaba de la altura de su pecho—. ¿Ya sabes que mi madre me amamantaba al mismo tiempo que a tu padre la suya?

—¡Fuera de mi casa! —Padre señaló la puerta.

Dos hombres acompañaron despacio a Anikwenwa hasta hacerlo salir de la propiedad. No se resistió; era demasiado viejo. Pero siguió mirando atrás y lanzando amenazas a padre:

—*Ifukwa gi!* ¡Eres como una mosca que sin darse cuenta sigue al cadáver hasta la tumba!

Seguí con la mirada a aquel hombre de paso vacilante hasta que hubo atravesado la verja.

Tía Ifeoma llegó al día siguiente al caer la tarde, cuando los naranjos ya empezaban a proyectar su sombra larga y ondulante en la fuente del jardín. Su risa se propagó por la casa y llegó a la sala del piso de arriba, donde me encontraba leyendo. Hacía dos años que no la oía, pero hubiera reconocido aquella risa campechana y cantarina en cualquier parte. Tía Ifeoma era tan alta como padre y tenía el cuerpo bien proporcionado. Andaba deprisa, como si siempre supiera adónde se dirigía y con qué propósito. Y hablaba de la misma manera, como si quisiera pronunciar el máximo de palabras en el menor tiempo posible cada vez.

—Bienvenida, tía, *nno* —le dije, levantándome para darle un abrazo.

Pero ella no me pasó el brazo por el hombro y me estrechó ligeramente como de costumbre. En vez de eso, me estrechó muy fuerte entre sus brazos y me retuvo allí, junto a su cuerpo suave. Las anchas solapas de su vestido holgado olían a lavanda.

—Kambili, *kedu?*

Su amplia sonrisa formó una mueca en su rostro de piel oscura y dejó al descubierto la separación entre sus dientes incisivos.

—Estoy bien, tía.

—Has crecido mucho. Mírate, mírate. —Alargó el brazo y me tiró del pecho izquierdo—. ¡Qué rápido crecen estos!

Volví la mirada y respiré hondo para no tartamudear. No sabía cómo tomarme aquel tipo de bromas.

—¿Dónde está Jaja? —me preguntó.

—Durmiendo. Le duele la cabeza.

—¿A tres días de Navidad? No es posible. Voy a despertarlo y a quitarle el dolor de cabeza. —Tía Ifeoma se echó a reír—. Hemos llegado antes de mediodía; hemos salido de Nsukka muy temprano y aún habríamos llegado antes de no ser porque el coche se ha estropeado por el camino, pero gracias a Dios ha ocurrido cerca de Ninth Mile y nos ha sido fácil encontrar un mecánico.

—Alabado sea el Señor —dije. Luego, tras una pausa, le pregunté—: ¿Cómo están mis primos?

Era pura cortesía; me seguía pareciendo raro preguntar por unos primos a los que apenas conocía.

—Están a punto de llegar. Han ido a ver a tu *Papa-nnukwu* y él ha empezado a contarles una de sus historias. Y ya sabes que no termina nunca.

—¡Ah! —exclamé.

No sabía que *Papa-nnukwu* contara historias interminables. Ni siquiera sabía que le gustara contar historias.

Madre entró en la habitación con una bandeja llena de refrescos y batidos de leche malteada. Sobre las botellas descansaba un plato de *chin-chin*.

—*Nwunye m*, ¿para quién es esto? —preguntó tía Ifeoma.

—Para ti y para los críos —le respondió madre—, ¿no dices que vendrán enseguida, *okwia*?

—No tendrías que haberte molestado, en serio. Hemos comprado *okpa* por el camino y hemos comido.

—Entonces voy a ponerte el *chin-chin* en una bolsa para que te lo lleves —le ofreció madre.

Se volvió para salir de la habitación. Iba muy elegante, con la túnica estampada en amarillo y la blusa a juego con una puntilla también de color amarillo cosida a las mangas cortas y vaporosas.

—*Nwunye m* —la llamó tía Ifeoma, y madre se volvió.

La primera vez que oí a tía Ifeoma llamar así a madre años atrás, me horrorizó el hecho de que una mujer se dirigiera a otra llamándola «mi esposa». Cuando le pregunté a padre, me explicó que era una costumbre de la tradición pagana, que correspondía a la idea de que era la familia entera y no solo el hombre quien tomaba a la mujer por esposa. Más tarde, y a pesar de estar las dos solas en mi habitación, madre me susurró: «Yo también soy su esposa, porque me casé con tu padre. Da a entender que me acepta».

—*Nwunye m*, ven y siéntate. Pareces cansada. ¿Te encuentras bien? —le preguntó tía Ifeoma.

En el rostro de madre se dibujó una sonrisa tensa.

—Estoy bien, muy bien. He estado ayudando a las mujeres de nuestra *umunna* a cocinar.

—Ven y siéntate —insistió tía Ifeoma—. Ven, siéntate y descansa. Las mujeres pueden ir a buscar la sal ellas solas. Después de todo, han venido a llevarse lo vuestro, a embutir la carne en hojas de plátano cuando nadie las mire y llevársela a casa.

Tía Ifeoma se echó a reír.

Madre se sentó a mi lado.

—Eugene intenta hacerse con más sillas para colocarlas ahí fuera, en especial para el día de Navidad. Ya ha venido mucha gente.

—Ya sabes que nuestra gente no tiene otra cosa que hacer en Navidad que ir de casa en casa —observó tía Ifeoma—, pero tú no puedes pasarte el día sirviéndoles. Tenemos que llevar a los niños a Abagana, al festival Aro, a que vean los *mmuo*.

—Eugene no permitirá que los niños asistan a un festival pagano —se extrañó madre.

—¿Un festival pagano, *kwa*? Todo el mundo va a Aro a ver los *mmuo*.

—Ya lo sé, pero ya conoces a Eugene.

Tía Ifeoma sacudió la cabeza despacio.

—Le diré que vamos a dar una vuelta en coche para poder estar juntos, en especial los niños.

Madre jugueteó nerviosamente con los dedos y estuvo un rato sin decir nada. Luego preguntó:

—¿Cuándo vas a llevar a los niños al pueblo de su padre?

—Tal vez hoy, aunque ahora mismo no estoy de humor para soportar a la familia de Ifediora. Cada día se tragan más mierda. La gente de su *umunna* les dijo que mi marido había dejado dinero y que yo lo había escondido. La pasada Navidad, una vecina me dijo que yo lo había asesinado. En aquel momento, me habría gustado llenarle la boca de tierra. Pero se me ocurrió que tal vez sería mejor sentarme a su lado y explicarle que una mujer no mata a un marido al que ama, que lo normal no es que organice un accidente de circulación en el que un tráiler se estrelle contra su coche; luego pensé que no valía la pena malgastar el tiempo. Tienen el cerebro tan pequeño como las gallinas de Guinea. —Tía Ifeoma emitió un silbido—. No sé durante cuánto tiempo aguantaré llevando allí a los niños.

Madre hizo un gesto de comprensión.

—La gente no siempre dice cosas sensatas. Pero es bueno que tus hijos vayan allí, en especial los niños. Tienen que conocer la tierra de su padre y a los miembros de su *umunna*.

—Sinceramente, no sé cómo Ifediora pudo salir de semejante *umunna*.

Mientras hablaba, yo contemplaba sus labios; los de madre parecían muy pálidos al lado de los de tía Ifeoma, pintados de color bronce brillante.

—En la *umunna* siempre dicen cosas desagradables —observó madre—. ¿Acaso no le dijeron a Eugene en la nuestra que se casara con otra mujer porque un hombre de su posición no podía tener solo dos hijos? Si no hubiera sido por los que como tú se pusieron de mi parte…

—Basta ya, basta de estar agradecida. Si Eugene lo hubiera hecho, habría sido él quien hubiera salido perdiendo, no tú.

—Eso es lo que tú dices. Una mujer con hijos y sin marido, ¿qué es eso?

—Yo.

Madre agitó la cabeza.

—Ya estamos otra vez, Ifeoma. Ya sabes lo que quiero decir. ¿Cómo puede una mujer vivir así?

Madre tenía los ojos muy abiertos, le ocupaban gran parte del rostro.

—*Nwunye m*, a veces la vida empieza cuando termina el matrimonio.

—Tú y tus charlas universitarias. ¿Es eso lo que enseñas a tus alumnas? —Madre sonreía.

—De verdad que sí. Pero cada día se casan más jóvenes. «¿Para qué sirve un título si después no encontramos trabajo?», me preguntan.

—Al menos alguien se hará cargo de ellas cuando se casen.

—No sé quién se hará cargo de quién. Seis chicas de mi seminario de primer curso están casadas, sus maridos vienen a verlas con sus Mercedes y sus Lexus cada fin de semana, les compran equipos estereofónicos, libros de texto y neveras, y cuando se gradúen les pertenecerán ellas y sus títulos, ¿no lo ves?

Madre meneó la cabeza.

—Otra vez con la universidad. Un marido es lo que da sentido a la vida de una mujer, Ifeoma. Eso es lo que quieren.

—Eso es lo que creen que quieren. Pero ¿cómo puedo culparlas? Mira lo que ese tirano militar le está haciendo a nuestro país. —Tía Ifeoma cerró los ojos, de la manera en que la gente lo hace cuando se esfuerza por recordar algo desagradable—. Hace tres meses que en Nsukka no tenemos combustible. La semana pasada, estuve una noche entera en la gasolinera, esperando a que llegara. Al final, no llegó. Hubo quienes tuvieron que dejar el coche en el establecimiento porque no tenían suficiente combustible para volver a casa. Si hubieras visto cómo me picaron los mosquitos aquella noche, cada uno de los habones de la cara era del tamaño de un anacardo.

—Vaya. —Madre agitó la cabeza en señal de comprensión—. ¿Cómo van en general las cosas por la universidad?

—Acabamos de suspender otra huelga, a pesar de que no le han pagado a un solo profesor en los últimos dos meses. Nos dicen que el gobierno federal no tiene dinero. —Tía Ifeoma se rió sin ganas—. *Ifukwa*, la gente se está marchando del país. Phillipa se fue hace dos meses. ¿Recuerdas a mi amiga Phillipa?

—Vino contigo una Navidad. ¿Es de piel oscura y regordeta?

—Sí. Ahora da clases en Estados Unidos. Comparte un despacho minúsculo con otro profesor adjunto, pero dice que al menos allí cobran. —Tía Ifeoma hizo una pausa para quitarle algo de la blusa a madre. No me perdía ningún movimiento, no podía dejar de contemplarla. Era aquel desparpajo suyo, la manera en que gesticulaba al hablar, la sonrisa que dejaba la separación interdental al descubierto—. Me he traído el hornillo —prosiguió—. Es lo que usamos ahora; en la cocina ya ni olemos el combustible. ¿Sabes cuánto cuesta una bombona? ¡Es vergonzoso!

Madre se removió en el sofá.

—¿Por qué no se lo dices a Eugene? En la fábrica hay bombonas…

Tía Ifeoma se echó a reír y le dio unas palmadas cariñosas en el hombro a madre.

—*Nwunye m*, las cosas están difíciles, pero aún no nos estamos muriendo. Te cuento todo esto porque eres tú, pero si se tratara de otra persona sería capaz de untarme la cara de vaselina para tener el cutis lustroso.

Entonces entró padre, de camino a su dormitorio. Estaba segura de que iba a por más fajos de *nairas* para repartir entre las visitas y poder decirles «No es mío, es de Dios» cuando empezaran a dar gracias.

—Eugene —lo llamó tía Ifeoma—, decía que Jaja y Kambili deberían pasar un rato conmigo y con los niños mañana.

Padre resopló y continuó andando hacia la puerta.

—¡Eugene!

Cada vez que tía Ifeoma se dirigía a padre, se me paraba el corazón y cuando volvía a iniciar los latidos el pulso me iba a toda velocidad. Le hablaba de cualquier manera; no parecía reconocer que era padre, que era alguien diferente, especial. Hubiera querido alargar la mano y cogerle los labios para obligarla a mantenerlos cerrados, pero se me llenarían los dedos de aquel pintalabios de tono bronce.

—¿Adónde quieres llevarlos? —le preguntó padre sin apartarse de la puerta.

—A dar una vuelta.

—¿De visita por los lugares de interés? —le preguntó padre. Hablaba en inglés, mientras que tía Ifeoma lo hacía en igbo.

—¡Eugene! ¡Deja que los niños vengan con nosotros! —Tía Ifeoma estaba molesta, había alzado ligeramente la voz—. ¿Es que no estamos celebrando la Navidad? Los niños no han tenido nunca ocasión de estar juntos. *Imakwa*, el pequeño, Chima, no sabe ni cómo se llama Kambili.

Padre me miró y luego se volvió hacia madre. Buscaba en nuestros rostros, bajo la nariz, en la frente o en los labios, algún gesto que le disgustara.

—De acuerdo. Puedes llevarlos contigo, pero ya sabes que no quiero que se acerquen a nada que resulte impío. Si pasáis cerca de los *mmuo*, mantén las ventanillas subidas.

—Ya te he oído, Eugene —puntualizó tía Ifeoma con una formalidad exagerada.

—¿Por qué no comemos juntos el día de Navidad? —le preguntó padre—. Entonces los niños podrían estar juntos.

—Ya sabes que ese día lo pasamos con *Papa-nnukwu*.

—¿Qué sabrán de la Navidad los idólatras?

—Eugene… —Tía Ifeoma tomó aire—. De acuerdo, los niños y yo vendremos el día de Navidad.

Padre había vuelto a la planta de abajo y yo seguía sentada en el sofá, mirando cómo tía Ifeoma hablaba con madre, cuando llegaron mis primos. Amaka era la viva imagen, adolescente y un poco más delgada, de su madre. Caminaba y hablaba incluso más deprisa y con más decisión que ella. Lo único distinto eran sus ojos, los suyos no gozaban de la calidez incondicional de los de tía Ifeoma. Eran unos ojos que resultaban burlones, de los que preguntaban mucho y aceptaban pocas respuestas. Obiora era un año más joven, tenía la piel muy clara y los ojos color miel escondidos tras unas gafas de cristal muy grueso; las comisuras de sus labios se curvaban hacia arriba en una sonrisa permanente. Chima tenía la piel tan oscura como el fondo de una olla de arroz quemada, y era alto para tan solo siete años. Todos se reían de forma parecida: estallaban en carcajadas con gran entusiasmo.

Saludaron a padre y cuando este les tendió el dinero del aguinaldo, Amaka y Obiora le dieron las gracias, manteniendo visibles los gruesos fajos de *nairas*. Sus ojos mostraban sorpresa de manera educada, para no parecer presuntuosos y no demostrar que esperaban recibir dinero.

—Aquí tenéis antena parabólica, ¿verdad? —me preguntó Amaka.

Fue lo primero que dijo después de saludarnos. Llevaba el pelo más largo por delante y gradualmente más corto formando un arco hasta la nuca, donde casi lo llevaba al ras.

—Sí.

—¿Podemos ver la CNN?

Simulé un ataque de tos; esperaba no ponerme a tartamudear.

—Tal vez mañana —continuó Amaka—, porque ahora mismo tenemos que ir a visitar a la familia de mi padre que vive en Ukpo.

—No vemos mucho la televisión.

—¿Por qué? —quiso saber Amaka. No parecía que tuviéramos la misma edad, quince años. Ella tenía aspecto de más mayor, o quizá fuera el parecido sorprendente con tía Ifeoma o la manera en que me miraba directamente a los ojos—. ¿Es que os aburre? Ojalá todos pudiéramos tener una parabólica y aburrirnos.

Quería decirle que lo lamentaba, que no quería que dejáramos de inspirarle simpatía por no ver la televisión. Quería que supiera que a pesar de tener aquellas antenas parabólicas tanto en la casa de Enugu como en aquella, no veíamos la televisión porque padre no había incluido aquella actividad en nuestro horario.

Pero Amaka ya se había vuelto hacia su madre, que permanecía sentada inclinada hacia madre.

—Mamá, si vamos a ir a Ukpo tenemos que marcharnos ya para volver antes de que *Papa-nnukwu* esté durmiendo.

Tía Ifeoma se puso en pie.

—Sí, *nne*, tenemos que irnos.

Llevaba a Chima de la mano mientras bajaban por la escalera. Amaka dijo algo, señalando nuestro pasamanos de recargado dibujo trabajado a mano, y Obiora se echó a reír. No se volvió para despedirse, pero los primos, sí. Tía Ifeoma me dijo adiós con la mano y anunció:

—Mañana os veré a Jaja y a ti.

Tía Ifeoma entró a la propiedad en su coche justo en el momento en que terminábamos de desayunar. Cuando irrumpió en el comedor, me imaginé a un orgulloso antepasado que se veía obligado a caminar kilómetros y kilómetros para ir a por agua en una vasija de arcilla hecha por él mismo, que tenía que cuidar a los bebés hasta que estos podían andar y hablar, y que tenía que defenderse con machetes afilados en piedras. Ella sola llenaba la habitación.

—¿Estáis listos, Jaja, Kambili? *Nwunye m*, ¿es que no vas a venir con nosotros?

Madre sacudió la cabeza en señal negativa.

—Ya sabes que a Eugene le gusta que esté por aquí.

—Kambili, creo que irás más cómoda con pantalones —observó tía Ifeoma mientras caminábamos hacia el coche.

—Voy bien así, tía —dije, pero me preguntaba por qué no le contaba la verdad, que todo lo que tenía eran faldas que me llegaban bastante por debajo de la rodilla y que no tenía ningún pantalón porque era pecado que los llevara una mujer.

Su ranchera, un Peugeot 504, era de color blanco, pero en los guardabarros había saltado la pintura y ahora estaban oxidados y muy feos. Amaka se sentaba en el asiento del acompañante, Obiora y Chima iban detrás y Jaja y yo ocupamos los asientos de en medio. Madre nos siguió con la mirada hasta que el coche desapareció de su vista. Lo sabía porque sentía sus ojos, su presencia. El coche sonaba como si se le hubieran soltado algunos tornillos y estos traquetearan con los zarandeos de la carretera llena de baches. En el salpicadero, en lugar de las rejillas del aire acondicionado había agujeros, por lo que teníamos que llevar las ventanillas bajadas. El polvo se me metía en la boca, en los ojos y en la nariz.

—Ahora vamos a recoger a *Papa-nnukwu*, vendrá con nosotros —anunció tía Ifeoma.

De pronto, se me puso un nudo en el estómago y miré a Jaja. Él volvió sus ojos hacia mí. ¿Qué íbamos a decirle a padre? Jaja apartó la mirada; no tenía respuesta.

Antes de que tía Ifeoma detuviera el motor frente a la propiedad cercada de barro y juncos, Amaka ya había abierto la puerta y se había bajado del vehículo de un salto.

—¡Ya voy yo a por *Papa-nnukwu*!

Los chicos también se bajaron del vehículo y siguieron a Amaka a través de la portezuela de madera.

—¿No queréis bajar? —nos preguntó tía Ifeoma, volviéndose hacia Jaja y hacia mí.

Aparté la mirada. Jaja permaneció sentado y tan callado como yo.

—¿No queréis entrar en casa de vuestro *Papa-nnukwu*? ¿Es que no vinisteis a saludarlo hace dos días?

Tía Ifeoma nos miraba con los ojos muy abiertos.

—No nos está permitido volver —explicó Jaja.

—¿Qué tontería es esa? —Entonces tía Ifeoma se detuvo en seco, tal vez al recordar que no éramos nosotros quienes imponíamos las reglas—. Decidme: ¿por qué creéis que vuestro padre no os deja venir?

—No lo sé —admitió Jaja.

Tenía la lengua agarrotada y al tratar de moverla noté el sabor del polvo.

—Porque *Papa-nnukwu* es pagano.

Padre se habría sentido orgulloso de oírmelo decir.

—Vuestro *Papa-nnukwu* no es pagano, Kambili, es tradicionalista —me explicó tía Ifeoma.

Me la quedé mirando. Pagano, tradicionalista, ¿qué más daba? No era católico y punto, no era un hombre de fe. Era uno de aquellos por cuya conversión rezábamos, para que no acabaran en el fuego eterno del infierno.

Permanecimos sentados en silencio hasta que la portezuela se abrió y Amaka salió caminando lo suficientemente cerca de *Papa-nnukwu* como para sujetarlo en caso de que lo necesitara. Los muchachos caminaban tras ellos. *Papa-nnukwu* llevaba una camisa amplia estampada y unos pantalones de color caqui que le llegaban hasta la rodilla. Nunca lo había visto vestido con otra cosa que no fuera la túnica raída que llevaba enrollada alrededor del cuerpo cuando íbamos a visitarlo.

—Esos pantalones se los compré yo —dijo tía Ifeoma riendo—. Mira qué joven parece, ¿quién diría que tiene ochenta años?

Amaka ayudó a *Papa-nnukwu* a montarse en el asiento del acompañante y ella se sentó en medio, con nosotros.

—*Papa-nnukwu*, buenas tardes, señor —lo saludamos Jaja y yo.

—Kambili, Jaja, os vuelvo a ver antes de que volváis a la ciudad. *Ehye*, señal de que pronto iré a reunirme con mis antepasados.

—*Nna anyi*, ¿es que no te cansas de augurar tu muerte? —le riñó tía Ifeoma, poniendo el motor en marcha—. ¡Podrías contarnos algo nuevo!

Lo llamaba *nna anyi*, «nuestro padre». Me preguntaba si padre también lo habría llamado así y cómo lo llamaría ahora si todavía tuvieran trato.

—Le gusta contar que pronto morirá —dijo Amaka bromeando en inglés—. Se cree que así conseguirá que hagamos lo que él quiera.

—Pronto, pronto… Seguro que aún vive cuando nosotros tengamos su edad —pronosticó Obiora en tono de guasa, también hablando en inglés.

—¿Qué dicen los chicos, *gbo*, Ifeoma? —preguntó *Papa-nnukwu*—. ¿Es que conspiran para repartirse mi oro y todas mis tierras? ¿Es que ni siquiera van a esperar a que me muera?

—Si tuvieras oro y tierras ya habríamos acabado contigo hace años —ironizó tía Ifeoma.

Mis primos se echaron a reír y Amaka nos miró a Jaja y a mí, tal vez preguntándose por qué no nos reíamos también. Quería sonreír, pero justo en aquel momento pasábamos por delante de nuestra casa y la visión de las puertas negras y los muros blancos tan cercanos me selló los labios.

Papa-nnukwu dijo:

—Esto es lo que nuestra gente le pide al dios supremo, al *Chukwu*: «Dadme riquezas y un hijo, pero si tengo que elegir entre ambas cosas, dadme un hijo porque cuando crezca, también crecerán mis riquezas». —*Papa-nnukwu* se detuvo y volvió la mirada hacia nuestra casa—. *Nekenem*, mírame. Mi hijo posee esa casa en la que cabrían todos los habitantes de Abba y, sin embargo, muchas veces mi plato está vacío. No tendría que haber dejado que siguiera a esos misioneros.

—*Nna anyi* —contestó tía Ifeoma—, no han sido los misioneros. ¿Es que yo no fui también a la escuela misionera?

—Pero tú eres una mujer. Tú no cuentas.

—¿Eh? ¿Cómo que no cuento? ¿Es que Eugene te ha preguntado alguna vez por el dolor de tu pierna? Si no cuento, dejaré de preguntarte si has dormido bien.

Papa-nnukwu se echó a reír.

—Entonces mi espíritu te perseguirá cuando me reúna con mis antepasados.

—Primero perseguirá a Eugene.

—Es una broma, *nwa m*. ¿Dónde estaría ahora si mi *chi* no me hubiera concedido una hija? —*Papa-nnukwu* hizo una pausa—. Mi espíritu intercederá por ti para que *Chukwu* te envíe un hombre bueno que cuide de ti y de tus hijos.

—Tu espíritu podría mediar ante *Chukwu* para que consiga pronto la plaza de catedrática, es todo cuanto pido —dijo tía Ifeoma.

Papa-nnukwu estuvo un rato sin decir nada y yo me preguntaba si el volumen de la música procedente de la radio y el ruido de los tornillos sueltos junto con la calima del harmatán habrían propiciado que se quedara dormido.

—Sigo diciendo que han sido los misioneros los que han llevado a mi hijo por el mal camino —sentenció de pronto, sobresaltándome.

—Ya hemos oído eso muchas veces. Cuéntanos otra cosa —dijo tía Ifeoma, pero *Papa-nnukwu* continuó hablando como si no la hubiera oído.

—Recuerdo al primero que llegó a Abba, a ese que llamaban padre John. Tenía la cara colorada como el aceite de palma; decía que nuestro sol no brillaba en la tierra del hombre blanco. Tenía un ayudante, un hombre de Nimo llamado Jude. Por la tarde reunían a los niños debajo del *ukwa* de la misión y les enseñaban su religión. No me uní nunca con ellos, *kpa*, pero me acerqué algunas veces a ver lo que hacían. Un día les dije: «¿Dónde está el dios que adoráis?». Me respondieron que estaba en el cielo, como *Chukwu*. Entonces les pregunté quién era aquel al que habían dado muerte, el que había colgado en el palo de madera fuera de la misión. Me explicaron que era el hijo, pero que padre e hijo eran iguales. Fue entonces cuando me di cuenta de que el hombre blanco estaba loco. ¿El padre y el hijo iguales? *Tufia!* ¿No lo veis? Por eso es por lo que Eugene no me trata con consideración, porque cree que somos iguales.

Mis primos se rieron y también tía Ifeoma, pero esta enseguida reprendió a *Papa-nnukwu*:

—Ya está bien, cierra la boca y descansa. Casi hemos llegado y te harán falta las fuerzas para explicarles a los niños cosas de *mmuo*.

—*Papa-nnukwu*, ¿vas bien? —le preguntó Amaka, inclinándose hacia el asiento delantero—. ¿Quieres que te ajuste el asiento para que tengas más sitio?

—No, estoy bien. Soy viejo y no ocupo mucho. En mis tiempos, no habría cabido en este coche. En aquella época, podía coger *icheku* de los árboles tan solo levantando el brazo; no me hacía falta subirme.

—Claro —dijo tía Ifeoma volviendo a reírse—. ¿Y también llegabas a tocar el cielo?

Se reía a menudo, con mucha facilidad. Y también los demás, incluido el pequeño Chima.

Cuando llegamos a Ezi Icheke, los coches iban casi pegados unos a otros. La muchedumbre que se apiñaba alrededor era tan compacta que no había espacio entre una persona y otra, y el conjunto resultaba confuso, las túnicas se mezclaban con las camisetas, los pantalones con las faldas, los vestidos con las camisas… Por fin tía Ifeoma encontró un sitio y aparcó el vehículo. Los *mmuo* ya habían empezado a pasar y con frecuencia veíamos una pequeña caravana de coches esperando a que pasara un *mmuo* para poder seguir su camino. Había vendedores ambulantes en cada esquina, con cajas de *akara*, *suya* y muslos de pollo frito protegidos por un cristal, bandejas de naranjas peladas y frigoríficos del tamaño de una bañera llenos de helado de plátano de la marca Walls. Era como un vistoso cuadro que hubiera tomado vida. Nunca había ido a ver los *mmuo*, sentada en una furgoneta entre miles de personas que habían acudido a contemplarlo. Una vez, hacía algunos años, yendo en coche con padre pasamos a través de la multitud por Ezi Icheke. Padre masculló algo acerca de la ignorancia de los que participaban en el ritual de las mascaradas paganas. Dijo que las historias sobre los *mmuo*, sobre los espíritus que habían surgido de hormigueros y que eran capaces de hacer que las sillas corrieran solas y las canastas contuvieran agua, no eran más que cuentos infernales. «Cuentos infernales.» De la manera en que padre lo decía, sonaba a algo peligroso.

—Mirad esto —dijo *Papa-nnukwu*—. Es el espíritu de una mujer, y las mujeres *mmuo* son inofensivas. Ni siquiera van cerca de los más importantes en el festival.

El *mmuo* que señalaba era pequeño; su rostro de madera tallada tenía las facciones angulosas y atractivas y los labios bien perfilados. Se detenía a menudo para danzar, contoneándose aquí y allá, de manera que el cordel lleno de abalorios que llevaba a modo de cinturón se balanceaba y ondeaba. La multitud lo aclamaba y algunos le lanzaban monedas. Los niños que seguían al *mmuo* tocando *ogenes* e *ichakas* se agachaban a recoger los *nairas* arrugados. Apenas habían terminado de pasar por nuestro lado cuando *Papa-nnukwu* gritó:

—¡Mirad hacia otro lado! ¡Las mujeres no pueden mirarlo!

El *mmuo* iba rodeado por unos cuantos hombres de edad avanzada que hacían sonar una campana estridente al ritmo de sus pasos. La máscara de aquel personaje era una calavera auténtica que esbozaba una mueca y tenía las cuencas de los ojos vacías. En la frente llevaba atada una tortuga escurridiza. De su cuerpo cubierto de hierba colgaban una serpiente y tres pollos muertos que se balanceaban al andar. La multitud que se apiñaba junto a la calzada retrocedió rápidamente, muerta de miedo. Unas cuantas mujeres se dieron la vuelta y corrieron a ponerse a salvo en las propiedades cercanas.

Tía Ifeoma miraba divertida, pero de pronto volvió la cabeza.

—Niñas, no miréis. Seguidle la corriente a vuestro abuelo —dijo en inglés.

Amaka ya había vuelto la vista y yo hice lo propio, volviéndome hacia la multitud que rodeaba el coche. Asistir a una mascarada pagana era un acto pecaminoso, pero había mirado muy poco rato, así que con un poco de suerte no podría decirse que, estrictamente hablando, hubiera asistido.

—Este es nuestro *agwonatumbe* —anunció *Papa-nnukwu* con orgullo en cuanto el *mmuo* hubo pasado—. Es el *mmuo* más poderoso de la zona y todas las poblaciones vecinas temen a Abba por ello. En el festival Aro del año pasado, *agwonatumbe* levantó un bastón y todos los otros *mmuo* salieron corriendo. ¡Ni siquiera se quedaron a mirar qué ocurría!

—¡Mirad! —exclamó Obiora, apuntando a otro *mmuo* que avanzaba por la calzada.

Era como una prenda blanca flotante, más alta que el gran aguacate de nuestro jardín de Enugu. *Papa-nnukwu* lanzó un gruñido al pasar el *mmuo*. Aquella visión resultaba estremecedora y entonces empecé a pensar en sillas que salían corriendo con las cuatro patas golpeteando unas contra otras, en canastas que contenían agua y en formas humanas saliendo de hormigueros.

—¿Cómo lo hacen, *Papa-nnukwu*? ¿Cómo se mete la gente ahí? —preguntó Jaja.

—¡Chsss! ¡Son *mmuo*, espíritus! ¡No hables como una mujer! —le espetó *Papa-nnukwu*, volviéndose a lanzarle una mirada.

Tía Ifeoma se echó a reír y habló en inglés:

—Jaja, no debes decir que ahí dentro van personas. ¿No lo sabías?

—No —confesó Jaja.

Se lo quedó mirando.

—No has celebrado el *ima mmuo*, ¿verdad? Obiora lo hizo dos años atrás, en el pueblo de su padre.

—No —masculló Jaja.

Lo contemplé y me pregunté si aquella mirada sombría se debía a la vergüenza. De pronto deseé por su bien que hubiera celebrado el *ima mmuo*, la iniciación al mundo de los espíritus. Yo conocía muy pocas cosas; las mujeres no debían saber nada al respecto, ya que era el primer paso en el rito de iniciación a la virilidad, pero Jaja me había contado una vez que había oído que azotaban a los muchachos y que los hacían bañarse en presencia de una multitud burlona. La única vez que padre habló del *ima mmuo* fue para decir que los cristianos que permitían que sus hijos lo celebraran estaban confundidos y arderían en el fuego eterno.

Poco después salimos de Ezi Icheke. Tía Ifeoma acompañó primero a *Papa-nnukwu*, que estaba somnoliento. Tenía el ojo bueno medio cerrado mientras que el otro se mantenía abierto; la película que lo cubría parecía ahora más espesa, como leche concentrada. Cuando tía Ifeoma se detuvo en la entrada de nuestra finca, preguntó a sus hijos si querían entrar y Amaka contestó que no en voz tan alta que dio la sensación de provocar en sus hermanos la misma respuesta. Tía Ifeoma nos acompañó dentro, saludó con la mano a padre, que estaba en una reunión, y nos dio a Jaja y a mí uno de sus fuertes abrazos antes de marcharse.

Aquella noche soñé que me reía; sin embargo, el sonido de mi risa no era el habitual, aunque no sabía muy bien a qué se parecía. Era cantarina y pegadiza, como la de tía Ifeoma.

Padre nos llevó a San Pablo para la celebración de la misa de Navidad. Tía Ifeoma y sus hijos estaban montándose en la ranchera cuando entramos con el coche en el recinto de la iglesia. Esperaron a que padre detuviera el Mercedes y se acercaron para saludarnos. Tía Ifeoma dijo que habían asistido a misa a primera hora y que ya nos veríamos a la hora de comer. Parecía aún más alta, más atrevida con su vestido rojo y sus zapatos de tacón. Amaka lucía los labios pintados del mismo rojo vivo que su madre; aquello hacía que al sonreír sus dientes parecieran más blancos.

—Feliz Navidad —dijo.

Aunque trataba de concentrarme en la misa, no podía dejar de pensar en los labios pintados de Amaka, preguntándome qué debía sentirse al pasarse la barra de color. Aún me costó más mantener el pensamiento en la misa porque el sacerdote, que celebró toda la ceremonia en igbo, no habló del Evangelio durante el sermón, sino de zinc y cemento.

—Vosotros pensáis que me he gastado el dinero en el zinc, *okwia?* —gritó mientras gesticulaba y señalaba acusatoriamente a la congregación—. Después de todo, ¿cuántos de vosotros donáis a esta iglesia, *gbo?* ¿Cómo podemos construir la casa si no donáis? ¿Es que pensáis que el zinc y el cemento cuestan tan solo diez *kobos?*

Padre estaba deseando que el sacerdote hablara de otra cosa, del nacimiento en el pesebre, de los pastores y de la estrella que señalaba el camino; lo sabía por la manera en que sujetaba el misal, demasiado fuerte, por la manera en que cambiaba continuamente de posición en el banco. Nos sentábamos en primera fila. Una acomodadora que lucía una medalla de la Virgen María en el vestido de algodón blanco se había apresurado a acompañarnos a nuestro sitio, mientras aprovechaba la oportunidad para explicarle a padre en un fuerte cuchicheo apresurado que los primeros bancos estaban reservados para la gente importante. El jefe Umeadi, el único habitante de Abba cuya casa era más grande que la nuestra, se sentaba a nuestra izquierda y Su Alteza Real, el *Igwe*, se situaba a nuestra derecha. El *Igwe* se acercó a estrecharle la mano a padre para darle la paz y le dijo:

—*Nno nu*, luego pasaré para que podamos saludarnos como es debido.

Tras la misa, acompañamos a padre a aportar fondos en la sala polivalente junto al edificio de la iglesia. Era para la nueva casa del párroco. Una ayudanta con un pañuelo fuertemente atado alrededor de la frente repartía panfletos con dibujos de la casa vieja y flechas poco claras señalando las zonas del techo donde había goteras y las partes de los marcos de las puertas que se habían comido las termitas. Padre extendió un cheque y se lo dio, diciéndole que no quería pronunciar ningún discurso. Cuando el maestro de ceremonias anunció la cantidad, el párroco se puso en pie y empezó a bailar, meneando el trasero de un lado al otro, y la multitud se levantó y lo vitoreó con tal animación que parecía que retumbaran los truenos que anunciaban el final de la estación de las lluvias.

—Vámonos —dijo padre cuando el maestro de ceremonias dio paso a la siguiente donación.

Él iba delante y, al salir de la sala, sonreía y estrechaba la mano a todos los que extendían el brazo para alcanzar su túnica blanca, como si al tocarla fueran a curarse de alguna enfermedad.

Al llegar a casa, todos los sofás del salón estaban ocupados y había algunas personas aposentadas en las mesas auxiliares. Todos los hombres y mujeres se levantaron cuando padre entró y los «Omelora!» llenaron la estancia. Padre empezó a estrechar manos y a repartir abrazos entre la gente exclamando «Feliz Navidad» y «Dios os bendiga». Alguien había dejado abierta la puerta de acceso al patio trasero y el humo azul grisáceo de la leña quemada inundaba la sala difuminando las facciones de los invitados. Podía oír a las mujeres de la *umunna* charlando en el patio mientras servían en boles la sopa y el estofado de las enormes cazuelas.

—Venid a saludar a las esposas de nuestra *umunna* —nos dijo madre a Jaja y a mí.

La seguimos hasta el patio. Las mujeres prorrumpieron en risas y palmadas cuando Jaja y yo dijimos: «Nno nu». Bienvenidas.

Todas se parecían, vestidas con blusas poco adecuadas, túnicas raídas y pañuelos atados alrededor de la cabeza. Todas lucían la misma sonrisa amplia, los mismos dientes de color calcáreo y la misma piel bronceada del tono y la textura de la cáscara de cacahuete.

—*Nekene*, déjanos ver al chico que heredará las riquezas de su padre —gritó una mujer, riendo aún más y haciendo que su boca pareciera un pequeño túnel.

—Si no corriera la misma sangre por nuestras venas, te vendería a mi hija —le dijo a Jaja otra mujer.

Se encontraba agachada junto al fuego, disponiendo la leña bajo el trípode. Las otras se echaron a reír.

—¡La muchacha es un *agbogho* maduro! ¡Muy pronto un hombre joven y fuerte nos proporcionará vino de palma! —exclamó otra.

Su túnica sucia no estaba bien atada y arrastraba uno de los extremos por el suelo al andar. Llevaba una bandeja con trozos de ternera asada que formaban un montículo.

—Subid a cambiaros —nos ordenó madre, cogiéndonos por los hombros—. Vuestra tía y vuestros primos están al llegar.

Arriba, Sisi había dispuesto ocho cubiertos en la mesa, con platos amplios de color caramelo y servilletas a juego planchadas y almidonadas en forma triangular. Tía Ifeoma y sus hijos llegaron cuando aún me estaba quitando la ropa de la iglesia. Oí su risa fuerte, que hizo eco y estuvo sonando un rato. No me di cuenta hasta que no entré en la sala de que era mi prima la que se reía; el sonido de sus carcajadas era clavado al de su madre. Madre, que todavía iba vestida con la túnica rosa cubierta por completo de lentejuelas que había llevado a la iglesia, estaba sentada en el sofá al lado de tía Ifeoma. Jaja hablaba con Amaka y Obiora junto a la estantería. Yo me acerqué para unirme a ellos y empecé a controlar la respiración para no tartamudear.

—Eso es un estéreo, ¿no? ¿Por qué no ponéis un poco de música? ¿O es que también os aburre el estéreo? —preguntó Amaka, dirigiendo aquella mirada de ojos tranquilos a Jaja y a mí de forma alternativa.

—Sí, es un estéreo —respondió Jaja.

No le dijo que nunca lo poníamos, que ni siquiera se nos pasaba por la cabeza; todo cuanto escuchábamos eran las noticias en la radio de padre durante la reunión familiar. Amaka se acercó y abrió el cajón de los discos. Obiora se unió a ella.

—Es evidente que no lo ponéis. ¡Todo lo que hay aquí es aburridísimo! —se lamentó.

—No son tan aburridos —repuso Obiora, echando un vistazo a los discos.

Tenía la costumbre de subirse las gafas hasta más arriba del caballete de la nariz. Al final puso un disco de un coro irlandés que cantaba «O Come All Ye Faithful». Estaba como fascinado por el tocadiscos, y mientras sonaba la canción se quedó contemplándolo como si pensara que así conseguiría descubrir los secretos de sus entrañas de cromo.

Chima entró en la sala.

—El baño de aquí es muy bonito, mami. Tiene espejos muy grandes y lociones en botes de cristal.

—Espero que no hayas roto nada —dijo tía Ifeoma.

—No —respondió Chima—. ¿Podemos encender el televisor?

—No —se negó tía Ifeoma—, tu tío Eugene está a punto de subir y nos pondremos a comer.

La siguiente en entrar fue Sisi, que olía a comida y a especias, para decirle a madre que había llegado el *Igwe* y que padre quería que bajáramos todos a saludarlo. Madre se levantó, se arregló el nudo de la túnica y esperó a que tía Ifeoma pasara delante.

—Creía que el *Igwe* se quedaba en su palacio a recibir invitados. No sabía que visitara a la gente en su casa —observó Amaka mientras bajábamos—. Creo que se debe a que tu padre es un hombre muy poderoso.

Me hubiera gustado que se hubiera referido a padre como «tío Eugene» en lugar de como «tu padre». Ni siquiera me miró al hablar. Al mirarla, sentí la misma impotencia que al contemplar los preciosos granos de arena dorada que se me escurrían entre los dedos.

El palacio del *Igwe* estaba a pocos minutos de casa. Una vez fuimos a visitarlo, hacía algunos años, pero no volvimos nunca más porque padre decía que, aunque el *Igwe* se había convertido, aún permitía que sus parientes paganos llevaran a cabo sacrificios en el palacio. Madre lo había saludado a la manera tradicional, tal como las mujeres debían hacerlo, con una gran reverencia que le mostrara la espalda de forma que él pudiera golpearla con su abanico hecho de la cola de un animal, suave y de color amarillo paja. Aquella noche, de vuelta en casa, padre le dijo a madre que aquello era un pecado, que no debía inclinarse ante otro ser humano, que aquella tradición de inclinarse ante un *Igwe* era impía. Así que unos días después, cuando fuimos a Akwa a visitar al obispo, no me arrodillé para besarle el anillo. Quería que padre se sintiera orgulloso. Sin embargo, en aquella ocasión una vez en el coche me tiró de la oreja y me dijo que no tenía capacidad de discernir: el obispo era un hombre de Dios; el *Igwe* no era más que un gobernante tradicional.

—Buenas tardes, señor, *nno* —saludé al *Igwe* una vez abajo.

Los pelillos que le salían de la ancha nariz vibraron al sonreírme.

—Hija mía, *kedu?*

Habían despejado una de las salas de estar más pequeñas para recibirlos a él, a su mujer y a sus cuatro ayudantes, uno de los cuales lo aventaba con un abanico dorado a pesar de que el aire acondicionado estaba en funcionamiento. Otro abanicaba a su esposa, una mujer de piel amarillenta que lucía vueltas y vueltas de alhajas alrededor del cuello, colgantes de oro, cuentas y trozos de coral. El pañuelo que llevaba enrollado en la cabeza se ensanchaba en la parte frontal tanto como una piel de plátano y era tan alto que seguro que la persona que se sentara detrás de ella en la iglesia tenía que ponerse de pie para ver el altar.

Vi que tía Ifeoma posaba una rodilla en el suelo y decía «Igwe!» en un tono de voz que denotaba un saludo respetuoso, y también vi cómo él le golpeaba la espalda. Las lentejuelas que cubrían la túnica del *Igwe* destellaban a la luz del atardecer. Amaka hizo una gran reverencia. Madre, Jaja y Obiora le estrecharon una mano entre las suyas en señal de respeto. Yo me quedé un rato más en la puerta para asegurarme de que padre veía que yo no me acercaba lo suficiente al *Igwe* como para inclinarme ante él.

Cuando volvimos arriba, madre entró en su dormitorio junto con tía Ifeoma. Chima y Obiora se tumbaron en la alfombra y se pusieron a jugar con las cartas que Obiora había descubierto que llevaba en el bolsillo. Amaka quiso ver un libro que Jaja le había dicho que había traído y ambos entraron en la habitación de mi hermano. Yo me senté en el sofá, a mirar cómo mis primos jugaban a las cartas. No comprendía el juego, ni por qué de vez en cuando uno de ellos gritaba «¡Burro!» entre risas. El tocadiscos había dejado de funcionar; me levanté, salí al pasillo y me quedé de pie junto a la puerta del dormitorio de madre. Quería entrar y sentarme junto a madre y tía Ifeoma, pero en lugar de eso me quedé allí, escuchando en silencio. Madre hablaba en voz baja, apenas distinguía las palabras:

—La fábrica está llena de bombonas de butano.

Estaba intentando convencer a tía Ifeoma para que le pidiera una a padre.

Tía Ifeoma también hablaba en susurros, pero en cambio la oía bien. Su voz, aunque baja, era como ella: enérgica, exuberante, descarada, clara, llena de vida.

—¿Has olvidado que Eugene se ofreció a comprarme un coche incluso antes de morir Ifediora? Pero antes teníamos que unirnos a los Caballeros de San Juan. Quería que enviáramos a Amaka a un colegio de monjas. ¡Hasta pretendía que yo dejara de maquillarme! Claro que quiero un coche nuevo, *nwunye m*, y poder volver a usar la cocina de butano, una nevera nueva y dinero para no tener que deshacer el bajo de los pantalones de Chima cada vez que crece, pero no a costa de tener que lamerle el trasero a mi hermano.

—Ifeoma, si tú… —Madre volvía a arrastrar la voz.

—¿Sabes por qué Eugene no se llevaba bien con Ifediora? —Los susurros de tía Ifeoma sonaban a protesta; eran furibundos, enérgicos—. Porque Ifediora le dijo a la cara lo que pensaba. No tenía miedo de decir la verdad, pero ya sabes que Eugene se opone a todas las verdades que no le gustan. Nuestro padre se está muriendo, ¿lo sabes? Se está muriendo. Es anciano, ¿cuánto tiempo puede quedarle, *gbo*? Sin embargo, Eugene no lo deja entrar en esta casa, ni siquiera va a saludarlo. *O joka!* Eugene tiene que dejar de hacer el trabajo de Dios. Dios tiene suficiente poder para hacer solo su trabajo. Si alguien tuviera que juzgar a nuestro padre por elegir el camino de sus antepasados, tendría que ser Dios y no Eugene.

Oí la palabra «umunna» y a tía Ifeoma reírse a carcajadas antes de responder.

—Ya sabes que los miembros de la *umunna*, como de hecho todo el mundo en Abba, le dicen a Eugene solo lo que quiere oír. ¿Te crees que nuestra gente no tiene juicio? ¿Le pellizcarías el dedo a la mano que te da de comer?

No oí a Amaka salir de la habitación de Jaja y acercarse a mí, tal vez porque el pasillo era muy ancho, hasta que me habló tan cerca que noté su aliento en mi cuello.

—¿Qué haces?

Di un respingo.

—Nada.

Me miraba a los ojos, extrañada.

—Tu padre ha subido para comer —dijo al final.

Padre miró cómo todos nos sentábamos a la mesa y luego inició la bendición de los alimentos. Duró un poco más de lo normal, más de veinte minutos, y cuando al fin dijo: «Por Cristo, nuestro Señor», tía Ifeoma alzó la voz de tal manera que su «Amén» destacó por encima de los nuestros.

—¿Es que quieres que se enfríe el arroz, Eugene? —masculló.

Padre continuó desplegando su servilleta como si no la hubiera oído.

El ruido de los tenedores en los platos y del cucharón en la fuente llenaba la estancia. Sisi había corrido las cortinas y encendido la lámpara, aunque todavía era de día. La luz amarillenta hacía que los ojos de Obiora parecieran aún más dorados, del color de la miel extradulce. El aire acondicionado estaba conectado, pero yo tenía calor.

Amaka se sirvió de todo: arroz *jollof*, fufú y dos tipos de sopa, pollo frito y ternera, ensalada y crema, como si no fuera a tener otra oportunidad de comer en algún tiempo. Las hojas de lechuga sobresalían de su plato y rozaban la mesa.

—¿Siempre coméis el arroz con cuchillo y tenedor y usáis servilletas? —preguntó volviéndose hacia mí.

Yo asentí, sin levantar la vista del arroz. Ojalá Amaka bajara la voz. No estaba acostumbrada a mantener aquel tipo de conversación durante la comida.

—Eugene, tienes que dejar que los niños vengan a visitarnos a Nsukka —dijo tía Ifeoma—. No tenemos una mansión, pero por lo menos conocerán mejor a sus primos.

—A los niños no les gusta salir de casa —respondió padre.

—Eso es porque nunca lo han hecho. Estoy segura de que les gustará ver Nsukka. Jaja, Kambili, ¿no es verdad?

Masculló algo sin levantar la cabeza del plato y entonces empecé a toser de manera que pareciera que aquel arranque había interrumpido mis palabras sinceras y sensatas.

—Si padre lo dice, así es —respondió Jaja.

Padre le sonrió y yo deseé haber contestado así también.

—Tal vez la próxima vez que tengan vacaciones —concluyó padre con firmeza.

Esperaba que tía Ifeoma lo dejara estar.

—Eugene, *biko*, deja que los niños vengan a pasar una semana con nosotros. No vuelven a la escuela hasta final de enero. Tu chófer puede llevarlos a Nsukka.

—*Ngwanu*, ya veremos —dijo padre.

Hablaba en igbo por primera vez, y en un rápido gesto frunció el entrecejo.

—Ifeoma me estaba contando que acaban de suspender una huelga —intervino madre.

—¿Van mejor las cosas por Nsukka? —se interesó padre, cambiando al inglés—. La universidad sigue viviendo en la gloria del pasado.

Tía Ifeoma entornó los ojos.

—¿Es que alguna vez te has dignado a llamarme por teléfono para hacerme esa pregunta, eh, Eugene? ¿Es que se te caerán los anillos si un día coges el teléfono para llamar a tu hermana, *gbo*?

Sus palabras en igbo dejaban entrever un aire burlón, pero el tono cortante hizo que se me pusiera un nudo en la garganta.

—Te he llamado, Ifeoma.

—¿Cuándo fue eso? Dime, ¿cuándo?

Tía Ifeoma dejó el tenedor. Permaneció sentada en silencio durante unos momentos de tensión, en silencio, como padre, como todos. Al fin, madre carraspeó y le preguntó a padre si la botella de zumo estaba vacía.

—Sí —respondió padre—, pídele a la chica que traiga más.

Madre se levantó a llamar a Sisi y esta trajo unas botellas grandes que parecían contener un líquido precioso; se estrechaban como una mujer esbelta y de figura bien modelada. Padre nos sirvió a todos y propuso un brindis.

—Por el espíritu navideño y la gloria de Dios.

Repetimos aquellas palabras a coro. Obiora imprimió una entonación a la última parte que la hizo parecer una pregunta: «¿la gloria de Dios?».

—Y por nosotros, y por el espíritu familiar —añadió tía Ifeoma antes de beber.

—¿Esto lo producen en tu fábrica, tío Eugene? —preguntó Amaka, fijando la vista para leer lo que ponía en la botella.

—Sí —respondió padre.

—Es un poco empalagoso. Estaría mejor si tuviera menos azúcar.

El tono de Amaka era respetuoso y normal, como el de una conversación cotidiana con un adulto. No estaba segura de si padre había asentido o si simplemente movía la boca para masticar. Se me formó otro nudo en la garganta y no fui capaz de tragarme el arroz. Al ir a alcanzar el vaso lo volqué y el líquido rojo sangre se vertió sobre el mantel blanco de encaje. Madre trató a toda prisa de cubrir la mancha con una servilleta y, al levantarla, recordé su sangre derramada en la escalera.

—¿Has oído hablar de Aokpe, tío Eugene? —preguntó Amaka—. Es un pequeño pueblo en Benue en el que se aparece la Virgen María.

Me preguntaba cómo lo hacía, cómo Amaka era capaz de abrir la boca y emitir palabras con facilidad. Padre tardó un rato en masticar y tragar antes de responder:

—Sí, ya lo he oído.

—Pienso ir en peregrinación con los niños —explicó tía Ifeoma—. Jaja y Kambili podrían venir con nosotros.

Amaka levantó enseguida la vista, sorprendida. Empezó a decir algo, pero ella misma se interrumpió.

—Bueno, la Iglesia no ha verificado la autenticidad de las apariciones —observó padre, mirando su plato pensativo.

—Ya sabes que nos habremos muerto todos antes de que la Iglesia se pronuncie oficialmente acerca de Aokpe —repuso tía Ifeoma—. Aunque la Iglesia no lo considere auténtico, lo que importa es por qué vamos y que es un acto de fe.

Inesperadamente, padre se mostró complacido con las palabras de tía Ifeoma. Asintió despacio.

—¿Cuándo planeáis ir?

—En enero, antes de que los niños empiecen la escuela.

—De acuerdo. Te llamaré cuando volvamos a Enugu para organizar la salida de Jaja y Kambili por uno o dos días.

–Por una semana, Eugene, se quedarán una semana. ¡En casa no tengo monstruos que comen cabezas humanas!

Tía Ifeoma se echó a reír y los niños emitieron los mismos sonidos guturales, mostrando los dientes relucientes como el interior de un hueso de dátil partido. La única que no se rió fue Amaka.

Al día siguiente era domingo, pero no lo parecía, tal vez porque ya habíamos ido a misa el día de Navidad. Madre entró en mi habitación, me dio un suave zarandeo y me abrazó. Noté el olor de su desodorante mentolado.

–¿Has dormido bien? Hoy iremos a misa más temprano porque tu padre tiene una reunión justo después. *Kunie*, ve al baño, son más de las siete.

Bostecé y me senté en la cama. Había una mancha roja, tan grande como un cuaderno abierto.

–El período –dijo madre–. ¿Has traído compresas?

–Sí.

Casi no di tiempo a que el agua me rozara el cuerpo antes de salir de la ducha para no retrasarme. Elegí un vestido azul y blanco y me enrollé un pañuelo azul a la cabeza, lo até con dos nudos en el cogote y remetí bien los extremos de mis trenzas. Una vez padre me había abrazado con orgullo y me había besado en la frente porque el padre Benedict le había dicho que siempre llevaba el pelo cubierto de manera apropiada para asistir a misa, que no hacía como las otras niñas que iban a la iglesia mostrando una parte del pelo como si no supieran que era un acto impío.

Jaja y madre estaban vestidos esperando en la sala de arriba cuando salí. Me dolía la barriga. Parecía que alguien con dientes de conejo me la estuviera mordisqueando por dentro.

–¿Tienes Panadol, madre?

–¿Te duele, *abia*?

–Sí, y además tengo el estómago vacío.

Madre echó un vistazo al reloj de pared, regalo de una organización benéfica a la que padre hacía donaciones, de forma ovalada y con su nombre grabado en letras de oro. Eran las 7.37. El ayuno eucarístico no autorizaba la ingesta de alimentos sólidos una hora antes de la misa. Nunca rompíamos aquel precepto, en la mesa del desayuno había tazas de té y boles de cereales a ambos lados, pero no tomaríamos nada hasta volver a casa.

—Cómete unos pocos cereales, rápido —me instó madre, casi en un susurro—. Tienes que tener algo en el estómago para tomarte el Panadol.

Jaja echó unos cereales del paquete que había en la mesa en un bol de cristal transparente y con una cucharilla añadió leche en polvo, azúcar y agua. Podía ver a través del vidrio los grumos de leche en el fondo.

—Padre está con una visita, si sube lo oiremos —me animó Jaja.

Empecé a engullir los cereales, de pie. Madre me dio las tabletas de Panadol, aún en el precinto plateado, que se arrugó al abrirlo. Jaja no había echado muchos cereales y casi me los había terminado cuando se abrió la puerta y entró padre.

La camisa blanca, con las líneas del talle perfectamente marcadas, no disimulaba en absoluto su estómago abultado. Cuando miró el bol de cereales que tenía en la mano, yo bajé la vista a los pocos copos remojados que flotaban entre los grumos de leche mientras me preguntaba cómo lo habría hecho para subir la escalera tan en silencio.

—¿Qué estás haciendo, Kambili?

Respiré hondo.

—Yo… yo…

—¿Estás comiendo diez minutos antes de la misa? ¿Diez minutos antes?

—Le ha venido el período y le duele… —Madre intentó justificarme.

Jaja la atajó.

—Yo le he dicho que comiera algunos cereales antes de tomarse el Panadol, padre, lo he hecho por ella.

—¿Es que el diablo os ha mandado a todos de recaderos? —Las palabras en igbo brotaron de repente de la boca de padre–. ¿Es que se ha instalado en mi casa? –Se volvió hacia madre–. ¿Y tú te sientas ahí y la contemplas mientras profana los preceptos eucarísticos, *maka nnidi*?

Poco a poco, se quitó el cinturón. Era muy fuerte, hecho de capas de piel marrón, y tenía una hebilla sobria también cubierta de piel marrón. Primero fue a parar al hombro de Jaja. Luego, madre alzó las manos mientras caía sobre su antebrazo, cubierto por la manga vaporosa y llena de lentejuelas de la blusa con la que se había vestido para ir a la iglesia. A mí me cayó en la espalda, justo en el momento en que soltaba el bol. Alguna vez había visto por las calles de Enugu a los nómadas fulani, con la chilaba al viento que les golpeaba las piernas produciendo un chasquido mientras arreaban a las vacas con una vara, con golpes rápidos y precisos. Padre era como un fulani, aunque no tenía su misma figura alta y esbelta, agitando el cinturón y lanzándolo contra madre, contra Jaja y contra mí mientras mascullaba que el diablo no lograría vencer. No nos apartamos ni dos pasos del cinturón de piel que cortaba el aire.

De pronto, el cinturón se paró y padre se quedó mirando el trozo de piel en su mano. Tenía el gesto contraído y los párpados caídos.

–¿Por qué caéis en el pecado? –preguntó–. ¿Por qué os atrae el pecado? –Madre le quitó el cinturón y lo dejó encima de la mesa. Padre nos apretó contra su cuerpo–. ¿Os ha hecho daño el cinturón? ¿Os ha hecho alguna herida? –preguntó, examinando nuestros rostros.

Yo sentía un dolor punzante en la espalda, pero dije que no, que no me había hecho daño. Lo que sí me dolía era la manera en la que padre meneaba la cabeza al hablar acerca de la atracción del pecado, como si algo lo abrumara, algo de lo que no era capaz de librarse.

Fuimos a misa más tarde. Pero primero nos cambiamos de ropa, incluido padre, y nos lavamos la cara.

Salimos de Abba justo después de Año Nuevo. Las mujeres de la *umunna* se llevaron la comida sobrante, hasta el arroz y las alubias que madre dijo que estaban en mal estado, y se arrodillaron en la tierra del patio trasero para dar las gracias a padre y madre. El portero nos dijo adiós levantando ambas manos por encima de la cabeza al alejarnos. Se llamaba Haruna, y nos había dicho unos días antes a Jaja y a mí, en su inglés con acento hausa que intercambiaba la «p» y la «f», que nuestro «fadre» era el mejor gran hombre que había conocido, el mejor «fatrón» que había tenido jamás. Nos preguntó si sabíamos que nuestro «fadre fagaba» la escuela de sus hijos y que había ayudado a su «esfosa» a conseguir el trabajo de recadera en las «opicinas» del Ayuntamiento. Éramos unos «aportunados» al contar con semejante «fadre».

Padre empezó a rezar el rosario al entrar en la vía rápida. Llevábamos menos de media hora de camino cuando llegamos a un puesto de control; había caravana y más policías de lo habitual que agitaban el arma para desviar el tráfico. No vimos a los vehículos accidentados hasta que no estuvimos en medio del embotellamiento. Un coche se había detenido ante el control y el de detrás se había empotrado contra este. El segundo vehículo había quedado reducido a la mitad de su longitud. El cadáver ensangrentado de un hombre vestido con vaqueros yacía en el arcén.

—Descanse en paz —dijo padre, santiguándose.

—Mirad hacia otro lado —nos ordenó madre, volviéndose hacia nosotros.

Pero Jaja y yo ya estábamos contemplando el cadáver. Padre hablaba de los policías, de que situaban los controles en zonas boscosas aunque aquello representara un peligro para los motoristas, para esconder en los arbustos el dinero obtenido al extorsionar a los viajeros. Pero en realidad no lo escuchaba; pensaba en el hombre de los vaqueros, el muerto. Me preguntaba adónde iría y qué tendría pensado hacer allí.

Padre llamó a tía Ifeoma dos días más tarde. Tal vez no la hubiera llamado de no haber ido a confesarnos. Y tal vez entonces no habríamos ido a Nsukka y las cosas se habrían quedado como estaban.

Era la fiesta de Reyes, un día de fiesta obligado en que había que acudir a misa, y padre no fue a trabajar. Asistimos a misa por la mañana y, aunque no solíamos visitar al padre Benedict en este tipo de festividades, después pasamos por su casa. Padre quería que el padre Benedict oyera nuestra confesión. No habíamos asistido en Abba porque padre no quería confesarse en igbo y, además, decía que el párroco de allí no era suficientemente espiritual. Aquel era el problema de nuestra gente, según padre, que andábamos errados en las prioridades. Nos preocupábamos demasiado en construir iglesias grandes y estatuas imponentes. Era algo que nunca veríamos hacer a los blancos.

En casa del padre Benedict, madre, Jaja y yo nos sentamos en la sala de estar, leímos periódicos y revistas dispuestos en la mesita en forma de ataúd, como si estuvieran a la venta, mientras padre conversaba con él en el estudio contiguo. Padre salió y nos pidió que nos preparáramos para la confesión; él sería el primero. Aunque cerró la puerta con firmeza, oía su voz; cada palabra se unía a la siguiente formando un murmullo continuo, como el motor de un coche al acelerar. Madre fue la siguiente y la puerta quedó entreabierta, pero no pude oírla. Jaja fue el que tardó menos tiempo. Cuando salió, todavía santiguándose como si tuviera prisa por salir de la sala, le pregunté con la mirada si se había acordado de la mentira que le había contado a *Papa-nnukwu*, y él asintió. Luego entré en la habitación, en la que apenas cabía el escritorio y las dos sillas, y empujé la puerta para asegurarme de que quedaba bien cerrada.

—Perdóneme, padre, porque he pecado —dije, sentada en el filo de la silla.

Habría dado cualquier cosa por haber contado con un confesionario, por sentir la protección del cubículo de madera y la cortina verde que separaba al cura y al penitente. Me habría gustado poder arrodillarme y haber podido ocultar el rostro detrás de uno de los archivadores que había sobre el escritorio del padre Benedict. Las confesiones cara a cara me hacían pensar en la cercanía del Día del Juicio y no me sentía preparada.

—Y bien, Kambili... —me invitó el padre Benedict.

Estaba sentado en su silla muy erguido, palpándose la estola púrpura que llevaba alrededor del cuello.

—Hace tres semanas que me confesé por última vez —dije. Tenía la mirada fija en la pared, justo bajo la foto firmada y enmarcada del Papa—. Estos son mis pecados: he contado dos mentiras y he roto una vez los preceptos eucarísticos. Tres veces he perdido la concentración durante el rosario. Por todo lo que he dicho y por todo lo que he olvidado decir, solicito su perdón y el de Dios.

El padre Benedict se removió en la silla.

—Entonces continúa. Ya sabes que es pecado a ojos del Espíritu Santo mantener conscientemente algo en secreto durante la confesión.

—Sí, padre.

—Pues continúa.

Desvié la vista de la pared para mirarlo. Tenía los ojos verdes, iguales a los de una serpiente que vi una vez deslizarse por el jardín cerca de los hibiscos. El jardinero me dijo que era inofensiva.

—Kambili, tienes que confesar todos tus pecados.

—Sí, padre.

—No es correcto esconderse del Señor. Te concederé unos instantes para reflexionar.

Asentí y volví la vista de nuevo hacia la pared. ¿Había hecho algo que el padre Benedict supiera y yo no? ¿Le habría contado algo padre?

—Estuve más de quince minutos en casa de mi abuelo —confesé al fin—. Es pagano.

—¿Tomaste alguno de los alimentos ofrecidos a los ídolos?

—No, padre.

—¿Participaste en algún ritual pagano?

—No, padre. —Hice una pausa—. Pero miramos el *mmuo*. La mascarada.

—¿Te gustó?

Miré la foto colgada en la pared y me pregunté si la habría firmado el Papa en persona.

—Sí, padre.

—Ya sabes que está mal disfrutar con los rituales paganos porque va contra el primer mandamiento. Los rituales paganos se fundamentan en supersticiones erróneas y son el camino directo al infierno. ¿Lo entiendes?

—Sí, padre.

—Como penitencia, reza diez padrenuestros, seis avemarías y un credo. Y tienes que hacer un esfuerzo por convertir a todos los que disfruten con los actos paganos.

—Sí, padre.

—Muy bien, entonces haz acto de contrición.

Mientras rezaba, el padre Benedict murmuraba bendiciones y se santiguaba.

Cuando salí, padre y madre seguían sentados en el sofá, con la cabeza gacha. Yo me senté junto a Jaja, bajé la cabeza e hice mi penitencia.

Al volver a casa, padre habló en voz alta, después del avemaría.

—Ahora estoy impoluto, todos lo estamos. Si Dios nos llama ahora mismo, iremos derechos al cielo, derechos al cielo. No hace falta que pasemos por el purgatorio.

Sonreía, con los ojos brillantes y la mano tamborileando sobre el volante. Y también sonreía cuando llamó a tía Ifeoma poco después de llegar a casa, antes de tomarse el té.

—Lo he hablado con el padre Benedict y dice que los niños pueden ir de peregrinaje a Aokpe, pero tienes que dejarles claro que lo que allí ocurre no ha sido verificado por la Iglesia. —Una pausa—. Mi chófer, Kevin, los acompañará. —Otra pausa—. Mañana es muy pronto, mejor pasado. —Una larga pausa—. Ah, de acuerdo. Que Dios os bendiga a ti y a los niños. Adiós.

Padre colgó el teléfono y se volvió hacia nosotros.

—Saldréis mañana, así que id a hacer la maleta. Estaréis fuera cinco días.

—Sí, padre —dijimos Jaja y yo a la vez.

—Tal vez, *anam asi* —dijo madre—, no deberían presentarse en casa de Ifeoma con las manos vacías.

Padre se la quedó mirando como si le sorprendiera que hubiera hablado.

—Que lleven algo de comida en el coche, claro que sí, ñames y arroz —dijo.

—Ifeoma dijo que las bombonas de butano van escasas en Nsukka.

—¿Las bombonas de butano?

—Sí, gas para cocinar. Dijo que ahora utiliza el hornillo de queroseno. ¿Recuerdas la historia del queroseno adulterado que hizo explotar hornillos y mató a algunas personas? Creo que deberías mandarle una o dos bombonas de las de la fábrica.

—¿Es eso lo que habéis planeado Ifeoma y tú?

—*Kpa*, solo he hecho una sugerencia. Tú decides.

Padre observó el rostro de madre durante un rato.

—De acuerdo —concluyó. Se volvió hacia Jaja y hacia mí—. Id arriba y preparad vuestras cosas. Podéis dedicar veinte minutos del tiempo de estudio.

Subimos despacio la escalera que describía una curva. Me preguntaba si Jaja tenía la misma sensación que yo en la parte baja del estómago. Era la primera vez que íbamos a dormir fuera de casa sin padre.

—¿Quieres ir a Nsukka? —le pregunté cuando alcanzamos el descansillo.

—Sí —dijo, y con los ojos me dio a entender que sabía que yo también lo deseaba.

No encontré palabras en nuestro lenguaje visual para explicarle la desazón que notaba en la garganta al imaginarme cinco días sin oír la voz de padre, sin oír sus pasos en la escalera.

A la mañana siguiente, Kevin trajo de la fábrica dos bombonas de butano llenas y las colocó en el maletero del Volvo al lado de sacos de arroz y alubias, unos cuantos ñames, racimos de plátanos verdes y piñas. Jaja y yo permanecíamos de pie junto a los hibiscos, esperando. El jardinero estaba podando la buganvilla y recolocando las flores que sobresalían de la parte superior ya igualada. Había limpiado con un rastrillo por debajo de los frangipanis y había hojas y flores rosas amontonadas, listas para recogerlas con la carretilla.

—Aquí tenéis el horario de la semana que pasaréis en Nsukka —dijo padre.

La hoja de papel que me colocó en la mano era similar a la que tenía colgada encima del escritorio de mi habitación, excepto que contenía dos horas diarias de «tiempo con los primos».

—El único día en que podéis prescindir del horario es cuando vayáis a Aokpe con vuestra tía —nos advirtió padre. Al abrazar primero a Jaja y luego a mí le temblaron las manos—. Nunca he estado sin vosotros más de un día.

Yo no sabía qué decir, pero Jaja asintió y dijo:

—Nos veremos dentro de una semana.

—Kevin, conduce con cuidado. ¿Está claro? —le advirtió padre al subirnos al coche.

—Sí, señor.

—Pon gasolina a la vuelta, en Ninth Mile, y no te olvides de traerme el recibo.

—Sí, señor.

Padre nos pidió que saliéramos del coche. Nos abrazó otra vez, nos acarició el cogote y nos rogó que no nos olvidáramos de rezar los quince dieces del rosario durante el viaje. Madre nos abrazó también antes de volver a subir al coche.

—Padre aún nos está diciendo adiós con la mano —observó Jaja mientras Kevin enfilaba el camino y miraba por el retrovisor de en medio.

—Está llorando —dije.

—El jardinero también se está despidiendo —añadió Jaja, y yo me pregunté si realmente no me había oído.

Me saqué el rosario del bolsillo, besé el crucifijo y empecé a rezar.

Durante el trayecto, miraba por la ventanilla y contaba los restos ennegrecidos de vehículos accidentados en el arcén; algunos llevaban allí tanto tiempo que estaban cubiertos de óxido. Me preguntaba qué sería de la gente que había viajado allí dentro, qué debían de haber sentido justo antes del accidente, antes de que el cristal se hiciera añicos, la chapa quedara aplastada y los envolvieran las llamas. No conseguía concentrarme en ninguno de los gloriosos misterios y sabía que Jaja tampoco lo lograba, porque se despistaba continuamente cuando le llegaba el turno de empezar un misterio del rosario. Cuando llevábamos unos cuarenta minutos en la carretera, vi una señal que indicaba la Universidad de Nigeria, Nsukka, y le pregunté a Kevin si ya estábamos llegando.

–No –dijo–. Aún falta un poco.

Cerca de la población de Opi (en los indicadores cubiertos de polvo de la iglesia y la escuela se leía: OPI) encontramos un control de policía. Había neumáticos viejos y troncos claveteados atravesando la carretera, dejando un paso muy estrecho. Al acercarnos, un policía nos hizo señales con una bandera. Kevin refunfuñó. Al aminorar la marcha, el chófer abrió la guantera, sacó un billete de diez *nairas* y se lo tendió al policía a través de la ventanilla. El agente lo saludó, sonrió y nos indicó que pasáramos. Kevin no lo habría hecho de haber ido padre en el coche. Cuando nos paraban la policía o los soldados, padre invertía mucho tiempo en mostrarles todos los documentos del coche y en dejarles que registraran el vehículo, cualquier cosa menos sobornarlos para que nos dejaran pasar. A menudo nos decía que no podíamos participar de aquello que intentábamos combatir.

—Estamos entrando en Nsukka —anunció Kevin pocos minutos después.

En aquel momento pasábamos junto al mercado. Los puestos abarrotados a ambos lados de la calzada con sus mostradores de escasas mercancías amenazaban con derrumbarse en la estrecha franja de calzada llena de coches en doble fila, vendedores ambulantes con bandejas en equilibrio sobre la cabeza, motociclistas, chicos empujando carretillas llenas de ñame, mujeres que sostenían cestos y mendigos que alzaban la vista desde su estera y que hacían gestos con la mano para llamar la atención. Kevin aminoró la marcha; la calzada estaba llena de baches y el chófer subía y bajaba delante de nosotros al ritmo de los bruscos movimientos del coche. Justo al pasar el mercado, llegamos a un punto en el que la carretera se estrechaba debido a la erosión que había sufrido a ambos lados. Kevin se detuvo un momento para que pasaran los demás coches.

—Hemos llegado a la universidad —dijo al fin.

Por encima de nosotros, un gran arco rezaba UNIVERSIDAD DE NIGERIA, NSUKKA en letras recortadas de metal negro. Bajo el arco, las puertas estaban abiertas de par en par y repletas de vigilantes vestidos con uniforme marrón oscuro y gorra a juego. Kevin se detuvo y bajó las ventanillas.

—Buenas tardes. ¿Cómo se llega a la avenida Marguerite Cartwright? —preguntó.

El vigilante más cercano, con el cutis más arrugado que una pasa, saludó: «¿Qué tal?», antes de indicarle a Kevin que la avenida Marguerite Cartwright se encontraba muy cerca, solo teníamos que seguir recto, girar a la derecha en el primer cruce y enseguida a la izquierda. Kevin le dio las gracias y siguió su camino. Junto a la calzada se extendía un terreno de césped de un verde espinaca. Me volví a contemplar la estatua que había en el centro, que representaba un león sobre las patas traseras, con la cola curvada hacia arriba y el pecho henchido. No me di cuenta de que Jaja también lo miraba hasta que leyó en voz alta las palabras inscritas en el pedestal: «Por el restablecimiento de la dignidad humana». Luego, como si yo no lo supiera, añadió:

—Es el lema de la universidad.

La avenida Marguerite Cartwright estaba delimitada por altos especímenes de melina. Me los imaginé inclinándose por su peso durante una tormenta de la estación de las lluvias, tocándose unos a otros y convirtiendo la avenida en un oscuro túnel. Los dúplex con el jardín de la entrada cubierto de grava y con carteles en él que rezaban CUIDADO CON EL PERRO, pronto dieron paso a casas de una sola planta con entrada para dos coches y luego a bloques de pisos con un pequeño terreno frente a la puerta. Kevin conducía despacio mientras murmuraba el número del edificio en el que vivía tía Ifeoma, como si así fuéramos a encontrarlo antes. Era el cuarto, alto y anodino, con la pintura azul desconchada y antenas de televisión en los balcones. Tenía seis apartamentos, dos por planta, y tía Ifeoma ocupaba el de la puerta izquierda de la planta baja. Enfrente había una pequeña zona ajardinada de colores vivos, vallada con alambre de espino. Rosas, hibiscos, lirios, ixoras y crotones crecían unos junto a otros, como una corona de colores. Tía Ifeoma salió de casa en pantalones cortos, frotándose las manos en la camiseta. Tenía la piel de las rodillas muy oscura.

—¡Jaja, Kambili!

Casi no nos dio tiempo ni a salir del coche para que nos abrazara. Nos estrujó uno contra otro para que ambos cupiéramos entre sus brazos.

—Buenas tardes, señora —saludó Kevin con acento igbo antes de volverse para abrir el maletero.

—¡Vaya! ¿Es que Eugene se cree que estamos muertos de hambre? ¡Si hay hasta un saco de arroz!

Kevin sonrió.

—*Oga* ha dicho que es un presente, señora.

—¡Uau! —exclamó tía Ifeoma asomándose al maletero—. ¿Bombonas? *Nwunye m* no debería haberse molestado tanto.

Acto seguido se puso a bailar. Efectuó movimientos circulares con los brazos y levantaba las piernas de forma alternativa para luego dejarlas caer en el suelo con fuerza.

Sin moverse del sitio, Kevin se frotó las manos satisfecho, como si hubiera sido él quien hubiese originado aquella gran sorpresa. Sacó una bombona del maletero y Jaja lo ayudó a transportarla dentro de la casa.

—Vuestros primos llegarán enseguida, han ido a desearle feliz cumpleaños al padre Amadi. Es amigo nuestro y trabaja en nuestra capellanía. He estado cocinando, ¡hasta he matado un pollo para vosotros!

Tía Ifeoma se echó a reír y me estrechó contra ella. Olía a nuez moscada.

—¿Dónde la dejamos, señora? —preguntó Kevin.

—Dejad las cosas en el porche. Amaka y Obiora las entrarán luego.

Tía Ifeoma seguía abrazándome al entrar a la sala de estar. Lo primero que me llamó la atención fue el techo. Era muy bajo; tuve la sensación de poder alcanzarlo si estiraba el brazo. Se parecía muy poco a nuestra casa, en la que los techos altos daban espaciosidad y quietud a las estancias. Procedente de la cocina, el olor acre del humo del queroseno se mezclaba con el aroma del curry y de la nuez moscada.

—¡Dejadme ir a ver si se me quema el arroz *jollof!*

Tía Ifeoma entró disparada en la cocina.

Yo me senté en el sofá marrón. Era el único que había en toda la sala. Junto a él se disponían sillas de mimbre con cojines marrones. La mesa de centro también era de mimbre y sobre ella había un jarrón oriental decorado con bailarinas en quimono. En el jarrón había tres rosas de tallo largo de un rojo tan intenso que por un momento pensé que eran de plástico.

—*Nne*, no te comportes como una extraña. Entra, vamos —me invitó tía Ifeoma, saliendo de la cocina.

La seguí por un pequeño pasillo con las paredes cubiertas de estantes repletos de libros. La madera grisácea parecía a punto de ceder bajo tanto peso si se le añadía un libro más. Todos los ejemplares se veían muy limpios; o bien los leían muy a menudo o les quitaban el polvo con frecuencia.

—Esta es mi habitación. Duermo con Chima —dijo tía Ifeoma al abrir la primera puerta.

Envases de cartón y sacos de arroz se apilaban en la pared junto a la puerta. Había una bandeja con botes enormes de leche en polvo y cacao en polvo Bournvita cerca de un escritorio que tenía encima un flexo, frascos de medicamentos y libros. En otro rincón se amontonaban maletas. Tía Ifeoma me condujo a otra habitación en la que había dos camas contra la pared. Estaban dispuestas juntas, de manera que pudieran albergar a más de dos personas. También habían conseguido meter dos armarios, un espejo, un escritorio y una silla. Me pregunté dónde dormiríamos Jaja y yo, y como si tía Ifeoma me hubiera leído el pensamiento dijo:

—Amaka y tú dormiréis aquí, *nne*. Obiora duerme en la sala de estar y Jaja se instalará allí con él.

Oí entrar a Kevin y a Jaja en el piso.

—Hemos terminado de entrar las cosas, señora. Yo ya me voy —dijo Kevin.

Hablaba desde la sala, pero la vivienda era tan pequeña que no tuvo necesidad de levantar la voz.

—Dale las gracias a Eugene. Dile que estamos bien. Y ve con cuidado.

—Sí, señora.

Vi cómo se marchaba y de pronto sentí un nudo en el pecho. Quería correr tras él y decirle que me esperara, coger mi bolsa y meterme en el coche.

—*Nne*, Jaja, venid conmigo a la cocina hasta que vuelvan vuestros primos.

Tía Ifeoma hablaba con un tono muy natural, como si fuera algo habitual tenernos de invitados, como si hubiéramos estado allí muchas veces. Jaja fue el primero en pasar a la cocina y una vez allí se sentó en un taburete bajo de madera. Yo me quedé junto a la puerta porque casi no había espacio dentro, para no entorpecerla mientras escurría el arroz en el fregadero, comprobaba la cocción de la carne y machacaba tomates en un mortero. Los azulejos de color azul estaban gastados y tenían los cantos desportillados, pero estaban muy limpios, al igual que las ollas cuyas tapas eran demasiado pequeñas y se caían dentro por un lado. El hornillo de queroseno estaba encima de una mesa cerca de la ventana. Las paredes contiguas y las cortinas raídas se habían ennegrecido por el humo. Tía Ifeoma charlaba mientras volvía a poner el arroz a cocer en el hornillo y picaba dos cebollas rojas, su aluvión de frases quedaba de vez en cuando salpicado por sus carcajadas. Parecía que se riera y llorara a la vez, porque con frecuencia tenía que enjugarse las lágrimas provocadas por la cebolla con el dorso de la mano.

Sus hijos llegaron al cabo de pocos minutos. Tenían un aspecto distinto, tal vez porque era la primera vez que los veía en su propia casa en lugar de en Abba, cuando iban a casa de *Papa-nnukwu*. Obiora se quitó las gafas de sol y se las guardó en el bolsillo de los pantalones cortos al entrar. Cuando me vio se echó a reír.

—¡Jaja y Kambili están aquí! —exclamó Chima.

Todos nos abrazamos de forma breve para saludarnos. Amaka apenas dio tiempo a que su cuerpo rozara el mío antes de echarse hacia atrás. Llevaba los labios pintados de un tono distinto, más rojo que marrón, y el vestido entallado marcaba su figura delgada.

—¿Qué tal el viaje? —preguntó, mirando a Jaja.

—Bien —respondió él—. Pensaba que se me haría más largo.

—Ah, Enugu no está lejos —observó Amaka.

—Aún no hemos comprado los refrescos, mamá —dijo Obiora.

—¿No os había dicho que los comprarais antes de salir, *gbo*?

Tía Ifeoma echó las rodajas de cebolla en el aceite caliente y se retiró.

—Ya voy. Jaja, ¿quieres venir conmigo? El quiosco está en el edificio de al lado.

—No te olvides los envases vacíos —le recordó tía Ifeoma.

Vi cómo Jaja salía con Obiora. No podía verle la cara, así que no sabría decir si se sentía tan desconcertado como yo.

—Deja que vaya a cambiarme, mamá, y freiré el plátano —se ofreció Amaka, y se volvió para marcharse.

—*Nne*, ve con tu prima —me dijo tía Ifeoma.

Acompañé a Amaka a su habitación, con paso asustado. El suelo de cemento era rugoso y no me permitía caminar con la misma suavidad que el liso pavimento de mármol de casa. Amaka se quitó los pendientes, los dejó encima del tocador y se miró en el espejo de cuerpo entero. Yo me senté en el borde de la cama y la observé mientras me preguntaba si sabía que la había seguido hasta allí.

—Estoy segura de que piensas que Nsukka es muy primitivo en comparación a Enugu —dijo sin dejar de mirarse al espejo—. Ya le he dicho a mamá que no os obligara a venir.

—Yo… Nosotros… queríamos venir.

Amaka esbozó una sonrisa ante el espejo, una sonrisa breve y condescendiente que parecía decir que no tenía por qué molestarme en mentirle.

—En Nsukka no hay nada, por si aún no te habías dado cuenta. Nada parecido a Genesis o Nike Lake.

—¿Cómo?

—Genesis y Nike Lake, los lugares de interés de Enugu. Vais siempre allí, ¿no?

—No.

Amaka me lanzó una mirada de extrañeza.

—Pero al menos habréis ido alguna vez…

—Sss… Sí —aseguré, aunque no había ido nunca al restaurante Genesis y solo había estado en el hotel Nike Lake una vez, cuando el socio de padre celebró un convite de boda.

Nos quedamos únicamente el tiempo suficiente para que padre se hiciera fotografías con los novios y les ofreciera un regalo.

Amaka cogió un peine y se lo pasó por las puntas de su pelo corto. Luego se volvió y me dijo:

—¿Por qué bajas la voz?

—¿Eh?

—Bajas la voz; en vez de hablar, susurras.

—Ah —exclamé.

Mis ojos se fijaron en el escritorio, lleno de cosas: libros, un espejo roto y rotuladores.

Amaka dejó el peine y se sacó el vestido por la cabeza. Con el sujetador blanco de encaje y las braguitas azules parecía una cabra hausa: morena, alta y delgada. Aparté la mirada de inmediato. Nunca había visto a nadie en ropa interior; era pecado contemplar la desnudez de otra persona.

—Estoy segura de que esto no es nada comparado con el equipo de música de tu habitación de Enugu —dijo Amaka, y señaló el pequeño casete al pie del tocador.

Quería explicarle que no tenía ningún reproductor de música en mi habitación, pero no estaba segura de que le gustara oírlo, como tampoco le habría gustado oír que sí que lo tenía si hubiera sido el caso.

Puso en marcha el casete y se dedicó a acompañar el sonido polifónico de los tambores con un movimiento de cabeza.

—Casi siempre escucho música indígena porque sus autores tienen conciencia cultural y algo auténtico que contar. Fela, Osadebe y Onyeka son mis preferidos. Bueno, estoy convencida de que no los conoces, seguro que te va más el pop americano, como a todos los adolescentes.

Al decirlo, imprimió un tono de distancia a la palabra «adolescentes», como si ella no formara parte del colectivo, como si los demás, al no escuchar a los músicos con conciencia cultural, estuviéramos un paso por detrás de ella. Y dijo «conciencia cultural» con el orgullo con el que alguien pronuncia una palabra que nunca habría pensado que llegaría a aprender hasta que lo hace.

Yo seguía sentada en el borde de la cama, con las manos entrelazadas, queriendo decirle que no tenía ningún radiocasete, que apenas sabía qué era la música pop.

—¿Lo has pintado tú? —pregunté en cambio.

La acuarela que representaba una mujer con un niño guardaba un gran parecido con el cuadro de la Virgen y el Niño que había colgado en el dormitorio de padre, excepto que la mujer y el niño de la pintura de Amaka eran de color.

—Sí, a veces pinto.

—Es bonito.

Me habría gustado saber de antemano que mi prima pintaba acuarelas realistas, me habría gustado que no me observara como a un animal de laboratorio digno de ser definido y catalogado.

—¿Qué es lo que os retiene ahí? —gritó tía Ifeoma desde la cocina.

Seguí a Amaka de nuevo hasta allí y la contemplé mientras troceaba y freía los plátanos. Jaja pronto volvió junto con los primos, llevaban refrescos en una bolsa de plástico. Tía Ifeoma le pidió a Obiora que pusiera la mesa.

—Hoy vamos a tratar a Kambili y a Jaja como invitados, pero a partir de mañana formarán parte de la familia y les tocará participar en los trabajos cotidianos —dijo.

La mesa resultó ser de madera y crujía al haberse resecado por el calor. La superficie se estaba agrietando, como un grillo al cambiar la piel, y sobresalían los cantos curvados hacia arriba. Las sillas estaban desparejadas, había cuatro de madera como las de mi clase y otras dos negras y acolchadas. Jaja y yo nos sentamos uno al lado del otro. Tía Ifeoma bendijo la mesa y luego mis primos dijeron «Amén» mientras yo permanecía con los ojos cerrados.

—*Nne*, ya hemos terminado. No alargamos la bendición tanto como tu padre —dijo tía Ifeoma con una risita.

Abrí los ojos justo para descubrir que Amaka me estaba observando.

—Ojalá Kambili y Jaja vinieran cada día, así tendríamos de todo para comer. ¡Pollo y refrescos! —Obiora se subió las gafas mientras hablaba.

—¡Mami! Yo quiero muslo —reclamó Chima.

—Creo que en las botellas de Coca-Cola ponen cada vez menos cantidad —observó Amaka, acercándose la botella.

Bajé la vista hacia el arroz *jollof*, el plátano frito y el medio muslo que tenía en el plato y traté de concentrarme y tragar. También los platos estaban desparejados. Los de Chima y Obiora eran de plástico y los demás, de vidrio sin ningún adorno de flores ni líneas plateadas. La risa flotaba en el ambiente, todo el mundo hablaba por los codos, muchas veces sin esperar a obtener una respuesta. En casa solo hablábamos cuando había algún motivo, y sobre todo nunca cuando nos sentábamos a la mesa; sin embargo, mis primos no dejaban de hablar.

—Mamá, *biko*, dame el cuello —pidió Amaka.

—¿No me dijiste la última vez que no lo querías, *gbo*? —protestó tía Ifeoma, y cogió el cuello de pollo de su plato y alargó el brazo para ponérselo a Amaka en el suyo.

—¿Cuándo fue la última vez que comimos pollo? —preguntó Obiora.

—¡Deja de masticar con la boca abierta como una cabra, Obiora! —le riñó tía Ifeoma.

—Las cabras mastican de manera diferente cuando rumian y cuando comen, mamá. ¿A qué forma te refieres?

Levanté la mirada para ver cómo masticaba Obiora.

—Kambili, ¿le pasa algo a la comida?

Tía Ifeoma me sobresaltó. Simplemente me sentía como si no estuviera allí, como si solo me encontrara de observadora de una mesa en la que todo el mundo podía dirigirse a quien quisiera cuando quisiera, en la que se podía respirar aire a voluntad.

—El arroz está bueno, tía, gracias.

—Si está bueno, come —dijo tía Ifeoma.

—Tal vez no esté tan bueno como el de primera calidad que come en su casa —intervino Amaka.

—Amaka, deja a tu prima tranquila —le advirtió tía Ifeoma.

No dije nada más hasta que hubimos terminado de comer, pero escuché con atención cada palabra, cada risa y cada broma. En general, mis primos hablaban y tía Ifeoma los observaba mientras comía despacio. Parecía un entrenador de fútbol orgulloso del trabajo hecho con su equipo y satisfecho de observarlo junto al área de penalti.

Después de comer, le pregunté a Amaka dónde podía ir a hacer mis necesidades, aunque ya sabía que el lavabo se encontraba justo enfrente del dormitorio. Ella pareció molestarse e hizo un gesto impreciso señalando hacia el recibidor mientras me preguntaba: «¿A ti qué te parece?».

El habitáculo era tan estrecho que podía alargar los brazos y alcanzar las dos paredes. No había alfombras, ni una funda peluda cubriendo el asiento del inodoro, ni tapa como en casa. Al lado del sanitario había un cubo de plástico vacío. Después de orinar, quise tirar de la cadena pero en la cisterna no había agua, la palanca se movía libremente arriba y abajo. Esperé unos minutos antes de salir a buscar a tía Ifeoma. Estaba en la cocina, frotando los laterales del hornillo de queroseno con una esponja jabonosa.

—Voy a ser muy tacaña con respecto a las bombonas de butano nuevas —dijo tía Ifeoma sonriendo al verme—. Solo las gastaré para las ocasiones especiales, para que duren mucho tiempo. No voy a deshacerme del hornillo así como así.

Hice una pausa porque lo que iba a decir no tenía nada que ver con los hornillos de butano ni de queroseno. Oí las risas de Obiora procedentes del porche.

—Tía, no hay agua para tirar de la cadena.

—¿Has hecho pipí?

—Sí.

—Solo disponemos de agua por la mañana, *o di egwu*, así que no vaciamos la cisterna al orinar, solo si hay algo más. O, a veces, cuando nos quedamos unos días sin suministro, bajamos la tapa hasta que ha ido todo el mundo y luego echamos un cubo. Así ahorramos.

Tía Ifeoma sonrió avergonzada.

—Ah —musité.

Mientras tía Ifeoma hablaba, entró Amaka. Vi que se dirigía a la nevera.

—Estoy segura de que en tu casa tiráis de la cadena una vez cada hora, solo para que el agua esté limpia, pero aquí no es así —se burló.

—Amaka, *o gini?* ¡No me gusta ese tono! —la reprendió tía Ifeoma.

—Lo siento —masculló Amaka sirviéndose agua fría en un vaso.

Me acerqué a la pared ennegrecida por el humo del queroseno y deseé poder colarme por ella y desaparecer. Quería disculparme ante Amaka, pero no tenía claro el motivo.

—Mañana llevaremos a Kambili y a Jaja a dar una vuelta para que vean el campus —dispuso tía Ifeoma de forma tan normal que me pregunté si el tono airado de sus palabras anteriores había sido tan solo fruto de mi imaginación.

—No hay nada que ver. Se aburrirán.

Entonces sonó el teléfono, el timbre era alto y estridente, muy distinto al agradable sonido del de casa. Tía Ifeoma corrió a su habitación a cogerlo.

—¡Kambili! ¡Jaja! —llamó al cabo de un momento.

Sabía que era padre y esperé a que Jaja entrara del porche para acercarnos juntos. Al llegar al teléfono, Jaja se apartó e hizo una indicación para que yo hablara primero.

—Hola, padre, buenas noches —dije mientras me preguntaba si sería capaz de saber que había comido tras una bendición demasiado corta.

—¿Cómo estáis?

—Bien, padre.

—La casa está vacía sin vosotros.

—Vaya.

—¿Necesitáis algo?

—No, padre.

—Llamad enseguida si necesitáis cualquier cosa y enviaré a Kevin. Os llamaré cada día. Acordaos de estudiar y de rezar.

—Sí, padre.

Cuando se puso madre, su voz sonaba más alta de lo habitual; tal vez se tratara solo del aparato. Me contó que Sisi había olvidado que no estábamos y había hecho comida para cuatro.

Al sentarnos a cenar aquella noche, pensé en padre y madre, sentados solos a la gran mesa del comedor. Nos comimos el arroz y el pollo que había sobrado. Bebimos agua porque los refrescos se habían terminado. Me acordé de los armarios siempre llenos de Coca-Cola, Fanta y Sprite de la cocina de casa y entonces me tragué toda el agua como si así pudiera borrar aquellos pensamientos. Sabía que si Amaka pudiera leerlos, no le gustarían. A la hora de la cena hubo menos risas y alboroto porque estaba encendido el televisor y mis primos se marcharon con los platos a la sala. Los dos mayores ignoraron el sofá y las sillas y se instalaron en el suelo, mientras que Chima se acurrucó en el sofá con el plato en equilibrio sobre su regazo. Tía Ifeoma nos animó a Jaja y a mí a ir también a ver la televisión, pero yo esperé a que Jaja se negara diciendo que no nos importaba quedarnos en la mesa, antes de asentir para mostrar mi acuerdo.

Tía Ifeoma se quedó sentada con nosotros, echando frecuentes vistazos al aparato mientras comía.

—No entiendo por qué nos llenan la programación de seriales mexicanos mediocres e ignoran por completo el potencial de nuestra gente —masculló.

—Mamá, por favor, no empieces con tus sermones ahora —protestó Amaka.

—Es más barato traerse las telenovelas de México —observó Obiora sin despegar los ojos del televisor.

Tía Ifeoma se puso en pie.

—Jaja, Kambili, cada noche rezamos el rosario antes de acostarnos. Por supuesto, podéis quedaros luego el rato que queráis a ver la televisión o lo que sea.

Jaja se removió en la silla antes de sacar su horario del bolsillo.

—Tía, en el horario de padre dice que tenemos que estudiar por la noche. Traeremos los libros.

Tía Ifeoma se quedó mirando el papel que Jaja sostenía en la mano. A continuación estalló en tales carcajadas que empezó a tambalearse, su figura alta se vencía como un pino en un día ventoso.

—¿Eugene os ha preparado un horario para los días que paséis aquí? *Nekwanu anya*, ¿qué significa eso?

Tía Ifeoma siguió riéndose antes de tender la mano para pedir la hoja. Cuando se volvió hacia mí, saqué la mía que llevaba doblada a cuartos en el bolsillo de la falda.

—Yo os los guardaré hasta que os marchéis.

—Tía… —empezó Jaja.

—Si no se lo decís a Eugene, ¿cómo va a saber que no lo habéis cumplido, *gbo*? Estáis de vacaciones y esta es mi casa, así que seguiréis mis reglas.

Miré cómo tía Ifeoma se metía en su habitación con nuestros horarios. Notaba la boca seca y la lengua pegada al paladar.

—¿Es que en casa seguís cada día vuestro horario? —se extrañó Amaka.

Estaba tendida en el suelo, boca arriba, con la cabeza apoyada en el cojín de una silla.

—Sí —respondió Jaja.

—Muy interesante. Así que ahora los ricos no son capaces de decidir qué es lo que quieren hacer cada día, necesitan un horario por el que guiarse.

—¡Amaka! —se enfadó Obiora.

Tía Ifeoma salió con un rosario enorme formado por cuentas azules y una cruz de metal. Obiora apagó el televisor en el momento en que pasaban los créditos en la pantalla. Obiora y Amaka fueron a por los suyos mientras Jaja y yo sacábamos los nuestros del bolsillo. Nos arrodillamos junto a las sillas de mimbre y tía Ifeoma empezó el primer diez. Tras pronunciar el último avemaría, eché la cabeza hacia atrás con brusquedad al oír aquella voz alta y melodiosa. ¡Amaka estaba cantando!

—*Ka m bunie afa gi enu…*

Tía Ifeoma y Obiora se unieron a ella, en perfecta armonía. Miré a Jaja a los ojos. Los suyos estaban húmedos, insinuantes. «¡No!», le advertí cerrando los párpados con fuerza. No estaba bien, no se rompía a cantar en pleno rosario. Yo no me uní a las voces y tampoco Jaja. Amaka iniciaba el canto al final de cada diez, elevando las palabras en igbo que hacían que tía Ifeoma se uniera a coro y su voz resonara como la de una cantante de ópera al arrancar las notas de su cavidad torácica.

Tras el rosario, tía Ifeoma nos preguntó si conocíamos alguna de las canciones.

—En casa no cantamos —se excusó Jaja.

—Pues aquí sí —replicó tía Ifeoma, y me pregunté si era irritación lo que le había hecho fruncir el entrecejo.

Obiora encendió el televisor en cuanto tía Ifeoma nos dio las buenas noches y se metió en su dormitorio. Me senté en el sofá, junto a Jaja, y miré las imágenes pero no pude reconocer a ninguno de los personajes de piel aceitunada. Me sentía como si fuera mi sombra la que estuviera de visita en casa de tía Ifeoma y su familia mientras mi verdadero yo se encontraba estudiando en mi habitación de Enugu con el horario colgado en la pared. Enseguida me levanté y me fui a mi habitación a prepararme para irme a dormir. Aunque no tenía el horario, recordaba perfectamente a qué hora padre había dispuesto que me acostara. Me metí en la cama mientras me preguntaba cuándo vendría Amaka y si las comisuras de sus labios se curvarían hacia abajo con desdén al verme dormida.

Soñé que Amaka me sumergía en un inodoro lleno de deposiciones verdosas. Primero iba la cabeza y luego la taza se ensanchaba de manera que el resto del cuerpo también quedaba hundido. Amaka imitaba el sonido de la cisterna mientras yo luchaba por liberarme. Aún estaba en plena lucha cuando me desperté. Amaka había saltado de la cama y se estaba atando la bata encima del pijama.

—Vamos a coger agua del grifo —dijo.

No me pidió que fuera con ella, pero me levanté, me puse la bata y la seguí.

Jaja y Obiora ya se encontraban junto al grifo en el minúsculo patio trasero; en una esquina se apilaban ruedas de coche viejas, piezas de bicicleta y cajas rotas. Obiora puso los recipientes debajo del grifo, alineando la boca con el chorro de agua. Jaja se ofreció a llevar el primer recipiente lleno a la cocina, pero Obiora le dijo que no se molestara y lo hizo él. Mientras Amaka transportaba el siguiente, Jaja colocó uno más pequeño para llenarlo. Me dijo que había dormido en la sala de estar, en un colchón que Obiora había sacado de detrás de la puerta del dormitorio, y que se había tapado con una bata. Lo escuché asombrada del tono maravillado de su voz y de lo claro que parecía el marrón de sus pupilas. Me ofrecí a llevar el siguiente recipiente, pero Amaka se echó a reír y dijo que tenía los huesos blandos y no podía con él.

Al terminar, rezamos las plegarias matutinas en la sala, una serie de oraciones cortas salpicada de cantos. Tía Ifeoma rezó por la universidad, por los profesores y por la administración, por Nigeria y, finalmente, por que aquel día conociéramos la paz y la risa. Mientras nos santiguábamos, alcé la mirada para buscar el rostro de Jaja, para ver si también él estaba perplejo al oír que tía Ifeoma y su familia pedían, entre todas las demás cosas, la risa.

Fuimos por turnos a asearnos en el pequeño cuarto de baño, con un balde medio lleno de agua calentada a fuerza de mantener sumergida por un tiempo en el líquido una bobina de inducción. La limpísima bañera tenía un orificio triangular en una esquina y al desaguar parecía emitir un gemido similar al de un hombre. Me apliqué mi propio jabón con mi propia esponja (madre había incluido cuidadosamente en el equipaje mis artículos de tocador) y aunque me aclaré con una taza vertiendo el agua poco a poco sobre mi piel, seguía sintiéndome resbaladiza al salir de la bañera y al pisar la toalla vieja dispuesta en el suelo.

Cuando salí, tía Ifeoma estaba en la mesa disolviendo unas cuantas cucharadas de leche en polvo en una jarra de agua fría.

—Si dejo que los niños cojan la leche por su cuenta, no durará ni una semana —dijo antes de poner el bote de leche en polvo Carnation a buen recaudo en su habitación.

Esperaba que Amaka no me preguntara si mi madre también lo hacía porque me pondría a tartamudear si tenía que contarle que en casa tomábamos tanta leche Peak como queríamos. El desayuno consistió en *okpa* que Obiora había salido a comprar por allí cerca. Nunca había tomado *okpa* en una comida, solo como tentempié cuando de camino a Abba nos deteníamos a comprar pastelitos de *akara* y aceite de palma hechos al vapor. Vi cómo Amaka y tía Ifeoma cortaban el jugoso pastel amarillo e hice lo propio. Tía Ifeoma nos pidió que nos diéramos prisa. Quería enseñarnos a Jaja y a mí el campus y volver a tiempo para hacer la cena. Había invitado al padre Amadi.

—¿Estás segura de que queda suficiente combustible en el coche, mamá? —preguntó Obiora.

—Por lo menos para dar una vuelta por el campus. Espero que el combustible llegue de verdad la semana que viene, si no tendré que ir andando cuando empiecen las clases.

—O ir en *okada* —dijo Amaka riendo.

—A este paso, pronto me va a tocar hacerlo.

—¿Qué es un *okada*? —preguntó Jaja.

Me volví a mirarlo sorprendida. No esperaba que hiciera aquella pregunta ni ninguna otra.

—Es una motocicleta —explicó Obiora—. Se ha vuelto más popular que el taxi.

Tía Ifeoma se detuvo en el jardín de camino al coche para arrancar unas hojas secas mientras mascullaba que el harmatán le estaba matando las plantas.

Amaka y Obiora refunfuñaron.

—El jardín ahora no, mamá.

—Es un hibisco, ¿verdad, tía? —preguntó Jaja mirando la planta cercana a la alambrada—. No sabía que los hubiera de color púrpura.

Tía Ifeoma se echó a reír y acarició la flor, de un tono violeta casi azul.

—Todo el mundo experimenta la misma reacción la primera vez. Mi buena amiga Phillipa es profesora de botánica en la universidad. Hizo muchos experimentos mientras estuvo aquí; mirad, ahí hay ixora blanca, pero no florece tanto como la roja.

Jaja se acercó a tía Ifeoma mientras los demás los contemplábamos.

—O *maka*, qué bonito —exclamó Jaja mientras pasaba un dedo por un pétalo de una de las flores.

La risa de tía Ifeoma se alargó unas cuantas sílabas más.

—Sí, lo es. Tuve que cercar el jardín porque los niños del vecindario entraban y arrancaban algunos de los ejemplares más raros. Ahora solo dejo entrar a las chicas que adornan el altar de nuestra iglesia o de la iglesia protestante.

—Mamá, *o zugo*. Vámonos —dijo Amaka.

Pero tía Ifeoma aún estuvo un rato enseñándole las flores a Jaja antes de que nos montáramos en la ranchera y nos pusiéramos en marcha. La calle que tomó era cuesta abajo y por eso apagó el motor y dejó caer el vehículo, con los tornillos sueltos traqueteando.

—Es para ahorrar combustible —dijo volviéndose de forma breve hacia donde nos encontrábamos Jaja y yo.

Las casas por delante de las cuales pasamos tenían plantaciones de girasoles y las flores del tamaño de la palma de la mano adornaban el paisaje verde con topos amarillos. Entre las plantaciones quedaban espacios vacíos que me permitían ver los patios traseros. Los depósitos metálicos de agua estaban en equilibrio sobre bloques de cemento sin pintar, los columpios hechos con neumáticos viejos colgaban de los guayabos, la ropa estaba puesta a secar en cuerdas tendidas entre dos árboles… Al final de la calle, tía Ifeoma volvió a encender el motor porque el terreno era llano.

—Esta es la escuela primaria del campus —explicó—, a la que va Chima. Antes estaba en condiciones mucho mejores, en cambio ahora mirad las persianas que faltan en las ventanas y lo sucios que están los edificios.

El gran recinto cercado por un seto de pinos recortados estaba repleto de edificios altos que parecían haber sido construidos espontáneamente, sin planificación alguna. Tía Ifeoma señaló un edificio cercano a la escuela, el Instituto de Estudios Africanos, en el que se encontraba su despacho y en el que impartía la mayoría de las clases. El edificio era antiguo; lo delataba el color y las ventanas, que estaban cubiertas por el polvo de tantos harmatanes que nunca volverían a brillar. Tía Ifeoma dio la vuelta a una rotonda en la que habían plantado vincapervincas de color rosa y que estaba bordeada de ladrillos pintados alternativamente de blanco y de negro. Al lado de la carretera se extendía un campo como una cama cubierta con sábanas verdes, salpicado de mangos con las hojas apagadas que luchaban por mantener el color contra el viento que las secaba.

—Este es el terreno en el que realizamos la venta benéfica —explicó tía Ifeoma—. Y por allí hay residencias femeninas. Ahí está Mary Slessor Hall, por allí se encuentra Okpara Hall y esta es Bello Hall, la residencia más famosa en la que Amaka jura y perjura que vivirá cuando ingrese en la universidad y ponga en marcha sus movimientos activistas.

Amaka se echó a reír pero no le replicó a tía Ifeoma.

—Tal vez estéis juntas, Kambili.

Asentí con rigidez, aunque tía Ifeoma no podía verme. Nunca había pensado en la universidad, a cuál iría o qué me gustaría estudiar. Cuando llegara el momento, padre decidiría por mí.

Al doblar una esquina, tía Ifeoma tocó el claxon y saludó con la mano a dos hombres calvos con camisas de diseño moderno que estaban allí de pie. Volvió a apagar el motor y bajamos la calle a toda velocidad. Melinas y margosas la bordeaban. El olor intenso y acre de las hojas de la margosa invadía el vehículo; Amaka aspiró profundamente y aseguró que aquello curaba la malaria. Nos encontrábamos en una zona residencial, pasamos por delante de casas de una sola planta con grandes extensiones de terreno llenas de rosales, césped desvaído y árboles frutales. Poco a poco, la calzada dejaba de estar asfaltada y lisa y ya no se veían terrenos cultivados. Las casas eran bajas y estrechas y las puertas de entrada se encontraban tan juntas que puesto delante de una de ellas se podía alcanzar la contigua con la mano. Allí no había setos, ni separación entre las viviendas ni intimidad alguna ni pretensión de nada que se le pareciera. Tan solo se trataba de edificios bajos construidos uno al lado del otro entre unos cuantos arbustos raquíticos y algunos anacardos. Era el lugar donde residía el personal subalterno, donde vivían las secretarias y los chóferes. Tía Ifeoma nos explicó todo esto y Amaka añadió: «Si tienen la suerte de conseguir una vivienda».

Acabábamos de pasar los edificios cuando tía Ifeoma señaló a la derecha y dijo:

—Allí está la colina de Odim. La vista desde arriba es impresionante, desde allí se ve cómo Dios hizo el trazado de las montañas y los valles, *ezi okwu*.

Al cambiar de sentido y volver atrás por el mismo camino, dejé volar la imaginación, pensé en Dios disponiendo las montañas de Nsukka con sus grandes manos de piel blanca y lúnulas en las uñas al igual que el padre Benedict. Pasamos los árboles robustos que rodeaban la facultad de ingeniería, los campos llenos de mangos cerca de la residencia para chicas. Al llegar a la avenida Marguerite Cartwright, tía Ifeoma giró hacia el lado opuesto al lugar donde se encontraba su casa. Quería enseñarnos la otra parte, en la que vivían los profesores veteranos en unos dúplex a los que se accedía por caminos de grava.

—He oído que, cuando compraron las casas, algunos de los profesores de raza blanca, bueno, entonces todos los profesores eran de raza blanca, querían construir chimeneas y hogares —dijo tía Ifeoma con el mismo tipo de risa indulgente que madre dejaba escapar al referirse a los que iban a visitar a hechiceros.

A continuación señaló la casa del vicerrector y los muros altos que la protegían y nos explicó que en aquel lugar había habido hermosos setos de acebo e ixoras hasta que unos cuantos estudiantes amotinados saltaron dentro e incendiaron un coche.

—¿A qué se debió ese comportamiento? —preguntó Jaja.

—A la luz y al agua —respondió Obiora, y yo me lo quedé mirando.

—Estuvimos sin luz y sin agua durante un mes —explicó tía Ifeoma—. Los estudiantes se quejaban de que no podían estudiar y solicitaron que los exámenes se aplazaran, pero se denegó la propuesta.

—Los muros son espantosos —opinó Amaka en inglés, y yo me pregunté qué pensaría de los de casa si alguna vez venía a visitarnos. Los del vicerrector no eran muy altos, podía ver el amplio dúplex detrás de un grupo de árboles de hojas amarillentas—. De todas maneras, los muros solo proporcionan una seguridad superficial —continuó—. Si yo estuviera en el lugar del vicerrector, los estudiantes no se amotinarían, tendrían agua y luz.

—Y si un gran hombre de Abuya ha robado el dinero, ¿se supone que el vicerrector va a ser capaz de sacarse más de la manga para Nsukka? —preguntó Obiora.

Me volví a mirarlo imaginándome a mí misma a los catorce años, imaginándome en el momento actual.

—No me importaría que alguien se sacara dinero de la manga para dármelo a mí en este momento —dijo tía Ifeoma riendo a la manera del orgulloso entrenador de fútbol contemplando a su equipo—. Iremos al pueblo a mirar si en el mercado venden ube a un precio razonable. Sé que al padre Amadi le gusta y en casa hay un poco de maíz para combinarlo.

—¿Tendremos suficiente combustible, mamá? —dudó Obiora.

—*Amarom*, podemos intentarlo.

Tía Ifeoma dejó caer el coche por la calle que conducía a la entrada de la universidad. Jaja se volvió a mirar la estatua del león de pecho henchido, moviendo los labios en silencio. «Por el restablecimiento de la dignidad humana.» Obiora también leyó la placa. Emitió una risa ahogada y dijo:

—¿Cuándo han perdido los hombres la dignidad?

Al salir del recinto universitario, tía Ifeoma giró de nuevo la llave del contacto. Al ver que el coche daba una sacudida sin ponerse en marcha, musitó «Madre santísima, ahora no, por favor», y volvió a intentarlo. El coche no hizo más que emitir un sonido quejumbroso. Detrás de nosotros, alguien tocó el claxon y me volví para encontrarme con una mujer al volante de un Peugeot 504. Salió de su vehículo y se nos acercó; llevaba una falda pantalón que le azotaba las pantorrillas llenas de bultos como un ñame.

—A mí también se me paró el coche ayer cerca de Eastern Shop. —La mujer se acercó a la ventanilla de tía Ifeoma, sus cabellos permanentados y alborotados aún se desgreñaban más con el viento—. Mi hijo ha traspasado un litro del coche de mi marido esta mañana para poder llegar al mercado. *O di egwu*. Espero que pronto tengamos combustible.

—Ya veremos, hermana. ¿Cómo está la familia? —preguntó tía Ifeoma.

—Bien. Vamos tirando.

—Empujaremos —sugirió Obiora abriendo la puerta.

—Espera.

Tía Ifeoma giró de nuevo la llave, el coche dio una sacudida y esta vez se puso en marcha. Tía Ifeoma partió a toda prisa con un chirrido de los neumáticos, no quería tomárselo con calma para no concederle al vehículo la mínima oportunidad de pararse otra vez.

Nos detuvimos junto a un vendedor ambulante de ube al borde de la carretera. Los frutos azulados estaban dispuestos en varios montones en forma de pirámide sobre una bandeja esmaltada. Tía Ifeoma sacó algunos billetes arrugados del monedero y se los tendió a Amaka, quien regateó un rato con el vendedor hasta que por fin sonrió y señaló las pirámides que quería. Me pregunté qué debía de sentirse en aquella situación.

De nuevo en el piso, ayudé a tía Ifeoma y Amaka en la cocina mientras Jaja salía junto con Obiora a jugar al fútbol con los niños de los pisos de arriba. Tía Ifeoma cogió uno de los enormes ñames que habíamos traído de casa. Amaka colocó papeles de periódico en el suelo para cortar el tubérculo a rebanadas; era más fácil que levantarlo y ponerlo en la encimera. Cuando Amaka puso las rodajas en un recipiente de plástico, me ofrecí a ayudarla a pelarlas y ella, en silencio, me tendió un cuchillo.

—El padre Amadi te caerá bien, Kambili —auguró tía Ifeoma—. Es nuevo en nuestra capellanía, pero ya es muy popular en el campus. Todo el mundo lo ha invitado a cenar a su casa.

—Creo que con nuestra familia es con una de las que más sintoniza —opinó Amaka.

Tía Ifeoma se echó a reír.

—Amaka tiene una actitud muy protectora con él.

—¡Estás echando a perder el ñame, Kambili! —dijo bruscamente Amaka—. ¿Es así como lo pelas en casa?

Me incorporé sobresaltada y dejé caer el cuchillo, que fue a parar a solo tres centímetros de mi pie.

—Lo siento —me disculpé, no estaba segura de si era por haber dejado caer el cuchillo o por desaprovechar demasiado trozo del jugoso ñame blanco junto con la piel.

Tía Ifeoma nos estaba observando.

—Amaka, *ngwa*. Enséñale a Kambili cómo se pela.

Amaka miró a su madre con las comisuras de los labios curvadas hacia abajo y las cejas levantadas como si no pudiera creer que hubiera que enseñarle a alguien a pelar bien un ñame. Recogió el cuchillo y empezó a pelar una rodaja de la que solo separaba la piel marrón. Observé el movimiento acompasado de su mano y la longitud creciente de la piel. Quería disculparme, quería saber hacerlo. Ella lo hizo tan bien que la piel se desprendió entera, resultando una tira enroscada salpicada de tierra.

—Tal vez tenga que incluirlo en tu horario: «Cómo pelar un ñame» —se burló Amaka.

—¡Amaka! —gritó tía Ifeoma—. Kambili, tráeme un poco de agua del depósito del patio.

Cogí el cubo; le agradecía a tía Ifeoma que me concediera la oportunidad de salir de la cocina y perder de vista la mala cara de Amaka. Mi prima no habló mucho durante el resto de la tarde hasta que llegó el padre Amadi, impregnado de una colonia de olorcillo terroso. Chima dio un salto y se aferró a él. El padre Amadi le estrechó la mano a Obiora y dio un pequeño abrazo a tía Ifeoma y a Amaka. A continuación, tía Ifeoma nos presentó.

—Buenas noches —dije, y añadí—: padre.

Parecía un sacrilegio llamar «padre» a aquel hombre de aspecto juvenil, vestido con una camiseta de cuello desbocado y unos vaqueros tan desteñidos que no habría podido decir si eran negros o azul marino.

—Kambili y Jaja —dijo como si ya nos conociera—. ¿Qué tal lo estáis pasando en vuestra primera visita a Nsukka?

—Fatal —soltó Amaka, y de inmediato deseé que no lo hubiera dicho.

—Nsukka tiene su encanto —aseguró el padre Amadi sonriendo.

Tenía voz de cantante, una voz que producía el mismo efecto en mis oídos que en mi cuero cabelludo, el del aceite infantil que madre me untaba en el pelo. No captaba completamente el sentido de sus frases en igbo salpicadas de palabras en inglés porque estaba pendiente del sonido y no del significado de su charla. Asentía al mismo tiempo que masticaba el ñame y las verduras y no hablaba hasta que se había tragado el bocado y había tomado un trago de agua. En casa de tía Ifeoma se sentía como en la suya propia; sabía de qué silla sobresalía un clavo que podía enganchar un hilo de la ropa.

—Creía que ya había arreglado este clavo —comentó.

Luego se puso a hablar de fútbol con Obiora, del periodista que acababa de ser arrestado por el gobierno con Amaka, de la organización católica de mujeres con tía Ifeoma y del salón recreativo del barrio con Chima.

Mis primos parlotearon tanto como antes, pero esperaban a que el padre Amadi acabara de decir algo antes de responder de inmediato. Me acordé de los pollos engordados que padre compraba a veces para las ofrendas de las procesiones, los que llevábamos al altar además del cáliz, los ñames e incluso alguna cabra, a los que dejábamos dar vueltas por el patio hasta el domingo por la mañana. Los pollos se abalanzaban sobre las migas de pan que Sisi les echaba, con gran entusiasmo y alboroto. Del mismo modo, mis primos saltaban al oír las palabras del padre Amadi.

El padre Amadi nos implicó a Jaja y a mí en la conversación, haciéndonos preguntas. Sabía que iban dirigidas a ambos porque utilizaba la segunda persona del plural, *unu*, en lugar de la del singular, *gi*. Sin embargo, me mantenía en silencio y agradecía las respuestas de Jaja. Nos preguntó a qué escuela íbamos, qué asignaturas nos gustaban más, si practicábamos algún deporte... Cuando nos preguntó a qué iglesia de Enugu íbamos, Jaja se lo dijo.

—¿Santa Inés? La visité una vez y participé en la misa —dijo el padre Amadi.

Entonces recordé al joven sacerdote invitado que se había puesto a cantar en mitad del sermón, el sacerdote por el que padre había dicho que teníamos que rezar ya que la gente como él resultaba conflictiva para la Iglesia. A lo largo de los meses, muchos sacerdotes más habían sido invitados, pero supe que era él. Simplemente, lo supe. Y recordaba el canto que había entonado.

—¿Ah, sí? —se extrañó tía Ifeoma—. Mi hermano, Eugene, prácticamente financia él solo esa iglesia. Es preciosa.

—*Chelukwa*. Espera un momento. ¿Tu hermano es Eugene Achike? ¿El editor del *Standard*?

—Sí, es mi hermano mayor. Pensaba que ya se lo había dicho.

La sonrisa de tía Ifeoma no le confería un aspecto muy alegre.

—*Ezi okwu?* No lo sabía. —El padre Amadi agitó la cabeza—. He oído que se involucra mucho en las decisiones editoriales.

El *Standard* es el único periódico que se atreve hoy en día a contar la verdad.

—Sí —convino tía Ifeoma—. Y tiene un director brillante, Ade Coker, aunque me pregunto cuánto tiempo durará antes de que lo encierren para siempre. Hay cosas que ni siquiera el dinero de Eugene puede comprar.

—Leí en alguna parte que Amnistía Internacional le ha concedido un premio a tu hermano —comentó el padre Amadi.

Asentía despacio, con admiración, y de pronto sentí que me invadía el orgullo, el deseo de que me asociara a padre. Quería intervenir para recordarle a aquel apuesto sacerdote que padre no era tan solo el hermano de tía Ifeoma o el editor del *Standard*; además era mi padre. Deseaba que parte del afecto que transmitían los ojos del padre Amadi se depositara en mí.

—¿Un premio? —preguntó Amaka con la mirada iluminada—. Mamá, al menos deberíamos comprar el *Standard* de vez en cuando para saber qué ocurre.

—O podríamos pedir que nos enviaran algún ejemplar gratuito si fuéramos capaces de tragarnos el orgullo —intervino Obiora.

—No sabía nada del premio —confesó tía Ifeoma—. Eugene tampoco me lo diría, *igasikwa*. No podemos mantener una conversación. Si hasta tuve que utilizar como excusa una visita a Aokpe para que consintiera que los niños vinieran a vernos.

—Así que piensas ir a Aokpe —dijo el padre Amadi.

—En realidad no lo había planeado, pero supongo que tendremos que ir. Veré cuándo está prevista la próxima aparición.

—Todo eso se lo inventa la gente. ¿No decían la otra vez que Nuestra Señora se había aparecido en el hospital Obispo Shanahan? ¿Y luego en Transekulu? —cuestionó Obiora.

—Aokpe es distinto. Tiene las mismas señales que Lourdes —intervino Amaka—. Además, ya es hora de que Nuestra Señora venga a África. ¿No te resulta extraño que siempre se aparezca en Europa? Después de todo, era de Oriente Próximo.

—¿Y ahora qué es? ¿La Vírgen Política? —bromeó Obiora, y volví a mirarlo con admiración.

Era la versión masculina y atrevida de lo que yo nunca habría podido ser a los catorce años, de lo que ni siquiera era en aquel momento.

El padre Amadi se echó a reír.

—Pero si ya ha hecho una aparición en Egipto, Amaka. Por lo menos la gente se congregaba allí, como ahora lo hace en Aokpe. O *bugodi*, como las langostas migratorias.

—No parece que crea mucho en ello, padre. —Amaka lo miraba con fijeza.

—No creo que tengamos que ir a Aokpe o a ningún otro lugar para encontrarla. Ella está aquí, dentro de nosotros, guiándonos hacia su Hijo.

Hablaba con tanta soltura como si su boca fuera un instrumento musical que sonara al mínimo roce, con solo abrirla.

—¿Y qué hay del Tomás que todos llevamos dentro, padre? ¿De la parte de nosotros que dice que solo cree lo que ve? —preguntó Amaka.

Mostraba aquella expresión que me hacía preguntarme si hablaba en serio o no.

El padre Amadi no dijo nada; en lugar de responder, hizo una mueca y Amaka se echó a reír. Tenía los dos dientes de arriba más separados que tía Ifeoma, formaban un ángulo mayor, como si alguien los hubiera empujado hacia los lados con un instrumento metálico.

Después de cenar, nos instalamos en la sala y tía Ifeoma le pidió a Obiora que apagara el televisor para que pudiéramos rezar un poco junto con el padre Amadi. Chima se había quedado dormido en el sofá y Obiora se reclinó sobre él durante el rosario. El padre Amadi recitó el primer diez y al final inició un canto religioso en igbo. Mientras cantaban, abrí los ojos y fijé la mirada en la foto de familia del bautizo de Chima colgada en la pared. Junto a ella, había una imagen granulada de la Piedad, con el marco de madera agrietado en las esquinas. Cerré la boca con fuerza y me mordí el labio inferior para no unirme a sus voces, para no traicionarme a mí misma.

Dejamos los rosarios y nos sentamos en la sala a comer maíz y ube mientras veíamos *Newsline* en la televisión. Levanté la cabeza y me encontré con los ojos del padre Amadi fijos en mí. De pronto, no distinguía el ube de las semillas, no podía mover la lengua ni tragar. Era demasiado consciente de su mirada, de que se estaba fijando en mí.

—Hoy no he visto que te rieras, ni siquiera que esbozaras una sonrisa, Kambili —dijo al fin.

Bajé la vista a mi plato de maíz. Quería decir que lo sentía, pero no me salieron las palabras; por unos momentos, ni siquiera fui capaz de oír nada.

—Es muy tímida —me disculpó tía Ifeoma.

Mascullé algo ininteligible, me levanté y me escondí en el dormitorio; me aseguré de cerrar la puerta que daba al pasillo. La voz musical del padre Amadi resonó en mis oídos hasta que me quedé dormida.

La risa siempre estaba presente en casa de tía Ifeoma; sin importar su procedencia, resonaba en las paredes, en las estancias. Las discusiones se iniciaban con facilidad para terminar con la misma facilidad. Por la mañana y por la noche, las plegarias se amenizaban siempre con cantos religiosos en igbo, normalmente acompañados de palmadas. Las comidas incluían poca carne, cada ración tenía la anchura de dos dedos y la longitud de medio. La casa estaba siempre reluciente: Amaka fregaba el suelo con un cepillo de cerdas duras, Obiora barría y Chima sacudía los cojines de las sillas. Todos fregaban los platos por turnos. Tía Ifeoma también nos incluyó a Jaja y a mí en el horario y, cuando me tocó fregar los platos en los que el *garri* de la comida se había quedado reseco, Amaka los recogió de la bandeja donde los había colocado para que se secaran y los puso otra vez en remojo.

—¿Es así como friegas los platos en tu casa? —me preguntó—. ¿O es que esa actividad no está incluida en tu fantástico horario?

Me la quedé mirando; ojalá tía Ifeoma hubiera estado allí para contestar en mi lugar. Amaka mantuvo la mirada un momento más y luego se alejó. No me dijo nada más en toda la tarde hasta que llegaron sus amigas. Tía Ifeoma estaba con Jaja en el jardín y los chicos jugaban a fútbol en la calle.

—Kambili, estas son mis amigas de la escuela —dijo con despreocupación.

Las dos muchachas me saludaron y yo les sonreí. Tenían el pelo igual de corto que Amaka, llevaban pintalabios brillante en los labios y unos pantalones demasiado ajustados. Estaba segura de que caminarían de otra forma de haber ido vestidas de manera más cómoda. Las observé mientras se miraban al espejo, mientras leían enfrascadas una revista norteamericana en cuya portada aparecía una mujer de piel morena y pelo rubio y mientras hablaban de un profesor de matemáticas que no sabía las respuestas a sus propias preguntas, de una muchacha que iba a clase por la tarde con minifalda a pesar de tener las piernas gruesas como ñames y de un chico que estaba bien.

—Está bien, *sha*, pero no es atractivo —puntualizó una.

Llevaba un pendiente largo en una oreja y una bolita dorada de bisutería en la otra.

—¿Todo ese pelo es tuyo? —preguntó la otra, y yo no me di cuenta de que se dirigía a mí hasta que Amaka me llamó «¡Kambili!».

Quería explicarle a la muchacha que el pelo era natural, que no llevaba extensiones, pero tampoco esta vez me salieron las palabras. Sabía que seguían hablando de mi pelo, de lo largo y grueso que lo tenía. Quería hablar con ellas, reírme hasta el punto de tener que empezar a dar brincos como ellas hacían, pero mis labios seguían pegados con terquedad. No quería tartamudear, así que simulé un ataque de tos y corrí a esconderme en el lavabo.

Aquella noche, al poner la mesa para cenar, oí que Amaka preguntaba:

—¿Estás segura de que no están tarados, mamá? Kambili se ha comportado como una *atulu* ante mis amigas.

Amaka no había subido ni bajado la voz y se oía con claridad procedente de la cocina.

—Amaka, eres libre de pensar lo que quieras, pero tienes que tratar a tu prima con respeto. ¿Lo entiendes? —respondió tía Ifeoma en inglés con tono firme.

—Solo preguntaba.

—Llamar «borrega» a tu prima no es mostrar respeto.

—Se comporta de forma muy extraña. Y Jaja también es raro. A los dos les pasa algo.

Me tembló la mano al tratar de alisar una lámina de madera del tablero agrietado que se había quedado retorcida.

Cerca de ella marchaba una hilera de hormigas rojas diminutas. Tía Ifeoma me había pedido que no les hiciera nada ya que no causaban daño a nadie y tampoco era posible librarse de ellas; llevaban allí tanto tiempo como el propio edificio.

Di un vistazo al otro lado de la sala de estar para ver si Jaja había oído a Amaka a pesar del sonido del televisor, pero estaba absorto en las imágenes, tumbado en el suelo al lado de Obiora. Parecía que lo hubiera hecho toda la vida, tenía el mismo aspecto que a la mañana siguiente en el jardín, como si llevara allí mucho tiempo a pesar de que solo hacía algunos días que habíamos llegado.

Tía Ifeoma me pidió que saliera con ellos al jardín a arrancar las hojas de los crotones que habían empezado a ponerse mustias.

—¿A que son bonitos? —preguntó orgullosa tía Ifeoma—. Mirad el verde, el rosa y el amarillo de esas hojas. Parece que Dios los haya pintado con paleta y pincel.

—Sí —admití.

Tía Ifeoma me observaba y yo me preguntaba si notaba que a mi voz le faltaba el entusiasmo de la de Jaja cuando ella nos hablaba de su jardín.

Algunos niños de los pisos más altos bajaron y se detuvieron a mirarnos. Tendrían unos cinco años, un hatajo de prendas manchadas y locuacidad. Se dirigieron unos a otros y a tía Ifeoma, y luego uno de ellos se volvió hacia mí y me preguntó a qué escuela de Eunugu iba. Emití un tartamudeo y me aferré a algunas hojas frescas que acabé arrancando; el líquido viscoso brotó del tallo. Al verlo, tía Ifeoma me dijo que si quería podía volver dentro. Me habló de un libro que acababa de terminar, estaba en la mesa de su habitación y estaba segura de que me gustaría. Así que fui hasta allí y tomé un libro cuya cubierta era de un azul apagado. Se llamaba *Los viajes de Equiano o la vida de Gustavus Vassa, el Africano*.

Me senté en el porche con el libro en el regazo y vi a una niña cazar una mariposa en el jardín. La mariposa subía y bajaba, batiendo despacio las alas amarillas moteadas de negro, como si quisiera provocarla. La niña llevaba el pelo recogido en un moño alto y, al correr, botaba. Obiora también estaba sentado en el porche, pero no a la sombra, de manera que tenía que entrecerrar los ojos tras los gruesos cristales de las gafas para evitar que el sol lo cegara. Obiora contemplaba a la niña y a la mariposa mientras repetía despacio el nombre de Jaja, poniendo el acento en ambas sílabas; ahora en la primera, ahora en la segunda.

—«Aja» quiere decir arena u oráculo, pero ¿«Jaja»? ¿Qué nombre es ese? No es un nombre igbo —dijo al fin.

—Mi verdadero nombre es Chukwuka. Jaja es un apodo que me ha quedado de la infancia.

Jaja estaba de rodillas. Solo llevaba puestos unos pantalones cortos de tela vaquera y los músculos de su espalda se adivinaban a través de la piel, largos y homogéneos como la maleza que arrancaba.

—Cuando era niño solo sabía decir Ja-Ja, así que todo el mundo acabó llamándolo así —explicó tía Ifeoma. Luego se volvió hacia Jaja y añadió—: Le dije a tu madre que resultaría un apodo apropiado, que así te parecerías a Jaja de Opobo.

—¿Jaja de Opobo? ¿El rey tozudo? —Obiora se mostró curioso.

—Rebelde —lo corrigió tía Ifeoma—. Era un rey rebelde.

—¿Qué quiere decir «rebelde», mami? ¿Qué hizo ese rey? —preguntó Chima.

También estaba en el jardín, haciéndose algo en las rodillas, y tía Ifeoma le reñía continuamente: «*Kwusia*, no hagas eso» o «Si vuelves a hacerlo, te daré un sopapo».

—Era el rey de Opobo —explicó tía Ifeoma— y cuando llegaron los ingleses se negó a que monopolizaran el comercio. No vendió su alma a cambio de un poco de pólvora, como los otros reyes, así que los británicos lo obligaron a exiliarse en las Antillas. No volvió nunca a Opobo.

Tía Ifeoma continuó regando la hilera de florecitas amarillas que se agrupaban formando ramilletes. Con una mano sujetaba una regadera y la inclinaba para que el agua cayera por la boca del tubo. Ya había usado toda el agua del recipiente más grande que habíamos traído por la mañana.

—Qué triste. Tal vez no debería haber tenido una actitud tan desafiante —observó Chima.

Se acercó a Jaja y se puso en cuclillas junto a él. Me preguntaba si entendía qué quería decir «exiliarse» y «vendió su alma a cambio de un poco de pólvora». Tía Ifeoma hablaba como si diera por supuesto que sí.

—A veces mostrarse desafiante es bueno —explicó tía Ifeoma—. Es como la marihuana, no es mala si se le da buen uso.

Fue más el tono solemne que lo sacrílego de sus palabras lo que me hizo levantar la cabeza. Conversaba con Chima y Obiora, pero miraba a Jaja.

Obiora sonrió y se colocó las gafas en su sitio.

—De todas formas, Jaja de Opobo no era ningún santo. Vendió a su gente como esclavos y al final ganaron los ingleses. Para que luego hablen de desafío.

—Los ingleses ganaron la guerra, pero perdieron muchas batallas —puntualizó Jaja.

Mis ojos saltaban de una línea a otra por el texto de la página. ¿De dónde sacaba aquella facilidad de palabra? ¿No se le formaban burbujas de aire en la garganta? ¿No se le quedaban retenidas las palabras de manera que pudiera emitir como mucho un tartamudeo? Levanté la vista para mirarlo, para contemplar su piel oscura cubierta de gotas de sudor que relucían bajo el sol. Nunca lo había visto gesticular así con el brazo, ni había observado en sus ojos el brillo penetrante que mostraban cuando estaba en el jardín de tía Ifeoma.

—¿Qué te ha pasado en el dedo meñique? —le preguntó Chima.

Jaja bajó la mirada, como si también él se diera cuenta entonces de que tenía el dedo retorcido y deformado como una rama seca.

—Jaja sufrió un accidente —se apresuró a responder tía Ifeoma—. Chima, ve y tráeme el recipiente del agua. Este está casi vacío, así que puedes cargar con él.

Me quedé mirando a tía Ifeoma y cuando nuestros ojos se encontraron ella volvió la cabeza. Lo sabía. Sabía lo que le había ocurrido a Jaja en el dedo.

A los diez años, falló dos preguntas del examen de catequesis y no quedó el primero de su clase de preparación para la primera comunión. Padre se lo llevó arriba y cerró la puerta. Cuando salió, Jaja lloraba y se sujetaba la mano izquierda con la derecha. Padre se lo llevó al hospital de Santa Inés. También lloraba y lo llevó hasta el coche en brazos como un bebé. Más tarde, Jaja me contó que padre le había perdonado la mano derecha porque la necesitaba para escribir.

–Este está a punto de abrirse. –Tía Ifeoma se dirigía a Jaja y señalaba un capullo de ixora–. En dos días abrirá los ojos al mundo.

–Seguramente no lo veré. Para entonces ya nos habremos marchado –observó Jaja.

Tía Ifeoma sonrió.

–¿No dicen que el tiempo vuela cuando uno es feliz?

Entonces sonó el teléfono y tía Ifeoma me pidió que lo cogiera ya que era la que estaba más cerca de la puerta. Era madre. Enseguida supe que había ocurrido algo porque siempre era padre quien llamaba. Además, nunca llamaba por la tarde.

–Vuestro padre no está aquí –dijo madre. Su voz resultaba gangosa, como si le hiciera falta sonarse–. Ha tenido que marcharse esta mañana.

–¿Se encuentra bien? –pregunté.

–Sí.

Hizo una pausa y oí que hablaba con Sisi. Luego volvió al teléfono y me contó que el día anterior unos soldados habían asaltado las pequeñas y lóbregas dependencias que servían de redacción del *Standard*. Nadie sabía cómo habían dado con ellas. Había tantos soldados que la gente que se encontraba en la calle le dijo a padre que aquella imagen recordaba a las fotografías del frente durante la guerra civil. Los soldados confiscaron todos los ejemplares de la publicación, destrozaron los muebles y las imprentas, clausuraron las oficinas, se quedaron las llaves y barraron las puertas y las ventanas. Ade Coker volvía a estar detenido.

—Me preocupa vuestro padre —confesó madre antes de que le pasara el teléfono a Jaja—. Me preocupa vuestro padre.

Tía Ifeoma también parecía preocupada porque después de la llamada salió a comprar un ejemplar del *Guardian*. Nunca compraba ningún periódico, costaban demasiado; los leía en los quioscos cuando tenía tiempo. La noticia de que los soldados habían clausurado el *Standard* aparecía en las páginas centrales, junto a los anuncios de zapatos para mujer importados de Italia.

—Tío Eugene lo habría publicado en portada —observó Amaka, y me pregunté si aquella entonación peculiar era debida al orgullo.

Cuando más tarde llamó padre, quiso hablar primero con tía Ifeoma y luego con Jaja y conmigo. Nos dijo que estaba bien, que todo iba bien, que nos echaba de menos y que nos quería mucho. No mencionó para nada el *Standard* ni lo que había ocurrido en la redacción. Después de colgar, tía Ifeoma nos dijo:

—Vuestro padre quiere que os quedéis unos días más aquí.

En el rostro de Jaja se dibujó una sonrisa tan amplia que me permitió descubrir unos hoyuelos en sus mejillas que nunca antes había visto.

El teléfono sonó temprano, antes de que ninguno de nosotros hubiera tenido tiempo de darse un baño matutino. Tenía la boca seca, ya que sabía que se trataba de padre, que le había ocurrido algo. Seguro que los soldados habían ido a casa y le habían disparado para que nunca volviera a publicar nada. Esperaba que de un momento a otro tía Ifeoma nos llamara a Jaja y a mí; mientras, apretaba el puño y deseaba con todas mis fuerzas que no lo hiciera. Tardó un poco y al salir mostraba una expresión alicaída. Su risa no se dejó oír como de costumbre durante el resto del día y cuando Chima quiso sentarse a su lado, le propinó una bofetada y exclamó: «¡Déjame en paz! *Nekwa anya*, ya no eres ningún bebé». Se mordía el labio inferior de manera que la mitad quedaba escondida dentro de su boca y al masticar le temblaba la mandíbula.

Durante la cena, el padre Amadi se dejó caer por allí. Cogió una silla de la sala de estar y se sentó a beberse a sorbos el vaso de agua que Amaka le había ofrecido.

—He estado jugando a fútbol en el estadio y luego he llevado a algunos chavales al centro a comprar *akara* y ñames fritos —explicó cuando Amaka le preguntó qué había hecho ese día.

—¿Por qué no me ha dicho que iba a ir a jugar, padre? —protestó Obiora.

—Lo siento, se me ha olvidado. Pero el próximo fin de semana os pasaré a recoger a Jaja y a ti.

Su voz melodiosa sonaba más baja y denotaba disculpa. No podía evitar mirarlo ya que su voz me atraía y, además, no me habría imaginado que un sacerdote jugara a fútbol. Parecía algo tan vulgar, tan impío… El padre Amadi cruzó su mirada con la mía desde el otro lado de la mesa y yo me apresuré a volver la cabeza.

—Tal vez Kambili quiera venir a jugar también —dijo. Al oírle pronunciar mi nombre con aquella voz sentí que todo se me tensaba por dentro. Me llevé la comida a la boca, así al tenerla llena me obligaba a masticar y evitaba tener que decir nada—. Al principio, cuando llegué aquí, Amaka solía venir con nosotros, pero ahora solo se dedica a escuchar música africana y a soñar despierta con cosas poco realistas.

Mis primos se echaron a reír, Amaka la que más, y Jaja sonrió. Pero tía Ifeoma se mantuvo seria. Masticaba la comida despacio, con la mirada distante.

—Ifeoma, ¿ocurre algo? —preguntó el padre Amadi.

Ella asintió y dio un suspiro, como si acabara de darse cuenta de que no estaba sola.

—Hoy he recibido noticias de casa. Nuestro padre está enfermo. Me han dicho que lleva tres días seguidos sin levantarse bien. Quiero traérmelo aquí.

—*Ezi okwu?* —El padre Amadi arrugó la frente—. Claro que tienes que traértelo.

—¿*Papa-nnukwu* está enfermo? —preguntó Amaka alarmada—. Mamá, ¿cuándo lo has sabido?

—Esta mañana me ha llamado la vecina. Es una buena mujer, Nwamgba, ha ido hasta el pueblo para llamar por teléfono.

—¡Tendrías que habérnoslo dicho! —gritó Amaka.

—¿Cuándo podemos ir a Abba, mamá? —preguntó Obiora con calma, y en aquel momento, como en tantos otros desde que habíamos llegado, observé que parecía mucho mayor que Jaja.

—Ni siquiera tengo suficiente combustible para llegar a Ninth Mile y no sé cuándo traerán más. Tampoco puedo pagar un taxi. Podría ir en transporte público, pero ¿cómo voy a traerme a un anciano enfermo en uno de esos autobuses tan llenos que uno tiene que viajar con la nariz metida en el sobaco maloliente del vecino? —Tía Ifeoma meneó la cabeza—. Estoy cansada, estoy muy cansada...

—En la capellanía tenemos combustible de reserva —ofreció el padre Amadi en tono tranquilo—. Seguro que puedo conseguirte algunos litros. *Ekwuzina*, no te pongas así.

Tía Ifeoma asintió y le dio las gracias, pero la expresión de su rostro no mejoró y, más tarde, al rezar el rosario, no elevó la voz al cantar. Yo me esforcé por concentrarme en los misterios gozosos, preguntándome todo el tiempo dónde dormiría *Papa-nnukwu*. En aquel piso pequeño había pocas opciones: la sala estaba ocupada por los muchachos y la habitación de tía Ifeoma estaba al completo ya que servía de despensa, biblioteca y dormitorio para ella y Chima. Tendría que ser en otra, en la de Amaka o... en la mía. Me preguntaba si tendría que confesarme por haber compartido el dormitorio con un infiel. Entonces interrumpí la meditación para rezar por que padre nunca supiera que *Papa-nnukwu* había ido a aquella casa y que yo había compartido habitación con él.

Al final de los cinco dieces, antes de iniciar la salve, tía Ifeoma rezó por *Papa-nnukwu*. Le pidió a Dios que extendiera sobre él su mano curativa, como lo había hecho con la suegra del apóstol san Pedro. Pidió a la Virgen santísima que rogara por él, y a los ángeles que lo custodiaran.

Sorprendida, demoré un poco mi «amén». Cuando padre rezaba por *Papa-nnukwu* solo pedía a Dios que lo convirtiera y que lo salvara de arder en el fuego eterno del infierno.

A la mañana siguiente, el padre Amadi llegó temprano. Su aspecto era aún menos sacerdotal que de costumbre, llevaba unos pantalones de color caqui que le llegaban justo por debajo de la rodilla. No se había afeitado y a pleno sol la barba parecía dibujarle pequeños lunares en el mentón. Aparcó el coche junto a la furgoneta de tía Ifeoma y sacó una lata de combustible y una manguera de riego cortada y reducida a un cuarto de su longitud.

—Déjeme aspirar a mí, padre —se ofreció Obiora.

—Ten cuidado y no te lo tragues —le advirtió el padre Amadi.

Obiora insertó un extremo de la manguera en la lata y se metió el otro en la boca. Vi cómo sus mejillas se hinchaban como un globo y luego se deshinchaban. Con mucha rapidez, se sacó la manguera de la boca y la metió en el depósito de la furgoneta. Escupió y tosió.

—¿Has tragado mucho? —le preguntó el padre Amadi, dándole golpecitos en la espalda.

—No —respondió Obiora entre arranques de tos. Parecía orgulloso.

—Buen trabajo. *Imana*, ya sabes que la habilidad para aspirar combustible es imprescindible hoy en día —dijo el padre Amadi. Su sonrisa irónica estropeaba bien poco la suavidad arcillosa de sus rasgos.

Tía Ifeoma apareció vestida con un *boubou* negro. No llevaba los labios pintados y se le veían agrietados. Abrazó al padre Amadi.

—Gracias, padre.

—Puedo llevarte a Abba esta tarde, después de mi horario de visita.

—No, padre, gracias. Iré con Obiora.

Tía Ifeoma se marchó con Obiora de copiloto; el padre Amadi salió poco después. Chima subió a casa de los vecinos y Amaka se metió en su habitación y puso música lo bastante alta como para que pudiera oírla claramente desde el porche. A aquellas alturas, yo ya era capaz de distinguir los músicos con conciencia cultural. Conocía los tonos puros de Onyeka Onwenu, la fuerza y el desenfado de Fela y el arte relajante de Osadebe. Jaja se encontraba en el jardín con las podaderas de tía Ifeoma y yo me senté con el libro que estaba a punto de terminar y me lo quedé mirando. Sujetaba las podaderas con ambas manos por encima de su cabeza mientras iba desmochando.

—¿Tú crees que estamos tarados? —le pregunté en voz baja.

—*Gini?*

—Amaka dice que estamos tarados.

Jaja me miró y luego volvió la mirada hacia la hilera de garajes.

—¿Qué quiere decir «tarados»?

Había hecho una pregunta que no tenía ni requería respuesta; luego continuó con la poda.

Tía Ifeoma volvió por la tarde, justo cuando estaba a punto de quedarme dormida en el jardín gracias al zumbido de una abeja que me servía de arrullo. Obiora ayudó a *Papa-nnukwu* a bajar del coche y este se apoyó en él al andar hasta la puerta del piso. Amaka fue corriendo a su encuentro y presionó ligeramente su costado contra el de *Papa-nnukwu*. Los ojos se le cerraban, los párpados le pesaban como si les hubieran colocado plomos, pero aun así sonrió y dijo algo que hizo reír a Amaka.

—*Papa-nnukwu, nno* —lo saludé.

—Kambili —dijo con voz débil.

Tía Ifeoma quería que *Papa-nnukwu* se estirara en la cama de Amaka, pero él prefirió tumbarse en el suelo. La cama resultaba demasiado mullida. Obiora y Jaja pusieron las sábanas en el colchón de recambio y lo colocaron encima del pavimento, luego tía Ifeoma ayudó a *Papa-nnukwu* a acostarse. Los ojos se le cerraron casi de inmediato, aunque el párpado del ojo que estaba perdiendo la visión permaneció ligeramente abierto, como si fuera a echarnos un vistazo desde el reino de los sueños de los cansados y los enfermos. Estirado aún parecía más alto, ocupaba toda la longitud del colchón, y me acordé de cuando nos contó que de joven alcanzaba a coger *icheku* de los árboles con solo estirar el brazo. El único *icheku* que había visto era enorme, sus ramas rozaban el tejado de un dúplex. Y sin embargo creía lo que decía *Papa-nnukwu*, que era capaz de alcanzar las vainas negras de *icheku* de las ramas.

—Haré *ofe nsala* para comer, a *Papa-nnukwu* le gusta —se ofreció Amaka.

—Espero que quiera comer. Chinyelu me ha dicho que estos dos últimos días le costaba hasta tragar agua.

Tía Ifeoma contemplaba a *Papa-nnukwu*. Se inclinó y le acarició con suavidad las ásperas callosidades blanquecinas de los pies. Tenía las plantas llenas de líneas estrechas, como las grietas de una pared.

—¿Lo llevarás al centro médico hoy o mañana, mamá? —quiso saber Amaka.

—¿Es que no te acuerdas, *imarozi*, de que los médicos empezaron una huelga justo antes de Navidad? De todas formas, antes de salir he llamado al doctor Nduoma y me ha dicho que vendría esta noche.

El doctor Nduoma vivía en la misma avenida Marguerite Cartwright, un poco más abajo, en uno de los dúplex que tenían el aviso de CUIDADO CON LOS PERROS y el jardín grande. Amaka nos contó a Jaja y a mí que era el director del centro médico. Pocas horas más tarde lo vi bajar de su Peugeot 504 de color rojo. Desde que había empezado la huelga, había puesto en marcha una pequeña clínica en la ciudad. Amaka nos contó que estaba hasta los topes. La última vez que había contraído la malaria había acudido allí a que le administraran las inyecciones de cloromicetina y la enfermera había tenido que utilizar un hornillo de queroseno que despedía gran cantidad de humo para hervir el agua. Amaka estaba contenta de que el doctor Nduoma hubiera venido a casa; los gases acumulados en el ambiente viciado de la clínica habrían podido asfixiar a *Papa-nnukwu*.

El doctor Nduoma lucía una sonrisa permanente, como si aquello pudiera ahuyentar las malas noticias referentes a un paciente. Le dio un abrazo a Amaka y nos estrechó la mano a Jaja y a mí. Amaka entró tras él a la habitación para ver a *Papa-nnukwu*.

—*Papa-nnukwu* se ha quedado en los huesos —dijo Jaja.

Estábamos sentados el uno al lado del otro en el porche. El sol ya se había puesto y corría una ligera brisa. Muchos chavales del vecindario jugaban a fútbol dentro de la finca. Desde un piso más alto, un adulto gritó:

—*Nee anya*, ¡si ensuciáis la pared del garaje con la pelota, os cortaré las orejas!

Los chavales se echaron a reír y continuaron propinando pelotazos a la pared. El balón cubierto de tierra la dejaba llena de manchas marrones.

—¿Crees que padre lo sabrá? —le pregunté.

—¿El qué?

Entrelacé los dedos. ¿Cómo era posible que Jaja no supiera a qué me refería?

—Que *Papa-nnukwu* está aquí con nosotros, en esta misma casa.

—No lo sé.

El tono de Jaja hizo que me volviera a mirarlo. No fruncía el entrecejo, preocupado, como yo.

—¿Le has contado a tía Ifeoma lo de tu dedo? —le pregunté, aunque no debería haberlo hecho.

No tendría que haberlo sacado a colación, pero ya no tenía remedio. Únicamente cuando estaba a solas con Jaja era capaz de hablar sin bloquearme.

—Me preguntó y se lo dije —me respondió mientras golpeaba el suelo del porche con el pie con ritmo enérgico.

Me miré las manos, las uñas que padre solía cortarme cuando era pequeña, sentada entre sus rodillas, con su mejilla rozando ligeramente la mía; me las cortaba demasiado, hasta que se me descarnaban. Él se encargó hasta que tuve edad para hacerlo yo misma; pero aún ahora seguía cortándomelas demasiado rasas. ¿Es que Jaja se había olvidado de que no debíamos explicarlo, de que había muchas cosas que nunca debíamos explicar? Cuando la gente le preguntaba, él siempre decía que era debido a algo que había ocurrido en casa, de manera que no contaba ninguna mentira y parecía que hubiera ocurrido un accidente, tal vez con alguna puerta. Quería preguntarle a Jaja por qué se lo había contado a tía Ifeoma, pero sabía que no era necesario porque no tenía respuesta.

—Voy a limpiar el coche de tía Ifeoma —dijo levantándose—. Espero que haya agua, está muy sucio.

Lo vi entrar en el piso. En casa nunca limpiaba el coche. Parecía más ancho de hombros y me pregunté si era posible que los hombros de un adolescente se ensancharan en tan solo una semana. La suave brisa traía el olor del polvo y de las hojas estropeadas que Jaja había arrancado. Desde la cocina, el aroma especiado del *ofe nsala* de Amaka llegaba hasta mi nariz. Fue entonces cuando me di cuenta de que el ritmo que Jaja marcaba con el pie en la barandilla era el de una canción en igbo que tía Ifeoma y mis primos cantaban por la noche al rezar el rosario.

Aún estaba sentada en el porche, leyendo, cuando se marchó el doctor. Hablaba y reía mientras tía Ifeoma lo acompañaba al coche, diciéndole cuán tentado se sentía de olvidarse de los pacientes que aguardaban en la clínica y de aceptar su invitación a cenar.

—Esa sopa huele como si Amaka se hubiera esmerado en lavarse las manos para ponerse a cocinar —alabó.

Tía Ifeoma salió al porche a contemplar su partida.

—Gracias, *nna m* —le dijo a Jaja, que limpiaba el coche aparcado enfrente del edificio.

Nunca la había oído llamar a Jaja «nna m», «padre mío», como a veces llamaba a sus hijos.

Jaja subió hasta el porche.

—De nada, tía. —Levantó bien los hombros, como alguien orgulloso de llevar ropa de otra talla—. ¿Qué ha dicho el doctor?

—Quiere que le hagan algunas pruebas. Mañana llevaré a vuestro *Papa-nnukwu* al centro médico, por lo menos el laboratorio sigue en funcionamiento.

Por la mañana, tía Ifeoma llevó a *Papa-nnukwu* al centro médico universitario y poco después volvió con el rostro hecho un puro mohín de enfado. El personal del laboratorio también estaba en huelga, así que no pudieron hacerle las pruebas a *Papa-nnukwu*. Tía Ifeoma fijó la mirada a media distancia y dijo que tendría que encontrar un laboratorio privado, y luego, en voz más baja, añadió que los laboratorios privados tenían unas tarifas tan elevadas que una simple prueba para la fiebre tifoidea costaba más que el propio medicamento para combatirla. Tendría que preguntarle al doctor Nduoma si realmente eran necesarias todas las pruebas. En el centro médico no habría pagado ni un *kobo*; por lo menos el ser profesora comportaba algún beneficio. Dejó descansar a *Papa-nnukwu* y salió para comprar el medicamento que el doctor le había prescrito; tenía la frente llena de arrugas de preocupación.

Por suerte, aquella noche *Papa-nnukwu* se encontró con ánimo suficiente para levantarse a cenar y las líneas del rostro de tía Ifeoma se suavizaron un poco. Habíamos dejado *ofe nsala* y *garri* que Obiora había trabajado hasta convertirlo en una pasta suave.

—No es bueno comer *garri* por la noche —advirtió Amaka, pero no puso la mala cara que solía poner cuando se quejaba por algo. En su lugar, lucía aquella sonrisa fresca que dejaba al descubierto sus dientes separados, la que siempre se dibujaba en su rostro cuando *Papa-nnukwu* se encontraba cerca–. Es un alimento pesado.

Papa-nnukwu chasqueó la lengua.

–¿Qué es lo que comían nuestros padres por la noche en sus tiempos, *gbo*? Comían cazabe. El *garri* es para vosotros, los modernos, pero no tiene tanto sabor como el cazabe.

–De todas formas, tienes que acabártelo todo, *nna anyi*. –Tía Ifeoma extendió el brazo y arrancó un bocado del *garri* de *Papa-nnukwu*; hizo un agujero con el dedo y metió en él una tableta blanca. Luego lo moldeó hasta formar una bolita y lo volvió a colocar en el plato de *Papa-nnukwu*. Hizo aquello cuatro veces más–. No se tomará la medicina si no es así –aclaró en inglés–. Dice que los medicamentos están malos, pero tendríais que probar las nueces de cola que mastica tan alegremente, ¡saben a rayos!

Mis primos se echaron a reír.

–La moralidad y el sentido del gusto son cosas subjetivas –observó Obiora.

–¡Eh! ¿Qué estáis diciendo de mí? –protestó *Papa-nnukwu*.

–*Nna anyi*, quiero ver cómo te lo tragas –respondió tía Ifeoma.

Papa-nnukwu cogió con diligencia todas y cada una de las bolitas, las echó en la sopa y se las tragó. Cuando hubo terminado con las cinco, tía Ifeoma le aconsejó que bebiera un poco de agua de manera que arrastrara las pastillas y su cuerpo empezara a sanar. Él tomó un trago de agua y dejó el vaso.

–Cuando te haces viejo, te tratan como a un niño –masculló.

Justo entonces, el televisor emitió un ruido parecido al de la arena cayendo en un papel y se fue la luz. La oscuridad invadió la estancia.

–¡Eh! –se quejó Amaka–. No es el mejor momento para que la NEPA nos quite la luz. Quiero ver un programa de televisión.

Obiora se acercó a oscuras hasta las dos lámparas de queroseno que había en una esquina y las encendió. Enseguida noté el olor característico del humo; los ojos me lloraban y la garganta me escocía.

—*Papa-nnukwu*, cuéntanos una leyenda popular, como cuando vamos a verte a Abba —propuso Obiora—. Es mucho mejor que la televisión.

—*O di mma*. Pero primero tenéis que explicarme cómo lo hacen los que salen por televisión para meterse ahí dentro.

Mis primos se echaron a reír. Era algo que *Papa-nnukwu* solía decir para hacer una gracia. Lo sabía por la manera en que estallaron en carcajadas antes de que terminara la frase.

—¡Cuéntanos la historia de por qué las tortugas tienen el caparazón estriado! —saltó Chima.

—Me gustaría saber por qué las tortugas son tan populares en las leyendas de nuestra gente —dijo Obiora en inglés.

—¡Cuéntanos la historia de por qué las tortugas tienen el caparazón estriado! —insistió Chima.

Papa-nnukwu se aclaró la garganta.

—Hace mucho tiempo, cuando los animales hablaban y los lagartos escaseaban, había una gran hambruna entre ellos. Los campos se habían secado y la tierra se había agrietado. El hambre mató a muchos animales y los que quedaban no tenían fuerzas ni para representar la danza fúnebre. Un buen día, todos los animales macho se reunieron para decidir qué podían hacer antes de que el hambre acabara con todo el pueblo.

»Todos llegaron tambaleándose al punto de encuentro, huesudos y débiles. Hasta el rugido del león se parecía más al chillido de un ratón. La tortuga apenas podía acarrear su caparazón. Solo el perro tenía buen aspecto. El pelo le brillaba y no se adivinaban los huesos debajo de la piel porque tenía un buen grueso de carne. Todos los animales le preguntaron al perro cómo se mantenía tan bien en medio de aquella crisis. "Me he comido las heces, como siempre", dijo. Los otros animales solían reírse de él y de su familia porque se alimentaban de excrementos y ninguno de ellos podía imaginarse en aquella situación. El león se puso al frente de la reunión y dijo: "Ya que no podemos comer heces como el perro, tenemos que encontrar la manera de alimentarnos". Los animales pensaron durante mucho tiempo con gran concentración hasta que el conejo sugirió que cada uno matara a su madre y se la comieran. Muchos se mostraron en desacuerdo ya que aún recordaban el sabor dulce de la leche con que habían sido amamantados, pero al final concluyeron que era la mejor solución ya que si no hacían nada, acabarían muriéndose de hambre.

—Yo nunca sería capaz de comerme a mamá —aseguró Chima con una risita.

—Tal vez no sea buena idea, con esa piel tan dura... —comentó Obiora.

—A las madres no les importó ser sacrificadas —continuó *Papa-nnukwu*—, y así cada semana mataban a una y se repartían la carne. Pronto volvieron a tener buen aspecto. Entonces, pocos días antes de que le tocara el turno a la madre del perro, este apareció ululando el canto fúnebre por su muerte. Una enfermedad había acabado con ella. Los otros animales lo compadecieron y se ofrecieron a ayudarle con el entierro. Ya que se había muerto de una enfermedad, no podían comérsela. El perro rechazó la ayuda y dijo que la enterraría él mismo. Se sentía consternado por el hecho de que no hubiera tenido el honor de morir como las otras madres, sacrificándose por su pueblo.

»Unos días más tarde, la tortuga iba de camino a su granja agostada para ver si podía recoger algún vegetal seco. Se detuvo junto a un arbusto para hacer sus necesidades, pero como el arbusto estaba marchito no la cubría lo suficiente. A través de sus hojas, pudo ver al perro, que miraba al cielo y aullaba. La tortuga se preguntó si tal vez el profundo dolor lo había vuelto loco. ¿Por qué el perro le aullaba al cielo? La tortuga prestó atención y oyó lo que decía...

—*Njemanze!* —cantaron mis primos a coro.

—*Nne, nne.* He venido.

—*Njemanze!*

—*Nne, nne.* Suelta la cuerda. He venido.

—*Njemanze!*

—La tortuga salió de su escondite y le echó en cara lo que les había contado. El perro admitió que su madre no había muerto, que se había marchado al cielo donde vivía con unos amigos adinerados y la razón por la que tenía tan buen aspecto era que desde allí le mandaba alimentos. «¡Abominación!», bramó la tortuga. «¡Ya me parecía a mí que estabas demasiado gordo para comer solo heces! Espera a que el resto oiga lo que has hecho.» Por supuesto, la tortuga seguía siendo tan astuta como de costumbre; no tenía ninguna intención de decírselo al resto. Sabía que el perro le ofrecería llevarla al cielo a ella también. Cuando el perro se lo propuso, fingió pensárselo antes de aceptar, pero la saliva había empezado a resbalarle por el mentón. El perro aulló otra vez y del cielo se desprendió una cuerda por la que subieron los dos animales. A la madre del perro no le gustó que su hijo hubiera traído con él a una amiga, pero de todas formas los sirvió bien. La tortuga comió como si en casa no la hubieran educado. Se acabó casi todo el fufú y la sopa *onugbu* y apuró de un trago un cuerno entero de vino de palma con la boca llena.

»Después de comer, bajaron por la cuerda. La tortuga le dijo al perro que no se lo diría a nadie siempre y cuando le prometiera llevarla consigo cada día hasta que volviera la estación de las lluvias y se terminara el hambre. El perro se mostró de acuerdo, ¿qué remedio le quedaba? Cuanto más comía la tortuga en el cielo, más quería comer, hasta que un día decidió subir ella sola y comerse la ración del perro además de la suya. Se dirigió al lugar de costumbre y empezó a imitar la voz del perro. La cuerda descendió. Justo en aquel momento llegó el perro y vio lo que estaba ocurriendo. El perro, furioso, empezó a aullar con todas sus fuerzas: "*Nne, nne*, madre, madre…".

—*Njemanze!* —exclamaron mis primos a coro.

—*Nne, nne!* No es tu hijo el que sube.

—*Njemanze!*

—*Nne, nne!* Corta la cuerda. No es tu hijo el que sube. Es la tortuga astuta.

—*Njemanze!*

—Justo entonces, la madre del perro cortó la cuerda y la tortuga, que estaba a medio camino, se precipitó al vacío. Cayó en una montaña de piedras y se partió el caparazón. Desde aquel día, las tortugas tienen el caparazón estriado.

Chima se rió.

—¡Las tortugas tienen el caparazón estriado!

—¿No os preguntáis cómo consiguió subir al cielo la madre del perro? —preguntó Obiora en inglés.

—¿O cómo habían llegado hasta allí los amigos ricos? —añadió Amaka.

—Probablemente, eran sus antepasados —concluyó Obiora.

Mis primos y Jaja se echaron a reír y *Papa-nnukwu* también, con una risa discreta, como si hubiera entendido las frases en inglés. Luego se reclinó en el asiento y cerró los ojos. Los miré y pensé que me hubiera gustado unirme al coro: «Njemanze!».

Papa-nnukwu se levantó el primero. Quiso tomar el desayuno en el porche, para contemplar el sol matutino. Así, tía Ifeoma le pidió a Obiora que tendiera allí una esterilla y todos nos sentamos a desayunar con *Papa-nnukwu* y a oírlo contar la historia de los hombres que hacían vino de palma en el pueblo y de cómo partían al amanecer para trepar a los árboles porque el vino se agriaba una vez que salía el sol. Me di cuenta de que *Papa-nnukwu* echaba de menos el pueblo y aquellas palmeras a las que trepaban los hombres con el cuerpo rodeado por una correa de rafia que los aseguraba al tronco del árbol.

A pesar de tener pan, *okpa* y batido de chocolate Bournvita para desayunar, tía Ifeoma cocinó fufú para esconder las pastillas de *Papa-nnukwu* en aquellas bolitas esponjosas que con tanta paciencia contemplaba cómo tragaba. La expresión de preocupación había desaparecido de su rostro.

—Se pondrá bien —dijo en inglés—. Pronto empezará a protestar porque querrá volver al pueblo.

—Debe quedarse un tiempo —opinó Amaka—. Tal vez debería quedarse a vivir aquí, mamá. No creo que Chinyelu lo cuide de forma apropiada.

—*Igasikwa!* No accederá nunca a quedarse aquí a vivir.

—¿Cuándo lo llevarás a que le hagan las pruebas?

—Mañana. El doctor Nduoma dijo que con dos de las pruebas sería suficiente. Los laboratorios privados siempre exigen el pago por adelantado, así que tendré que pasar antes por el banco. Con la cola que suele haber, no creo que llegue a tiempo de llevarlo hoy.

En aquel momento entró un coche en la finca y casi antes de que Amaka preguntara si se trataba del padre Amadi, yo ya sabía que sí. Solo había visto la puerta trasera del pequeño Toyota un par de veces, pero habría podido distinguirla en cualquier parte. Me empezaron a temblar las manos.

—Dijo que pasaría a ver a vuestro *Papa-nnukwu* —explicó tía Ifeoma.

El padre Amadi iba vestido con su sotana, amplia y de mangas bastante largas. La llevaba atada sin apretar a la cintura con un cordón negro. Aun con el atuendo de sacerdote, su modo de andar ágil y desenfadado atraía mi mirada y la cautivaba. Me levanté y entré en casa. A la ventana de mi dormitorio le faltaban algunas lamas y desde ella podía ver claramente el jardín. Me acerqué al pequeño desgarrón de la mosquitera al que Amaka le echaba la culpa cada vez que veía una mariposa volando alrededor de la bombilla por la noche. El padre Amadi estaba de pie y lo bastante cerca de la ventana como para que pudiera distinguir las ondas de su pelo, parecidas a las ondulaciones en la superficie de un río.

—Se ha recuperado muy rápido, padre, *Chukwu aluka* —dijo tía Ifeoma.

—Dios proveerá, Ifeoma —dijo contento, como si *Papa-nnukwu* fuera familiar suyo. Entonces explicó que iba de camino a Isienu a visitar a un amigo que acababa de llegar de una misión en Papúa Nueva Guinea. Se volvió hacia Jaja y Obiora y dijo que volvería por la tarde a recogerlos—. Jugaremos en el estadio con algunos muchachos del seminario.

—De acuerdo, padre —dijo Jaja con voz decidida.

—¿Dónde está Kambili? —preguntó.

Me miré el pecho que subía y bajaba debido a mi respiración agitada. No sabía por qué, pero me sentía agradecida de que hubiera pronunciado mi nombre, de que lo recordara.

—Creo que está dentro —me excusó tía Ifeoma.

—Jaja, dile que, si quiere, puede venir con nosotros.

Cuando volvió por la tarde, hice ver que me había acostado para dormir la siesta. Esperé a oír cómo su coche se ponía en marcha, con Jaja y Obiora dentro, y entonces aparecí en la sala. No había querido ir con ellos y, sin embargo, al dejar de oír el coche me habría gustado salir corriendo tras él.

Amaka se encontraba en la sala con *Papa-nnukwu*; le estaba untando los escasos mechones de pelo con vaselina. Después, le esparció polvos de talco por la cara y el pecho.

—Kambili —me llamó *Papa-nnukwu* al verme—. Tu prima pinta bien. En otro tiempo la habrían elegido para decorar los altares de nuestros dioses.

Tenía voz de adormilado, seguro que alguno de los medicamentos le producía sueño.

Amaka no me miró; le dio el último toque al pelo, que más bien me pareció una caricia, y se sentó en el suelo frente a él. Seguí con atención los rápidos movimientos de su mano al llevar el pincel de la paleta al papel y de vuelta a la paleta. Pintaba a tal velocidad que pensaba que el resultado sería caótico; pero al mirarlo vi con claridad la figura que tomaba cuerpo: una figura inclinada llena de gracia. Oí el tictac del reloj de pared, el que tenía la fotografía del Papa apoyándose en su personal. Había mucho silencio. Tía Ifeoma se encontraba en la cocina, rascaba una olla que se había quemado y el ruido del utensilio metálico resultaba molesto. Amaka y *Papa-nnukwu* hablaban de vez en cuando, en voz baja, y se entendían a la perfección sin malgastar palabras. Al contemplarlos, sentí cierto anhelo por algo que sabía que nunca viviría. Quería levantarme y marcharme, pero mis piernas no me obedecían. Al fin, conseguí ponerme en pie y me fui a la cocina; ni *Papa-nnukwu* ni Amaka se dieron cuenta de que me marchaba.

Tía Ifeoma estaba sentada en un taburete bajo; pelaba los oscuros ocumos y luego echaba la carne pegajosa de los tubérculos redondeados en el mortero de madera mientras de vez en cuando se refrescaba las manos en un cuenco de agua fría.

—¿Por qué tienes ese aspecto, *o gini*? —me preguntó.

—¿Qué aspecto, tía?

—Tienes los ojos llenos de lágrimas.

Entonces me di cuenta de que estaba llorando.

—Se me debe de haber metido algo.

Tía Ifeoma no pareció convencida.

—Ayúdame con los ocumos —me pidió.

Cogí otro taburete y me senté a su lado. Tía Ifeoma parecía pelar los tubérculos con mucha facilidad, pero cuando yo empecé a presionar el primero por un extremo, la basta piel marrón permaneció pegada a la carne y noté que me quemaba la palma de las manos.

—Primero tienes que humedecerla.

Me enseñó cómo y dónde debía ejercer la presión para que la piel se separara. Luego la observé machacar los ocumos, de vez en cuando sumergía la mano del mortero en el agua para que la carne del tubérculo no se quedara pegada. Aun así, la pasta espesa se adhería a la mano del mortero, al mortero y a la mano de tía Ifeoma. Pero estaba contenta porque le daba una buena textura a la sopa *onugbu*.

—¿Has visto qué bien se encuentra *Papa-nnukwu*? —me preguntó—. Lleva mucho rato posando sentado para Amaka. Es un milagro. Nuestra Señora proveerá.

—¿Cómo puede ser que Nuestra Señora interceda por un pagano, tía?

Tía Ifeoma se mantuvo en silencio mientras introducía la pasta espesa en la olla del caldo. Luego alzó la mirada y dijo que *Papa-nnukwu* no era pagano sino tradicionalista, que a veces las cosas distintas eran igual de buenas que las que resultaban conocidas y que el rito de declaración de inocencia que *Papa-nnukwu* practicaba por la mañana, el *itu-nzu*, era parecido a cuando nosotros rezábamos el rosario. Dijo algunas cosas más, pero no la escuché porque oí que Amaka se estaba riendo en la sala con *Papa-nnukwu*. Me preguntaba de qué se reían y si dejarían de hacerlo en cuanto yo entrara.

Cuando tía Ifeoma me despertó, la habitación estaba a oscuras y el chirrido estridente de los grillos iba apagándose. El canto de un gallo se dejó oír a través de la ventana de la cabecera.

—*Nne.* —Tía Ifeoma me dio unos golpecitos en el hombro—. *Papa-nnukwu* está en el porche. Ve a verlo.

Estaba bastante despierta, aunque tuve que despegarme los párpados con los dedos. Me acordé de las palabras que tía Ifeoma había pronunciado el día anterior acerca de que *Papa-nnukwu* no era un pagano sino un tradicionalista. De todas formas, aún no tenía claro por qué quería que me levantara y fuera a verlo al porche.

—*Nne*, estate callada. Limítate a mirarlo —me susurró tía Ifeoma para no despertar a Amaka.

Me puse la bata encima del camisón estampado en rosa y blanco, me la até a la cintura y salí de la habitación sin hacer ruido. La puerta del porche estaba entreabierta y la luz purpúrea del amanecer se colaba en la sala. No accioné el interruptor porque *Papa-nnukwu* se habría dado cuenta; me quedé apoyada en la pared cerca de la puerta.

Papa-nnukwu se encontraba sentado en un banco de madera, con las piernas flexionadas formando un triángulo. El lazo de su bata se había deshecho y esta se había escurrido de forma que cubría el banco en lugar de su cuerpo y los bordes de un azul descolorido rozaban el suelo. Cerca tenía una lámpara de queroseno al mínimo. La luz parpadeante arrojaba un resplandor ambarino sobre el porche, sobre las pequeñas canas rebeldes que *Papa-nnukwu* conservaba en el pecho, sobre la piel flácida y oscura de sus piernas. Se inclinó con la *nzu* en la mano para trazar una línea en el suelo. Hablaba con la cabeza gacha, como si se dirigiera a la línea de tiza blanca que se había tornado amarillenta. Les hablaba a los dioses o a los antepasados; tía Ifeoma me había explicado que eran intercambiables.

—¡Chineke! ¡Gracias por este nuevo día! ¡Gracias por el amanecer!

El labio inferior le temblaba. Tal vez por eso los términos en igbo se unieran unos con los otros al pronunciarlos, de manera que si se transcribiera su discurso el resultado sería una sola palabra muy larga. Se volvió a inclinar para trazar otra línea y lo hizo rápido; el gesto decidido sacudió la carne de su brazo que colgaba flácida como si fuera una bolsa de piel marrón.

–¡Chineke! No he matado a nadie ni he tomado las tierras de nadie. No he cometido adulterio. –Se inclinó de nuevo y dibujó la tercera línea. El banco crujió–. ¡Chineke! Solo he deseado bien al prójimo y siempre he ayudado a los que no tenían nada con lo poco que mis manos han podido proporcionarles. –Muy cerca se oyó el canto lastimero e interminable de un gallo–. ¡Chineke! Bendíceme. Haz que encuentre suficiente comida para llevarme a la boca. Bendice a mi hija, Ifeoma. Dale lo que su familia necesita. –Se removió en el banco. Seguro que había habido un tiempo en que su ombligo sobresalía erguido del vientre, pero ahora se le descolgaba como una berenjena pasada–. ¡Chineke! Bendice a mi hijo, Eugene. Haz que no se ensombrezca su prosperidad. Líbralo de la maldición que han arrojado sobre él. –*Papa-nnukwu* se inclinó una vez más y trazó otra línea. Me sorprendió que rezara por padre con el mismo fervor que por sí mismo y por tía Ifeoma–. ¡Chineke! Bendice a los hijos de mis hijos. Aléjalos del mal y condúcelos al bien. –*Papa-nnukwu* sonreía. Los pocos dientes que le quedaban se veían a plena luz de un amarillo oscuro, como granos de maíz. Los huecos de sus encías habían tomado un matiz pardusco–. ¡Chineke! A aquellos que desean el bien para el prójimo, concédeles el bien. A aquellos que desean al prójimo sufrimiento, dales sufrimiento.

Papa-nnukwu trazó la última línea, más larga que el resto, haciendo una floritura. Había terminado.

Cuando se levantó y se estiró para desentumecerse, todos los surcos y protuberancias de su cuerpo captaron los rayos dorados de la luz ardiente, como la corteza nudosa de la melina del jardín de casa. Hasta las manchas de la piel debidas a la edad brillaban en sus manos y en sus piernas. No aparté la vista, aunque sabía que era pecado contemplar la desnudez de otra persona. Las arrugas de su vientre no parecían ya tan numerosas, y su ombligo estaba más erguido a pesar de estar aún escondido entre pliegues de piel. Entre sus piernas colgaba un capullo flácido cuya piel se veía más lisa, libre del entramado de arrugas que cubría el resto de su cuerpo como una tela metálica. Recogió la bata y se la ató en la cintura con un nudo. Sus pezones parecían pasas arrugadas entre los escasos mechones de vello canoso del pecho. Aún sonreía cuando, en silencio, me di la vuelta y me dirigí al dormitorio. Yo nunca sonreía después de rezar el rosario. En casa, nadie lo hacía.

Después de desayunar, *Papa-nnukwu* se encontraba de nuevo en el porche, sentado en el banco. Amaka se había aposentado en una colchoneta de plástico cerca de sus pies. Le restregó uno con una piedra pómez, después puso la piedra en remojo en una palangana de plástico y la cubrió con vaselina antes de pasar a dedicarse al otro pie. *Papa-nnukwu* se quejó de que aquello le suavizaría demasiado la piel y que luego hasta las piedras más pequeñas se le clavarían en las plantas. Nunca llevaba sandalias cuando estaba en el pueblo, pero allí tía Ifeoma lo obligaba a ponérselas. De todas formas, no le pidió a Amaka que lo dejara estar.

—Voy a hacerle un retrato sentado en el porche. Quiero captar el efecto de la luz del sol en su piel —comentó Amaka cuando Obiora se unió a ellos.

Tía Ifeoma apareció vestida con una túnica azul y una blusa. Iba a ir al mercado con Obiora, que, según ella, contaba el cambio más rápido que un vendedor con una calculadora.

—Kambili, quiero que me ayudes a preparar las hojas de *orah*, así cuando llegue podré ponerme a hacer la sopa —dijo.

—¿Hojas de *orah*? —pregunté tragando saliva.

—Sí. No me digas que no sabes cómo se hace.

Sacudí la cabeza.

—No, tía.

—Entonces las preparará Amaka —decidió.

Se desató y se volvió a atar la túnica con un nudo a un lado de la cintura.

—¿Por qué? —le espetó Amaka—. ¿Porque los ricos no cocinan *orah* en sus casas? ¿Es que luego no va a comerse su plato de sopa?

La mirada de tía Ifeoma se endureció, pero no iba dirigida a Amaka, sino a mí.

—*O ginidi*, Kambili, ¿es que no tienes boca? ¡Contéstale!

Dirigí la vista a una azucena africana marchita del jardín que se desprendía del tallo. La brisa de mediodía hacía susurrar los crotones.

—No tienes por qué gritar, Amaka —me atreví a decir al fin—. No sé cómo se preparan las hojas de *orah*, pero puedes enseñarme.

No sabía de dónde habían brotado aquellas palabras sosegadas. No quería mirar a Amaka, no quería ver su cara de pocos amigos ni incitarla a que me dijera nada más porque no sería capaz de resistirlo. Así me lo estaba imaginando cuando oí las carcajadas, pero al levantar los ojos vi que, efectivamente, Amaka se reía.

—Sí que sabes hablar alto, Kambili —soltó con ironía.

Me enseñó a preparar las hojas de *orah*. Los vegetales viscosos de color verde claro tenían un troncho fibroso que no resultaba tierno ni siquiera una vez cocido y que por eso había que cortarlo. Me coloqué la bandeja con la verdura en el regazo y me dispuse a trabajar; cortaba los tronchos y echaba las hojas en una palangana colocada cerca de mis pies. Para cuando tía Ifeoma estuvo de vuelta, alrededor de una hora más tarde, yo ya había terminado. Se sentó a descansar en un taburete mientras se abanicaba con un periódico. Las gotas de sudor habían borrado el maquillaje de polvos compactos y habían trazado dos líneas simétricas a ambos lados de su rostro en las que la piel, más oscura, quedaba al descubierto. Jaja y Obiora descargaban los comestibles del coche y tía Ifeoma le pidió a Jaja que dejara el racimo de plátanos en el suelo del porche.

—Amaka, *ka?* Di cuánto —le preguntó.

Amaka se quedó mirando el racimo con ojo crítico antes de aventurar una cantidad. Tía Ifeoma negó con la cabeza y dijo que los plátanos le habían costado cuarenta *nairas* más de la cantidad que había calculado.

—¡Qué dices! ¿Por esa ridiculez? —exclamó Amaka.

—Los vendedores dicen que es difícil transportar la carga debido a la escasez de combustible, así que añaden ese coste al precio, *o di egwu* —explicó tía Ifeoma.

Amaka recogió los plátanos y presionó cada uno de ellos con los dedos, como si aquello le fuera a permitir averiguar por qué eran tan caros. Se los llevó dentro justo en el momento en que el padre Amadi aparcaba enfrente del piso. El sol se reflejaba en el parabrisas de su coche y emitía destellos. Subió a saltos los pocos escalones del porche; se remangaba la sotana cual novia sujetándose el vestido. Saludó a *Papannukwu* antes de abrazar a tía Ifeoma y estrecharles la mano a los muchachos. Cuando me tocó el turno, extendí el brazo para que pudiera estrecharme la mano y mi labio inferior empezó a temblar.

—Kambili —dijo, y sostuvo mi mano unos instantes más que al saludar a los muchachos.

—¿Va a alguna parte, padre? —quiso saber Amaka, que en aquel momento salía al porche—. Se tiene que estar asando con la sotana.

—Voy a entregarle unas cuantas cosas a un amigo, al sacerdote recién llegado de Papúa Nueva Guinea. Vuelve a marcharse la semana que viene.

—Papúa Nueva Guinea. ¿Qué le parece el sitio? —se interesó Amaka.

—Me contó que había cruzado un río lleno de cocodrilos en canoa. Dice que no sabe qué ocurrió primero, si oír las dentelladas de los cocodrilos o descubrir que se había meado en los pantalones.

—Menos mal que no te han enviado a un sitio así —opinó tía Ifeoma riendo, sin dejar de abanicarse mientras se bebía a sorbos un vaso de agua.

—No quiero ni pensar en su partida, padre —se entristeció Amaka—. Aún no sabe ni cuándo ni adónde, *okwia?*

—No. Tal vez el año que viene.

—¿Quién lo envía? —intervino *Papa-nnukwu* de aquella forma brusca que me hizo darme cuenta de que había seguido la conversación en igbo palabra por palabra.

—El padre Amadi forma parte de un grupo de sacerdotes, misioneros *ndi*, que se desplazan a distintos países para convertir a los habitantes —explicó Amaka.

Trataba de no hablar en inglés cuando se dirigía a *Papa-nnukwu*, pero aun así su discurso quedaba salpicado de unas pocas palabras en ese idioma, como nos ocurría a los demás sin darnos cuenta.

—*Ezi okwu?* —*Papa-nnukwu* alzó la mirada y posó el ojo cubierto por la capa blanquecina en el padre Amadi—. ¿De verdad? Así que ahora nuestros hijos actúan de misioneros en la tierra del hombre blanco.

—En la tierra de los blancos y en la de los negros, señor —respondió el padre Amadi—. En cualquier parte donde haga falta un sacerdote.

—Eso está bien, hijo. Pero nunca debe mentirles; no les enseñe nunca a despreciar a sus padres.

Papa-nnukwu miró a lo lejos mientras agitaba la cabeza.

—¿Lo oye, padre? —insistió Amaka—. No les mienta a esas pobres almas ignorantes.

—Será difícil, pero lo intentaré —contestó el padre Amadi en inglés.

Cuando sonreía, se le formaban pequeñas arrugas en las comisuras de los párpados.

—Ya sabe, padre, es como hacer *okpa* —comparó Obiora—. Se mezcla la harina de judía carilla y el aceite de palma y se cuece al vapor durante horas. ¿Cree que alguna vez podría distinguir solo la harina de judía carilla? ¿O solo el aceite de palma?

—¿De qué me hablas? —se extrañó el padre Amadi.

—De la religión y la opresión —respondió Obiora.

—¿Sabes que hay una frase que dice que no son solo los que se pasean desnudos por el mercado los que están locos? —dijo el padre Amadi—. ¿Es que ha vuelto a darte un ataque de locura, *okwia*?

Obiora se echó a reír y también Amaka, con aquellas sonoras carcajadas que solo el padre Amadi parecía ser capaz de arrancarle.

—Ha hablado como un auténtico misionero, padre. Cuando alguien pone en entredicho sus palabras, lo tacha de loco —le espetó Amaka.

—¿No ves a tu prima, que escucha en silencio? —dijo el padre Amadi, señalándome—. No malgasta energía en discusiones absurdas, pero por su cabeza pasan muchas cosas, lo sé.

Me volví a mirarlo. Bajo sus axilas aparecían unos cercos de sudor que oscurecían la tela blanca de su sotana. Sus ojos se posaron en mí y yo aparté la vista. Que nuestras miradas se encontraran me aturdía demasiado, me hacía olvidar quién había alrededor, dónde me encontraba y de qué color llevaba la falda.

—Kambili, la última vez no quisiste venir con nosotros.

—Yo… yo… estaba durmiendo.

—Muy bien, pues hoy vendrás conmigo, solo tú —dispuso el padre Amadi—. Pasaré a buscarte cuando vuelva del pueblo. Iremos al estadio y tú ya decidirás si prefieres jugar a fútbol o hacer de espectadora.

Amaka se echó a reír.

—Kambili tiene aspecto de estar muerta de miedo.

Me estaba mirando, pero no de la forma habitual en que sus ojos me culpabilizaban por cosas que yo no comprendía. Aquella era una mirada distinta, más indulgente.

—No hay nada de lo que tener miedo, *nne*. Lo pasarás bien en el estadio —dijo tía Ifeoma, y yo me volví a mirarla sin comprender nada.

Tenía la nariz llena de pequeñas gotas de sudor, como si fueran granitos. Parecía muy feliz, en paz consigo misma. Me preguntaba cómo era posible que alguno de los que me rodeaban se sintiera así mientras las llamas me devoraban por dentro y una mezcla de miedo y esperanza se aferraba a mis tobillos.

Cuando el padre Amadi se hubo marchado, tía Ifeoma me dijo:

—Ve y prepárate para no hacerlo esperar cuando vuelva. Lo mejor es que te pongas unos pantalones cortos porque, aunque no juegues, aún hará calor hasta que se ponga el sol y la mayoría de las gradas no están cubiertas.

—Han tardado diez años en construir el estadio y el dinero ha ido a parar a los bolsillos de unos cuantos —masculló Amaka.

—No tengo pantalones cortos, tía —confesé.

Tía Ifeoma no me preguntó la razón, tal vez porque ya la sabía. Le pidió a Amaka que me prestara unos y esperé que ella se burlara, pero se limitó a traerme unos de color amarillo como si fuera lo más normal del mundo que yo no tuviera. Me tomé mi tiempo para vestirme, pero no me quedé mirando al espejo, como hacía Amaka, para que no me invadiera el sentimiento de culpa. La vanidad era un pecado. Jaja y yo nos mirábamos al espejo el tiempo justo para comprobar que llevábamos bien abrochados los botones.

Poco después oí acercarse el Toyota. Cogí el pintalabios de Amaka de encima del tocador y me lo pasé por los labios. Me quedaba raro, no me confería el aspecto sofisticado de Amaka; ni siquiera tomaba el mismo tono bronce. Me lo quité con la mano, pero entonces mis labios se veían demasiado pálidos, demasiado secos. Me los volví a pintar y me empezaron a temblar las manos.

—¡Kambili! El padre Amadi está fuera tocando el claxon —me llamó tía Ifeoma.

Me volví a quitar el pintalabios con el dorso de la mano y salí de la habitación.

El coche del padre Amadi olía igual que él, desprendía un aroma a limpio que me hacía pensar en un cielo azul y despejado. Sus pantalones me habían parecido más largos la última vez que lo había visto con ellos, le llegaban bastante por debajo de la rodilla; sin embargo, en aquel momento dejaban al descubierto unos muslos bien musculados y salpicados de vello oscuro. El espacio que nos separaba resultaba demasiado estrecho, demasiado apretado. Cuando al confesarme me acercaba a un sacerdote, automáticamente adoptaba el papel de penitente, pero en aquel momento me parecía muy difícil, con la colonia del padre Amadi impregnándome los pulmones. En lugar de eso, empecé a sentirme culpable porque no era capaz de concentrarme en mis pecados, no podía pensar en nada que no fuera lo cerca que se encontraba de mí.

—Duermo en la misma habitación que mi abuelo y él es pagano —solté al fin.

Se volvió a mirarme un momento y, antes de que apartara los ojos, me pregunté si el motivo por el que brillaban era que lo que acababa de decir le había parecido divertido.

—¿Por qué dices eso?

—Es un pecado.

—¿Por qué es un pecado?

Me lo quedé mirando. Tuve la sensación de que se había saltado una frase del guión.

—No lo sé.

—Te lo ha dicho tu padre.

Me volví a mirar por la ventana. No pensaba involucrar a padre en aquello, ya que era obvio que el padre Amadi no lo compartía.

—Jaja me contó unas cuantas cosas de vuestro padre el otro día, Kambili.

Me mordí el labio inferior. ¿Qué le habría explicado Jaja? ¿Qué era lo que le ocurría a mi hermano? El padre Amadi no dijo nada más hasta que llegamos al estadio y echó un vistazo rápido a las personas que había corriendo por las pistas. Sus chavales no habían llegado aún, así que el campo de fútbol estaba vacío. Nos sentamos en las gradas, en una de las únicas dos que estaban cubiertas.

—¿Por qué no jugamos un poco mientras llegan? —me preguntó.

—No sé jugar.

—¿No juegas a balonmano?

—No.

—¿Y a voleibol?

Lo miré unos instantes y me volví. Me pregunté si algún día Amaka le haría un retrato que captara la piel suave del color de la arcilla y las cejas rectas que alzaba ligeramente al contemplarme.

—Antes jugaba en la escuela —dije—, pero lo dejé porque… porque no se me daba bien y nadie quería que jugara en su equipo.

Fijé la vista en la grada sombría y sin pintar. Había estado tanto tiempo abandonada que entre las grietas del cemento pequeñas plantas asomaban su cabeza verde.

—¿Amas a Jesús? —me preguntó de pronto el padre Amadi poniéndose en pie.

—Sí. Sí, amo a Jesús —respondí sobresaltada.

—Entonces demuéstramelo. Trata de alcanzarme para demostrar que amas a Jesús.

Apenas había terminado de hablar cuando salió a toda velocidad y lo único que vi fue el movimiento fugaz de su sudadera azul. No me paré a pensar, salí corriendo tras él. El viento me azotaba el rostro, lo notaba en los ojos y en los oídos. El padre Amadi era como viento de color azul, escurridizo. No conseguí alcanzarlo hasta que no se detuvo cerca de la portería.

—Entonces no amas a Jesús —me provocó.

—Corre demasiado —protesté jadeando.

—Te dejaré reposar y luego tendrás otra oportunidad de demostrarme que amas al Señor.

Lo repetimos cuatro veces más y no lo cogí. Al final nos dejamos caer en el césped y él colocó una botella de agua en mi mano.

—Tienes buenas piernas para correr. Deberías practicar más —me aconsejó.

Yo desvié la mirada. Nunca había oído nada parecido. El hecho de que posara los ojos en mis piernas o en cualquier parte de mi persona me parecía demasiado cercano, demasiado íntimo.

—¿No sabes sonreír? —preguntó.

—¿Cómo?

Estiró los brazos y me tiró ligeramente de las comisuras de los labios.

—Sonreír.

Quería hacerlo, pero no podía. Tenía los labios y las mejillas agarrotados, tirantes por el sudor que me resbalaba por ambos lados de la nariz. Era demasiado consciente de que él mantenía la atención fija en mí.

—¿Qué es esa mancha rojiza que tienes en la mano? —advirtió.

Me miré la mano; la mancha de pintalabios retirado a toda prisa todavía podía observarse en el dorso empapado de sudor. No pensaba que me hubiera puesto tanta cantidad.

—Es… es una mancha —respondí sintiéndome estúpida.

—¿Es pintalabios?

Asentí.

—¿Llevas pintalabios? ¿Alguna vez has llevado pintalabios?

—No —confesé, y noté que una sonrisa se me dibujaba en el rostro y tiraba de las comisuras de mis labios y de mis mejillas; una sonrisa entre divertida y avergonzada.

Se había dado cuenta de que había intentado usar pintalabios por primera vez. Sonreí y volví a sonreír.

—¡Buenas tardes, padre!

Las voces hicieron eco a nuestro alrededor y ocho muchachos bajaron hasta el lugar en el que nos encontrábamos.

Todos eran más o menos de mi edad y llevaban pantalones cortos llenos de agujeros y camisas que de tanto lavarlas habían perdido el color original; también tenían las piernas llenas de pequeñas costras debido a las picaduras de los insectos. El padre Amadi se quitó la sudadera y la lanzó sobre mi regazo antes de unirse a los muchachos en el campo. Con el torso desnudo, podía observar sus hombros anchos y rectos. No miré la sudadera mientras bajaba muy despacio la mano hasta ella. Tenía los ojos fijos en el campo, en las piernas veloces del padre Amadi, en el balón blanco y negro desplazándose por el aire, en las piernas de los muchachos que entre todas parecían una sola. Al fin, mi mano dio con la sudadera y justo había empezado a palparla, con cuidado como si pudiera respirar, como si formara parte del padre Amadi, cuando oí el silbato que indicaba el descanso. El padre Amadi sacó del coche naranjas peladas y agua almacenada en bolsas de plástico que había atado formando unos triángulos muy tirantes. Se instalaron en el campo a comer y vi cómo el padre Amadi se reía a carcajadas y luego echaba la cabeza hacia atrás hasta dejar reposar los hombros en el césped. Me preguntaba si los muchachos se sentían igual que yo con respecto a él, ellos que eran todo cuanto él era capaz de ver.

Sujeté la sudadera todo el tiempo mientras veía el resto del partido. Se acababa de levantar un viento fresco que me enfriaba el sudor del cuerpo cuando el padre Amadi indicó el final del partido; silbó tres veces, el último silbido duró mucho tiempo. Entonces los muchachos se apiñaron a su alrededor, con la cabeza inclinada hacia el suelo, mientras él rezaba. «Hasta luego, padre.» Las voces produjeron eco a su alrededor mientras él se dirigía hacia donde yo me encontraba. Su modo de andar denotaba algo de seguridad, como el único gallo entre todas las gallinas del corral.

Una vez en el coche, puso una cinta. Era de un coro que cantaba canciones religiosas en igbo. La primera me resultaba familiar. Era la canción que madre cantaba siempre que Jaja y yo volvíamos a casa con el informe escolar. El padre Amadi se puso a cantar. Su voz era más suave que la del solista de la cinta. Cuando la primera canción terminó, bajó el volumen y me preguntó:

—¿Te ha gustado el partido?

—Sí.

—Veo a Cristo en el rostro de esos muchachos.

Me lo quedé mirando. No era capaz de ver la relación entre el Cristo de pelo rubio colgado en la cruz bruñida de Santa Inés y las piernas de los muchachos llenas de picaduras de insectos.

—Viven en Ugwu Oba. La mayoría han dejado de ir a la escuela porque sus familias no se lo pueden permitir. Ekwueme... ¿Lo recuerdas? El de la camiseta roja.

Asentí, aunque no lo recordaba. Todas las camisetas me parecían iguales al estar desteñidas.

—Su padre era chófer en la universidad, pero hicieron una reducción de personal y Ekwueme tuvo que dejar el instituto de Nsukka. Ahora es conductor de autobús y le va muy bien. Esos muchachos me inspiran. —El padre Amadi dejó de hablar para unirse al coro—: *I na-asi m esona ya! I na-asi m esona ya!*

Yo empecé a llevar el ritmo con la cabeza. En realidad, no nos hacía falta la música porque su voz ya era bastante melodiosa. Me sentía como en casa, como si estuviera en el lugar que me correspondía desde hacía mucho tiempo. El padre Amadi cantó un rato; luego volvió a bajar el volumen.

—No me has hecho ni una sola pregunta.

—No sé qué preguntar.

—Deberías haber aprendido el arte de formular preguntas de Amaka. ¿Por qué el tronco de los árboles crece hacia arriba y las raíces hacia abajo? ¿Por qué existe el cielo? ¿Qué es la vida? Simplemente, ¿por qué?

Me eché a reír. Mi propia risa me resultaba extraña, como si estuviera escuchando una grabación en la que se reía un extraño. No estaba segura de haber oído alguna vez mi propia risa.

—¿Por qué se hizo sacerdote? —le espeté, y enseguida me arrepentí y quise que las burbujas que se formaban en mi garganta al tartamudear no me hubieran permitido decirlo.

Desde luego, había oído la llamada, la misma llamada de la que hablaban las reverendas hermanas de la escuela y a la que nos pedían que prestáramos atención al rezar. A veces me imaginaba que Dios me llamaba, con su vozarrón de acento británico. Seguro que no sabría pronunciar bien mi nombre y, como el padre Benedict, pondría el acento en la segunda sílaba en lugar de la primera.

—Al principio quería ser médico, pero una vez fui a la iglesia y oí hablar al sacerdote; aquello me cambió para siempre —explicó el padre Amadi.

—Vaya.

—Es una broma. —El padre Amadi me miró sorprendido de que no me hubiera dado cuenta—. Se trata de algo mucho más complejo que eso, Kambili. Surgieron muchas preguntas y el sacerdocio era lo que mejor respondía a ellas.

Sentía curiosidad por saber de qué preguntas se trataba y si también el padre Benedict se las había formulado. Entonces reparé, con una tristeza terrible e inexplicable, en que aquella piel tersa del padre Amadi no podría ser heredada por ningún niño y en que sus hombros anchos no podrían servirle de punto de apoyo a su hijo cuando de pequeño quisiera alcanzar el ventilador del techo.

—*Ewo*. Llego tarde a una reunión del consejo de la capellanía —dijo mirando el reloj—. Te acompaño y me marcho de inmediato.

—Lo siento.

—¿Por qué? He pasado una tarde magnífica contigo. Tienes que volver a venir al estadio. Si hace falta, te llevaré atada de pies y manos.

Se echó a reír.

Fijé la vista en el salpicadero, en el adhesivo dorado y azul de la Legión de María. ¿Es que no sabía que no quería que se marchara nunca, que no haría falta que me convenciera para acompañarlo al estadio o a cualquier parte? La imagen de aquella tarde me pasó por la mente al descender del coche. Había sonreído y corrido, me había reído. Sentía mi pecho pleno de algo parecido a un baño de espuma. Luz; la luz era tan agradable que hasta podía notar su sabor, dulce como un anacardo maduro de un amarillo intenso.

Tía Ifeoma estaba de pie en el porche, detrás de *Papa-nnukwu*, frotándole los hombros. Los saludé.

—Kambili, *nno* —dijo *Papa-nnukwu*.

Tenía aspecto de cansado y la mirada apagada.

—¿Te lo has pasado bien? —preguntó tía Ifeoma con una sonrisa.

—Sí, tía.

—Tu padre ha llamado esta tarde —dijo en inglés.

Me la quedé mirando, contemplé el lunar negro por encima de su labio a la espera de que estallara en sonoras carcajadas para acabar confesando que se trataba de una broma. Padre nunca llamaba por la tarde y, además, ya había llamado antes de ir a trabajar. ¿Por qué iba a telefonear de nuevo? Tenía que haber ocurrido algo.

—Alguien del pueblo, con toda probabilidad algún miembro de nuestra gran familia, le ha contado que me he traído a casa a vuestro abuelo. —Tía Ifeoma seguía hablando en inglés para que *Papa-nnukwu* no entendiera lo que decía—. Me ha echado en cara que no se lo hubiera explicado, me ha dicho que le habría gustado saber que vuestro abuelo se encontraba en Nsukka. Continuó con el tema del peligro que suponía que un pagano viviera bajo el mismo techo que sus hijos.

Tía Ifeoma meneaba la cabeza como si aquellos sentimientos por parte de padre no representaran más que una excentricidad, una minucia.

Pero no era así. Seguro que padre se sentía indignado al ver que ni Jaja ni yo se lo habíamos dicho al hablar por teléfono. De pronto noté que empezaba a subirme la sangre a la cabeza, o tal vez se tratara de agua, o sudor. Lo que quiera que fuera, iba a hacer que me desmayara al llegar al límite de mi capacidad.

—Estaba decidido a venir a buscaros mañana, pero he conseguido tranquilizarlo. Le he dicho que pasado mañana os acompañaría yo, y creo que le ha parecido bien. Espero que consigamos combustible.

—De acuerdo, tía.

Me volví para entrar, estaba mareada.

—Ah, y ha conseguido sacar de la cárcel a su director —me informó tía Ifeoma, pero apenas la oí.

Amaka me zarandeó, aunque sus movimientos ya me habían despertado antes. Me encontraba en aquella franja que separa el sueño de la vigilia y me imaginaba que padre venía a buscarnos con los ojos enrojecidos por la furia soltando un aluvión de palabras en igbo.

—Hemos de ir a por agua; Jaja y Obiora ya han salido —anunció Amaka, desperezándose.

Desde hacía unos días, todas las mañanas decía lo mismo. Incluso me permitía entrar un cubo.

—*Nekwa*, *Papa-nnukwu* aún está durmiendo. El medicamento le provoca sueño; se enfadará si no se levanta a tiempo para ver amanecer. —Se inclinó sobre él y lo zarandeó con suavidad—. *Papa-nnukwu*, *Papa-nnukwu*, *kunie*.

Al ver que no reaccionaba, le dio la vuelta. Se le había desatado la bata y dejaba al descubierto unos pantalones cortos blancos con el elástico de la cintura raído.

—¡Mamá! ¡Mamá! —se puso a gritar Amaka. Empezó a pasarle la mano por el pecho de manera febril, buscando los latidos del corazón—. ¡Mamá!

Tía Ifeoma irrumpió en la habitación. No se había atado la bata que llevaba encima del camisón y por debajo de la tela delgada se adivinaban los pechos caídos y el ligero volumen del vientre. Se puso de rodillas, aferró el cuerpo de *Papa-nnukwu* y empezó a agitarlo.

—*Nna anyi! Nna anyi!* —gritó desesperada, como si al alzar la voz *Papa-nnukwu* pudiera oírla y responderle—. *Nna anyi!*

Cuando dejó de hablar, cogió la muñeca de *Papa-nnukwu* y posó la cabeza en su pecho. El silencio quedó roto únicamente por el canto cercano de un gallo. Contuve la respiración que, en aquel momento, parecía demasiado sonora para que tía Ifeoma pudiera oír el latido de *Papa-nnukwu*.

—*Ewuu*, se ha quedado dormido. Se ha quedado dormido —dijo al final.

Enterró la cabeza en el hueco del hombro de *Papa-nnukwu* y empezó a balancearse adelante y atrás.

Amaka tiró de su madre.

—¡Déjalo ya, mamá! ¡Hazle el boca a boca! ¡Déjalo!

Tía Ifeoma siguió balanceándose unos instantes y, al ver que el cuerpo de *Papa-nnukwu* se movía al compás, por un momento pensé que tenía razón, que solo se había quedado dormido.

—*Nna m o!* ¡Mi padre! —La voz de tía Ifeoma sonó tan alta y tan pura que me pareció que procedía del techo. Era el mismo tono, la misma profundidad desgarradora que había oído en la voz de los dolientes que pasaban a veces por delante de casa, gritando y mostrando en alto una fotografía del difunto miembro de la familia—. *Nna m o!* —gritó tía Ifeoma sin dejar de aferrar el cuerpo de *Papa-nnukwu*.

Amaka hizo tímidos intentos de apartarla. Obiora y Jaja entraron corriendo en la habitación. Me imaginé a nuestros antepasados de hacía un siglo, aquellos a los que rezaba *Papa-nnukwu*, que volvían en defensa de su aldea, con cabezas ensartadas en palos largos.

—¿Qué ocurre, mamá? —preguntó Obiora.

Llevaba el bajo de los pantalones pegado a la pierna al haberle salpicado agua del grifo.

—*Papa-nnukwu* está vivo —dijo Jaja en inglés, con autoridad, como si así fueran a hacerse realidad sus palabras.

Dios debía de haber utilizado el mismo tono cuando dijo: «Que se haga la luz». Jaja iba vestido solo con los pantalones del pijama, también salpicados de agua. Por primera vez, observé un escaso vello en su pecho.

—*Nna m o!*

Tía Ifeoma seguía aferrada a *Papa-nnukwu*. Obiora empezó a resollar, con un sonido bronco. Se inclinó sobre tía Ifeoma y la cogió para apartarla despacio del cuerpo de *Papannukwu*.

—*O zugo*, ya está bien, mamá. Se ha ido con los demás.

Su voz estaba teñida de un timbre extraño. Ayudó a incorporarse a tía Ifeoma y la hizo sentarse en la cama. Tenía la mirada perdida, igual que Amaka, allí de pie, contemplando la figura de *Papa-nnukwu*.

—Voy a llamar al doctor Nduoma —se ofreció Obiora.

Jaja se inclinó y cubrió el cuerpo de *Papa-nnukwu* con la bata, pero no le tapó la cara a pesar de que la tela era suficientemente larga. Quería acercarme y tocar a *Papa-nnukwu*, palpar los mechones de pelo que Amaka le había untado con aceite, acariciarle la piel arrugada del pecho. Pero no lo hice. Padre se habría indignado. Cerré los ojos de manera que si me preguntaba si había visto a Jaja tocar el cuerpo de un pagano —tocar a *Papa-nnukwu* una vez muerto aún parecía más grave—, podría decirle que no sin mentir; no habría visto nada de lo que hiciera Jaja. Mantuve los ojos cerrados bastante tiempo, y era como si también hubiera cerrado los oídos porque, aunque oía las voces, no era capaz de entender lo que decían. Cuando por fin volví a mirar, Jaja estaba sentado en el suelo, junto al cadáver cubierto de *Papa-nnukwu*. Obiora se había sentado en la cama, al lado de tía Ifeoma, que estaba hablando.

—Despertad a Chima; se lo diremos antes de que vengan los de la funeraria.

Jaja se puso en pie para ir a despertar a Chima. Al salir, se enjugó las lágrimas que le resbalaban por las mejillas.

—Yo limpiaré donde yace el *ozu*, mamá —se ofreció Obiora.

De vez en cuando, dejaba escapar un sollozo en medio del llanto ahogado. No rompía a llorar en voz alta porque él era el *nwoke* de la casa, el hombre con el que tía Ifeoma contaba a su lado.

—No —dijo tía Ifeoma—. Lo haré yo.

A continuación se levantó y se abrazó a Obiora, y estuvieron así durante mucho tiempo. Yo me dirigí al baño; la palabra «ozu» me resonaba en los oídos. *Papa-nnukwu* era ya un *ozu*, un cadáver.

La puerta del baño no se abría y empujé con fuerza para asegurarme de que alguien la había cerrado por dentro, ya que a veces se trababa al dilatarse y contraerse la madera. Entonces oí los sollozos de Amaka. Su llanto era sonoro y gutural; lloraba igual que se reía. No había aprendido a llorar en silencio porque nunca le había hecho falta. Pensé en darme la vuelta y alejarme para dejarla a solas con su dolor, pero mi ropa interior había empezado a mojarse y para aguantarme las ganas de orinar tenía que pasar el peso de mi cuerpo de una pierna a otra.

—Amaka, por favor, necesito entrar —susurré.

Al no responderme, lo repetí más alto. No quería llamar a la puerta porque interrumpiría sus lágrimas de un modo demasiado brusco. Al fin, Amaka abrió la puerta. Oriné tan rápido como pude, sabía que se estaba esperando fuera para volver a encerrarse a llorar.

Los dos hombres que vinieron con el doctor Nduoma se llevaron en brazos el cuerpo rígido de *Papa-nnukwu*; uno lo sujetaba por las axilas y el otro, por los tobillos. No habían podido traer la camilla del centro médico porque los administrativos también estaban en huelga. El doctor Nduoma nos dijo «Ndo» a todos; su rostro seguía sin perder la sonrisa. Obiora dijo que quería acompañar al *ozu* al tanatorio; quería ver cómo lo metían en el refrigerador. Tía Ifeoma se negó, dijo que él no tenía que ver a *Papa-nnukwu* en un refrigerador. La palabra «refrigerador» me daba vueltas en la cabeza. Yo ya sabía que el lugar en el que colocaban a los cadáveres en el tanatorio era distinto a un frigorífico normal. Sin embargo, no pude evitar imaginarme el cuerpo de *Papa-nnukwu* en una nevera como la que había en la cocina de casa.

Obiora accedió a no ir al tanatorio, pero siguió a los hombres de cerca y los observó introducir el *ozu* en la parte trasera de la ambulancia. Echó un vistazo dentro para asegurarse de que lo habían puesto encima de una esterilla y no directamente en el suelo oxidado.

Cuando la ambulancia se marchó, seguida por el coche del doctor Nduoma, ayudé a tía Ifeoma a sacar el colchón de *Papa-nnukwu* al porche. Lo frotó a conciencia con detergente Omo y el mismo cepillo que Amaka utilizaba para limpiar la bañera.

—¿Has visto la cara de *Papa-nnukwu*, Kambili? —me preguntó tía Ifeoma mientras apoyaba el colchón en los barrotes de la barandilla metálica para que se secara.

Negué con la cabeza. No la había mirado.

—Estaba sonriendo —aseguró—. Estaba sonriendo.

Volví la cabeza para que tía Ifeoma no viera mis lágrimas y para no ver yo las suyas. En el piso nadie hablaba mucho; se había quedado sumido en un silencio incómodo e inquietante. Hasta Chima permaneció la mayor parte de la mañana encogido en un rincón, dibujando. Tía Ifeoma hirvió unas rodajas de ñame y nos las comimos bañadas en aceite de palma con trozos de pimiento rojo flotando en la superficie. Amaka salió del baño horas después de que hubiéramos terminado de comer, con los ojos hinchados y la voz ronca.

—Ve a comer algo, Amaka. He hervido ñame —la animó tía Ifeoma.

—No he llegado a terminar el retrato. Me había dicho que lo acabaríamos hoy.

—Ve y come, *inugo* —repitió tía Ifeoma.

—De no ser por la huelga del centro médico, ahora estaría vivo —protestó Amaka.

—Había llegado su hora —repuso tía Ifeoma—. ¿Me oyes? Había llegado su hora.

Amaka miró a tía Ifeoma un momento y se volvió. Me habría gustado abrazarla y decirle «Ebezi na» y enjugarle las lágrimas. Me habría gustado poder mostrarle mi llanto, llorar juntas.

Pero sabía que solo conseguiría enfadarla y ya estaba bastante enojada. Además, no tenía derecho a lamentar la muerte de *Papa-nnukwu* en su misma medida; había sido más su *Papa-nnukwu* que el mío. Ella le había untado el pelo con aceite mientras yo me mantenía alejada pensando qué diría padre si lo supiera. Jaja la rodeó con el brazo y la acompañó a la cocina. Ella se soltó del abrazo, como si quisiera demostrar que no necesitaba ayuda, pero se mantuvo a su lado. Me los quedé mirando; me habría gustado hacer lo que Jaja había hecho.

—Alguien ha aparcado enfrente de casa —anunció Obiora. Se había quitado las gafas para llorar, pero ya se las había vuelto a poner y, al levantarse a mirar, se las colocó bien en la nariz.

—¿Quién es? —preguntó tía Ifeoma con voz cansada. No podía importarle menos quién era.

—Es tío Eugene.

Me quedé de piedra; sentí que mis brazos habían pasado a formar parte de los de la silla de mimbre. La muerte de *Papa-nnukwu* lo había eclipsado todo y había colocado a padre en segundo plano. Sin embargo, ahora la imagen de su rostro volvía a cobrar fuerza. Se encontraba en la puerta con la vista bajada hacia Obiora. Aquellas cejas pobladas no me resultaban familiares, ni tampoco aquella figura de piel oscura. Tal vez si Obiora no hubiera exclamado «tío Eugene», no habría caído en la cuenta de que se trataba de padre, que aquel hombre alto y extraño, vestido con una túnica blanca de cuidada confección, era padre.

—Buenas tardes, padre —lo saludé de forma mecánica.

—Kambili, ¿cómo estás? ¿Dónde está Jaja?

Jaja salió de la cocina y se quedó parado, mirando a padre.

—Buenas tardes, padre —dijo al fin.

—Eugene, te pedí que no vinieras —empezó tía Ifeoma en el mismo tono cansado de aquel al que no le preocupa demasiado lo que dice—. Te dije que los acompañaría yo mañana.

—No puedo dejarlos aquí otro día —explicó padre; mientras tanto examinó la sala, luego miró hacia la cocina y finalmente se fijó en el pasillo, como si esperara que *Papa-nnukwu* apareciera de pronto envuelto en un halo de humo pagano.

Obiora cogió a Chima de la mano y salieron al porche.

—Eugene, nuestro padre se ha quedado dormido —le hizo saber tía Ifeoma.

Padre se la quedó mirando un momento, la sorpresa le había agrandado los ojos pequeños que enrojecían con tanta facilidad.

—¿Cuándo ha ocurrido?

—Esta mañana, mientras dormía. Se lo han llevado al tanatorio hace solo unas horas.

Padre se sentó y bajó despacio la cabeza para acabar cubriéndose el rostro con las manos. Me pregunté si estaba llorando y si me estaría permitido llorar a mí también. Pero cuando levantó la cabeza no vi ni un rastro de lágrimas en sus ojos.

—¿Has llamado a un sacerdote para que le ofrezca la extremaunción? —preguntó.

Tía Ifeoma lo ignoró y continuó con la mirada fija en sus manos, entrelazadas sobre su regazo.

—Ifeoma, ¿has llamado a un sacerdote? —volvió a preguntar padre.

—¿Eso es todo lo que se te ocurre decir, Eugene? ¿No tienes nada que añadir, *gbo*? ¡Nuestro padre ha muerto! ¿Es que se te ha vuelto la cabeza del revés? ¿No piensas ayudarme a enterrarlo?

—No puedo participar en una ceremonia pagana, pero hablaremos con el párroco y le organizaré un funeral católico.

Tía Ifeoma se levantó y empezó a gritar. Le temblaba la voz.

—¡Antes venderé la tumba de mi marido, Eugene! ¿Me oyes? ¡He dicho que antes venderé la tumba de Ifediora! ¿Es que nuestro padre era católico? Contéstame, Eugene, ¿era católico? *Uchu gba gi!*

Tía Ifeoma chasqueó los dedos enfrente de padre; le estaba lanzando una maldición. Las lágrimas le resbalaban por las mejillas y emitía sollozos al volverse y entrar en su dormitorio.

—Kambili, Jaja, venid —nos ordenó padre levantándose. Nos abrazó a los dos al mismo tiempo, con fuerza, y nos besó en la coronilla antes de decir—: Id a hacer el equipaje.

En el dormitorio, la mayor parte de mis prendas se encontraban aún en la maleta. Me quedé mirando la ventana a la que le faltaban algunas lamas y la tela metálica rota, pensando qué ocurriría si me colaba por el pequeño agujero y saltaba al exterior.

—*Nne.*

Tía Ifeoma había entrado en silencio y me pasó la mano por el pelo trenzado. Me devolvió el horario, que seguía doblado en cuatro partes.

—Dile al padre Amadi que me he marchado, que nos hemos marchado. Dile adiós de nuestra parte —le pedí.

Me di la vuelta. Se había enjugado las lágrimas del rostro y volvía a tener el aspecto resuelto de siempre.

—Lo haré —me prometió.

Sostuvo mi mano entre las suyas mientras nos dirigíamos a la puerta. En el jardín, el harmatán soplaba con fuerza y agitaba las plantas dispuestas en círculo, doblegaba la voluntad y las ramas de los árboles y cubría de polvo los coches aparcados. Obiora cargó nuestro equipaje en el Mercedes, en el que Kevin esperaba con el maletero abierto. Chima empezó a llorar; yo sabía que era porque no quería que Jaja se marchara.

—Chima, *o zugo.* Pronto volverás a ver a Jaja. Vendrán otra vez. —Tía Ifeoma consolaba a su hijo y lo abrazaba.

Padre no dijo que sí para reforzar aquellas palabras. En vez de eso, para tranquilizar a Chima dijo:

—*O zugo*, ya está bien.

Abrazó a Chima y le colocó unos cuantos *nairas* en la mano a tía Ifeoma para que le comprara un regalo. Aquello hizo sonreír al niño.

Amaka parpadeaba con rapidez al despedirse, no sabía si debido al aire polvoriento o para tratar de contener las lágrimas. La tierra que cubría sus pestañas le confería un aspecto elegante, como si se tratara de una máscara de color chocolate. Me colocó en las manos algo envuelto en celofán negro, luego se dio la vuelta y entró en casa a toda prisa. A través del envoltorio pude ver que se trataba del retrato inacabado de *Papa-nnukwu*. Lo escondí rápidamente entre mi equipaje y subí al coche.

Madre nos esperaba en la puerta cuando entramos con el coche. Tenía la cara hinchada y la zona de alrededor del ojo derecho del tono violáceo oscuro de un aguacate pasado. Nos sonreía.

—*Umu m*, bienvenidos. Bienvenidos. —Nos abrazó al mismo tiempo, hundió la cabeza en el cuello de Jaja y luego en el mío—. Parece que haya pasado mucho tiempo, mucho más de diez días.

—Ifeoma estaba muy ocupada atendiendo a un pagano —dijo padre sirviéndose un vaso de agua de la botella que Sisi había dejado encima de la mesa—. Ni siquiera los ha llevado de peregrinación a Aokpe.

—*Papa-nnukwu* ha muerto —le hizo saber Jaja.

Madre se llevó la mano al pecho.

—*Chi m!* ¿Cuándo?

—Esta mañana —continuó Jaja—. Mientras dormía.

Madre se abrazó a sí misma.

—*Ewuu*, así que se ha marchado para descansar, *ewuu*.

—Se ha marchado para enfrentarse al Juicio Final —sentenció padre dejando el vaso—. Ifeoma no tuvo la sensatez de llamar a un sacerdote antes de que muriera. Deberían haberlo convertido.

—Tal vez él no quisiera —soltó Jaja.

—Que descanse en paz —dijo madre enseguida.

Padre se quedó mirando a Jaja.

—¿Qué has dicho? ¿Es eso lo que has aprendido viviendo en la misma casa que un pagano?

—No —respondió Jaja.

Padre mantuvo la mirada fija en él un momento y luego la volvió hacia mí. Agitaba la cabeza con lentitud, como si nuestra piel hubiera cambiado de color.

—Id a daros un baño y luego bajad a cenar —nos ordenó.

Jaja subió delante de mí y yo traté de poner los pies justo en el lugar donde él ponía los suyos. La plegaria de padre antes de cenar fue más larga de lo habitual. Le pidió a Dios que purificara a sus hijos, que los librara del espíritu que les había hecho mentirle acerca de la presencia de un pagano en la misma casa en la que habían estado viviendo.

—Se trata del pecado de omisión, Señor —dijo, como si Dios no lo supiera.

Yo pronuncié «Amén» en voz muy alta. La cena consistía en alubias y arroz con pollo troceado. Mientras comía, pensaba en que cada uno de los trozos de pollo que tenía en el plato habría sido cortado en tres en casa de tía Ifeoma.

—Padre, ¿puedes darme la llave de mi habitación, por favor? —preguntó Jaja, bajando el tenedor.

Estábamos a medio cenar. Yo contuve la respiración. Padre siempre guardaba las llaves de nuestras habitaciones.

—¿Cómo? —se extrañó padre.

—La llave de mi habitación. Me gustaría guardarla yo mismo. *Makana*, porque querría tener un poco de intimidad.

Padre empezó a mover rápidamente las pupilas mirando de un lado a otro.

—¿Qué? ¿Para qué quieres intimidad? ¿Para cometer un pecado contra tu propio cuerpo? ¿Es eso, quieres masturbarte?

—No —replicó Jaja.

Movió la mano y volcó el vaso de agua.

—¿Ves lo que les ha ocurrido a mis hijos? —preguntó padre hacia el techo—. ¿Ves cómo los ha cambiado la presencia de un pagano? ¿Ves cómo ha tenido una influencia maléfica?

Terminamos de cenar en silencio. Después, Jaja siguió a padre al piso de arriba. Yo me senté junto a madre en la sala, preguntándome por qué Jaja había pedido la llave. Era evidente que padre no iba a dársela, y él lo sabía. Sabía que padre nunca nos permitiría encerrarnos en la habitación. Por un momento, pensé que tal vez padre estuviera en lo cierto, que la presencia de *Papa-nnukwu* había tenido una influencia maléfica sobre Jaja, sobre los dos.

—Se ven las cosas distintas al estar de vuelta, *okwia?* —me preguntó madre.

Estaba mirando unas muestras de tela para elegir el diseño de las nuevas cortinas. Se cambiaban cada año, hacia el final del harmatán. Kevin traía varias muestras para que madre escogiera unas cuantas que luego le enseñaba a padre para que él tomara la decisión final. Padre casi siempre elegía la que más le gustaba a ella. La del último año, de color piedra. La del año anterior, de color arena.

Me habría gustado decirle a madre que sí, que las cosas se veían de otra forma; que la sala de estar estaba demasiado vacía; que había demasiada superficie de mármol desperdiciado, que brillaba de tanto como Sisi lo pulía pero que no resultaba nada acogedor; que el techo era demasiado alto; que los muebles no tenían vida y las mesas de cristal no mudaban la piel retorcida en la época del harmatán; que el saludo de los sofás de piel era de una frialdad húmeda y las alfombras persas eran demasiado fastuosas para albergar ningún sentimiento. En cambio, solo dije:

—Has limpiado la estantería.

—Sí.

—¿Cuándo?

—Ayer.

Le miré el ojo. Parecía poder empezar a abrirlo; el día anterior debía de tenerlo tan hinchado que le habría resultado imposible.

—¡Kambili! —La voz de padre llegó clara desde el piso de arriba. Contuve la respiración y me quedé sentada—. ¡Kambili!

—*Nne*, ve —me aconsejó madre.

Subí despacio. Padre se encontraba en el baño, con la puerta entreabierta. Llamé y esperé mientras me preguntaba por qué me había llamado desde el baño.

—Entra —me dijo. Estaba de pie al lado de la bañera—. Métete dentro.

Me lo quedé mirando. ¿Por qué me pedía que me metiera en la bañera? Le eché un vistazo al suelo del baño; no había ninguna rama. Tal vez me hiciera quedarme allí y luego bajara hasta la cocina y saliera a buscar una rama de alguno de los árboles del patio. Cuando éramos más pequeños, de segundo a quinto curso de primaria, nos pedía que buscáramos la rama nosotros mismos. Siempre la elegíamos de pino porque era bastante maleable y no hacían tanto daño como las de melina o aguacate, que eran más duras. Jaja la sumergía en agua fría porque decía que así el contacto con el cuerpo resultaba menos doloroso. Cuanto mayores nos hacíamos, más pequeñas elegíamos las ramas, hasta que padre decidió traerlas él mismo.

—Métete en la bañera —volvió a decir.

Yo le obedecí y lo observé. No parecía que fuera a salir a buscar una rama y empecé a sentir miedo, un miedo puro y lacerante que me invadió la vejiga y los oídos. No sabía lo que iba a hacerme. Era más fácil cuando veía una rama porque entonces podía prepararme apretando las palmas de las manos una contra otra y tensando los músculos de las pantorrillas. Sin embargo, nunca me había pedido que me metiera en la bañera. Entonces vi la tetera en el suelo, cerca de los pies de padre, la tetera verde en la que Sisi hervía el agua para hacer té y *garri*, la misma que oía silbar cuando el agua arrancaba a hervir. Padre la cogió.

—Sabías que tu abuelo iba a ir a Nsukka, ¿no? —me preguntó en igbo.

—Sí, padre.

—¿Y acaso descolgaste el teléfono para avisarme, *gbo*?

—No.

—¿Y sabías que ibas a dormir bajo el mismo techo que un pagano?

—Sí, padre.

—¿Así que viste claramente el pecado y aun así te dirigiste hacia él?

Asentí con la cabeza.

—Sí, padre.

—Kambili, eres valiosísima. —La voz le temblaba, igual que a quien habla durante un funeral afectado por la emoción—. Tienes que trabajar para alcanzar la perfección. No puedes ver el pecado y dirigirte hacia él.

Acercó la tetera a la bañera y la inclinó hacia mis pies. Empezó a echarme el agua por encima, poco a poco, como si estuviera poniendo en práctica un experimento y prestara atención para ver qué ocurría. Estaba llorando; las lágrimas le resbalaban por las mejillas. Vi el humo antes que el agua. A continuación, observé cómo esta caía de la tetera formando un arco casi a cámara lenta hacia mis pies. Me escaldó; el dolor al contacto con la piel resultó muy intenso. Durante un segundo no sentí nada y, de pronto, empecé a chillar.

—Esto es lo que a uno le ocurre cuando camina hacia el pecado. Se quema los pies —dijo.

Quería responder «Sí, padre» porque tenía razón, pero el dolor estaba subiendo muy deprisa y me resultaba insoportable; pronto me alcanzó la cabeza, los labios y los ojos. Padre me sujetaba con una mano y con la otra vertía el agua despacio. No me di cuenta de que la voz sollozante que pronunciaba las palabras «Lo siento, lo siento» era la mía hasta que dejó de caerme agua encima y noté que movía la boca y que continuaba pronunciando las palabras. Padre dejó la tetera y se enjugó los ojos. Yo me quedé quieta, en el agua hirviendo, estaba demasiado asustada para moverme. Además, si intentaba salir de la bañera se me pelarían los pies.

Padre colocó sus manos en mis axilas para ayudarme a salir, pero oí a madre que decía «Déjame a mí, por favor». No me había dado cuenta de que había entrado en el baño. Las lágrimas le resbalaban por las mejillas y también le moqueaba la nariz. Me pregunté si iba a sonarse antes de que la secreción le llegara a la boca. Diluyó sal en agua fría y me embadurnó suavemente los pies con el ungüento granulado. Me ayudó a salir de la bañera e hizo el gesto de querer llevarme a hombros hasta mi habitación, pero sacudí la cabeza. Era demasiado menuda y podíamos caernos las dos. Madre no dijo ni una palabra hasta que no estuvimos en el dormitorio.

—Deberías tomar Panadol —me dijo.

Asentí y dejé que me diera las tabletas, aunque sabía que a mis pies iban a servirles de muy poco; sentía en ellos el pulso ardiente y regular.

—¿Has ido a la habitación de Jaja? —pregunté, y ella asintió. No me dijo nada de él y yo tampoco pregunté.

—Mañana se me habrán llenado los pies de ampollas —dije.

—Los tendrás bien para cuando tengas que volver a la escuela —repuso.

Cuando salió de la habitación, me quedé mirando la puerta cerrada, la superficie lisa, y pensé en las puertas de Nsukka, con la pintura azul desconchada. Me acordé de la voz melodiosa del padre Amadi y del hueco entre los dientes que mostraba Amaka cuando se reía. Pensé en tía Ifeoma removiendo el estofado hecho en el hornillo de queroseno; en Obiora, cuando se colocaba bien las gafas en la nariz; y en Chima, que se quedaba rápidamente dormido enroscado en el sofá. Me levanté y me acerqué como pude hasta la maleta para sacar el retrato de *Papa-nnukwu*. Seguía envuelto; a pesar de estar escondido en un oscuro bolsillo lateral de mi bolsa, me daba miedo desenvolverlo. Padre lo descubriría de algún modo, notaría el olor de la pintura dentro de casa. Pasé el dedo por el celofán, por los gruesos de pintura que formaban la figura de *Papa-nnukwu*, los pliegues flácidos de los brazos y las piernas largas estiradas hacia el frente.

Justo me las había arreglado para volver cojeando a la cama cuando padre abrió la puerta y entró. Sabía lo del cuadro. Me removí en la cama para cambiar de posición, como si así pudiera ocultar lo que acababa de hacer. Pensé en mirarlo a los ojos para tratar de averiguar hasta dónde sabía y cómo lo había descubierto, pero no fui capaz. Sentía miedo, un miedo al que estaba acostumbrada pero que cada vez se presentaba de un modo diferente, tomaba distintos tonos y sabores.

—Sabes que todo lo hago por tu bien, ¿verdad? —dijo.

—Sí, padre.

Todavía no estaba segura de si sabía lo del cuadro. Se sentó en la cama y me cogió la mano.

—Una vez cometí un pecado contra mi propio cuerpo, y el buen padre, aquel con el que viví durante los años que asistí a la escuela en San Gregorio, entró y me descubrió. Me pidió que hirviera agua para hacer té. Luego vertió el agua en una palangana y me obligó a meter las manos. —Padre me miraba a los ojos. No sabía que hubiera cometido nunca ningún pecado, que fuera capaz de cometerlos—. No volví a pecar contra mi cuerpo jamás. El buen padre lo hizo por mi bien —concluyó.

Cuando se marchó, no volví a meditar sobre sus manos en el agua hirviendo, despellejándose, ni en su rostro tensado en una mueca de dolor. Seguí pensando en el retrato de *Papannukwu* guardado en la maleta.

No tuve oportunidad de contarle a Jaja lo del cuadro hasta el día siguiente, un sábado. Entró en mi habitación durante el tiempo destinado al estudio. Llevaba unos calcetines muy gruesos y al andar colocaba los pies en el suelo con cuidado, igual que yo. Pero en ningún momento comentamos nada acerca de nuestros pies vendados. Después de pasar el dedo por la pintura, me confesó que él también tenía algo que enseñarme. Bajamos a la cocina. Lo había guardado allí, en la nevera, también envuelto con celofán, detrás de unas cuantas botellas de Fanta. Al ver mi expresión de desconcierto, me explicó que no se trataba de simples palos; eran tallos de hibisco púrpura. Pensaba entregárselos al jardinero. Aún estábamos en la época del harmatán y la tierra estaba seca, pero tía Ifeoma le había dicho que los tallos enraizarían bien y que las plantas crecerían si las regaba con regularidad, que a los hibiscos no les gustaba que los empaparan pero que tampoco toleraban bien la tierra demasiado seca.

Los ojos de Jaja brillaban al hablar de los hibiscos, al sostenerlos para que yo pudiera palpar los tallos fríos y húmedos. Me dijo que ya se lo había explicado a padre, pero aun así los escondió otra vez en la nevera en cuanto lo oyó acercarse.

Para comer había puré de ñame. El aroma se notaba por toda la casa antes incluso de sentarnos a la mesa. Los trozos de pescado seco flotando en la salsa amarillenta junto con las verduras y los ñames cortados en dados olían muy bien. Después de la bendición, mientras madre servía los platos, padre dijo:

—Los funerales paganos son muy caros. Que si un grupo fetichista pide una vaca y un hechicero reclama una cabra para ofrecérsela a uno de esos dioses de piedra, que si una vaca más para la gente del pueblo y otra para la *umuada*… Nadie se pregunta por qué esos a los que llaman dioses no se comen nunca la carne de los animales y se la acaban repartiendo unos cuantos glotones. Para los paganos la muerte de un ser no es más que una buena excusa para celebrar un festín.

No entendía por qué padre decía aquello, qué era lo que lo había inducido. Los demás nos mantuvimos en silencio mientras madre terminaba de servir los platos.

—Le he enviado dinero a Ifeoma para el funeral. Le he dado cuanto le hacía falta —explicó padre, y tras una pausa añadió—: Para el funeral de *nna anyi*.

—Alabado sea el Señor —exclamó madre, y Jaja y yo repetimos sus palabras.

Sisi entró antes de que termináramos de comer y le comunicó a padre que Ade Coker estaba en la puerta con otro hombre. Adamu les había pedido que aguardaran allí, siempre lo hacía cuando recibíamos visitas a la hora de comer durante el fin de semana. Pensaba que padre los haría esperar en el patio hasta que termináramos, pero en cambio le dijo a Sisi que Adamu podía autorizarlos a entrar. Pronunció las últimas plegarias cuando todavía teníamos los platos medio llenos y nos dijo que continuáramos comiendo, que enseguida volvía.

Los invitados se sentaron en la sala. No podía verlos desde la mesa, pero mientras comía traté de afinar el oído para escuchar lo que decían. Jaja también prestaba atención, lo evidenciaba su cabeza ligeramente ladeada y sus ojos fijos en el espacio vacío que tenía enfrente. Hablaban en voz baja, pero me resultó muy fácil entender el nombre de Nwankiti Ogechi, sobre todo porque Ade Coker no bajaba tanto la voz como padre y los demás.

Decía que el ayudante de Big Oga (Ade Coker se refería así al jefe de Estado incluso en sus editoriales), había llamado para decir que Big Oga estaba dispuesto a concederle una entrevista en exclusiva.

—Pero quieren que elimine el relato de Nwankiti Ogechi. Imagínate qué estúpido el hombre, me dijo que se había enterado de que algún inútil me había contado cosas y que ellos sabían que yo quería incluirlas en el artículo, pero que todo era mentira…

Oí que padre lo interrumpía en voz baja y que los otros añadieron algo acerca de que los grandes hombres de Abuya no querían que esa historia saliera a la luz ahora que la Commonwealth iba a reunirse.

—¿Sabes lo que significa eso? Que mis fuentes estaban en lo cierto. Ellos son los que se han cargado a Nwankiti Ogechi —añadió Ade Coker—. Si no, ¿por qué no se preocuparon en absoluto cuando escribí el primer artículo sobre él? ¿Por qué ahora sí que se preocupan?

Sabía a qué artículo se refería Ade, había aparecido en el *Standard* unas seis semanas atrás, por el tiempo en que Nwankiti Ogechi había desaparecido sin dejar rastro. Recordaba el gran interrogante en negrita encima del título, «¿Dónde está Nwankiti?», y también que el artículo estaba lleno de declaraciones de sus familiares y compañeros preocupados. No tenía nada que ver con el primer artículo que el *Standard* había publicado sobre él, «Un santo entre nosotros», centrado en su postura activista y en sus mítines prodemocráticos que llenaban el estadio de Surulere.

—Le he dicho a Ade que deberíamos esperar, señor —dijo la otra visita—. Que entreviste ahora a Big Oga y dejemos el artículo sobre Nwankiti Ogechi para más adelante.

—¡Ni hablar! —le espetó Ade, y de no ser porque ya conocía aquella voz un tanto chillona no habría creído que el rechoncho y risueño Ade pudiera mostrarse tan enfadado—. Precisamente lo que no quieren es que la historia de Nwankiti Ogechi se haga pública ahora. ¡Así de simple! Y ya sabéis lo que eso significa: ¡que se lo han cargado! ¿Por qué si no Big Oga trataría de sobornarme ofreciéndome una entrevista? Decidme, ¿eh? ¿Por qué?

Entonces padre lo interrumpió brevemente, pero no pude oír casi ninguna de sus palabras porque utilizaba un tono suave, muy bajo, como si tratara de calmar a Ade. Lo siguiente que le oí decir fue:

—Ven, vamos a mi despacho. Mis hijos están comiendo.

Al subir, pasaron por delante de nosotros y Ade nos sonrió al saludarnos, pero el gesto resultó forzado.

—¿Quieres que venga y me termine tu plato? —me provocó, haciendo ver que iba a abalanzarse sobre mi comida.

Después de comer, me senté en mi habitación a estudiar y traté de oír lo que padre y Ade Coker decían en el despacho. Pero no lo logré. Jaja pasó por delante de la estancia unas cuantas veces y yo lo miré, pero él negó con la cabeza. No consiguió oír nada a través de la puerta cerrada.

Fue aquella tarde, antes de cenar, cuando vinieron los agentes del gobierno, aquellos hombres de negro que tiraron de los hibiscos al marcharse, aquellos que Jaja me contó que habían venido a sobornar a padre con la furgoneta llena de dólares, aquellos a los que padre había echado de casa.

Cuando nos llegó la siguiente edición del *Standard*, ya sabía que en la portada aparecería Nwankiti Ogechi. El artículo era detallado y denotaba enfado. Estaba lleno de declaraciones de alguien llamado «La Fuente». Los soldados le habían disparado a Nwankiti Ogechi en un monte de Minna y luego le habían echado ácido para que se descompusiera y solo quedaran los huesos, para matarlo incluso después de muerto.

Durante la reunión familiar, mientras padre y yo jugábamos al ajedrez y ganaba él, oímos en la radio que Nigeria había sido expulsada de la Commonwealth por culpa del crimen, que Canadá y Holanda iban a llamar a consulta a sus embajadores en señal de protesta. El locutor leyó un pequeño fragmento del comunicado de prensa del gobierno canadiense que se refería a Nwankiti Ogechi como «un hombre de honor».

Padre levantó la cabeza del tablero y dijo:

—Iba a llegar hasta este punto. Sabía que iba a llegar hasta este punto.

Justo después de comer, vinieron unos hombres y oí que Sisi le decía a padre que eran de la Coalición Democrática. Se quedaron en el patio, junto con padre. A pesar de intentarlo, no conseguí oír su conversación. Al día siguiente, hubo más visitas a la hora de comer. Y de nuevo al día siguiente. Todos le advertían a padre que se anduviera con cuidado; que no fuera a trabajar en el coche de la empresa; que no se dejara ver en lugares públicos; que recordara la bomba que había explotado en el aeropuerto cuando un abogado especializado en derechos civiles se disponía a viajar, y la del estadio durante la reunión prodemocrática; que cerrara la puerta con llave; que recordara al hombre al que unos enmascarados habían matado a tiros en su dormitorio.

Madre nos lo dijo a Jaja y a mí. Al hablar, parecía asustada; me habría gustado darle unas palmaditas en el hombro y decirle que a padre no iba a ocurrirle nada malo. Al igual que Ade Coker, trabajaba en favor de la verdad y por eso no podía ocurrirle nada malo.

—¿Creéis que los impíos tienen sentido común? —preguntaba padre cada noche durante la cena, casi siempre después de un largo silencio.

Bebía mucha agua y yo lo miraba y me preguntaba si las manos le temblaban de verdad o si solo eran imaginaciones mías.

Jaja y yo no hablábamos acerca de los hombres que venían a casa. Me habría gustado hacerlo, pero siempre que trataba de iniciar el tema con la mirada, Jaja desviaba la suya. La única vez que le oí hacer algún comentario fue cuando tía Ifeoma llamó para preguntar por padre, porque había oído el escándalo que había provocado la noticia del *Standard*. Padre no se encontraba en casa, así que habló con madre. Luego madre le pasó el teléfono a Jaja.

—Tía, no van a hacerle nada —oí que decía—. Saben que tiene muchos contactos en el extranjero.

Mientras lo escuchaba explicarle que el jardinero había plantado los tallos de hibisco pero que todavía era pronto para asegurar que vivieran, me preguntaba por qué nunca me había contado aquello acerca de padre.

Cuando me puse al teléfono, la voz de tía Ifeoma me pareció muy cercana y muy alta. Después de saludarnos, respiré hondo y le dije:

—Dale recuerdos al padre Amadi.

—Pregunta continuamente por Jaja y por ti —respondió—. No cuelgues, *nne*, Amaka está aquí.

—Kambili, *ke kwanu?*

La voz de Amaka sonaba distinta por teléfono, más despreocupada, menos inclinada a iniciar una discusión y a burlarse... O tal vez fuera que no podía ver su gesto desdeñoso.

—Estoy bien —dije—. Gracias. Gracias por el cuadro.

—Pensé que te gustaría tenerlo.

La voz de Amaka seguía denotando consternación al referirse a *Papa-nnukwu*.

—Gracias —susurré.

No sabía que Amaka pensara en mí, ni en lo que me gustaba, ni siquiera que pensara que algo podía gustarme.

—¿Sabes que el *akwam ozu* de *Papa-nnukwu* es la semana que viene?

—Sí.

—Iremos todos de blanco. El negro es demasiado deprimente, en especial ese que se pone la gente para el luto, tiene un color a madera quemada. Yo dirigiré la danza de los nietos —dijo con orgullo.

—Por fin podrá descansar en paz —respondí.

Me preguntaba si adivinaba que también yo quería ir de blanco y unirme a la danza fúnebre de los nietos.

—Sí… —Hubo una pausa—. Gracias a tío Eugene.

No supe qué contestar. Me sentía como si caminara sobre un pavimento en el que un niño hubiera esparcido polvos de talco y tuviera que tener cuidado de no resbalar y caerme.

—A *Papa-nnukwu* le preocupaba mucho tener un funeral en condiciones —me contó Amaka—. Ahora sé que podrá descansar en paz. ¡Tío Eugene le dio a mamá tanto dinero que va a comprar siete vacas para la ceremonia!

—Qué bien —farfullé.

—Espero que Jaja y tú vengáis para Semana Santa. Las apariciones siguen, así que quizá esta vez vayamos en peregrinación a Aokpe, si es que eso va a hacer que tío Eugene acceda. El Domingo de Pascua celebraré mi confirmación y me gustaría que Jaja y tú estuvierais.

—A mí también me gustaría —dije con una sonrisa, porque las palabras que acababa de pronunciar, la conversación entera con Amaka, me parecían un sueño.

Pensé en mi confirmación, celebrada el año anterior en Santa Inés. Padre me había comprado un vestido blanco con encaje y un fino velo de varias capas que todas las mujeres del grupo de plegarias de madre quisieron tocar apiñándose a mi alrededor después de la misa. El obispo tuvo problemas para levantarlo y destaparme la cara de manera que pudiera dibujar la señal de la cruz en mi frente y decir: «Ruth, recibe por esta señal el don del Espíritu Santo». Ruth. Padre había elegido el nombre para mi confirmación.

—¿Has elegido ya el nombre para tu confirmación? —le pregunté.

—No —respondió Amaka—. *Ngwanu*, mamá quiere ponérmelo en honor a tía Beatrice o algo así.

—Dales recuerdos a Chima y Obiora —dije antes de volver a pasarle el teléfono a madre.

Ya en mi habitación, con la mirada en el libro de texto, pensé si sería cierto que el padre Amadi había preguntado por nosotros o si tía Ifeoma lo había dicho por cortesía, porque al igual que nosotros lo recordábamos, él debía de recordarnos a nosotros. Pero aquello no era propio de tía Ifeoma. No lo habría dicho si no fuera cierto. Entonces pensé si le habría preguntado por nosotros, por Jaja y por mí al mismo tiempo, como dos cosas que van siempre juntas: el maíz y el ube; el arroz y el estofado; el ñame y el aceite; o si lo habría hecho por separado, primero por mí y luego por Jaja. Cuando oí que padre regresaba a casa del trabajo, volví a la realidad y me concentré en el libro. Había estado dibujando garabatos en una hoja de papel, monigotes, y había escrito «padre Amadi» una y otra vez. Rompí en pedazos la hoja.

Durante las semanas siguientes tuve que romper bastantes más. En todas aparecía «padre Amadi» repetido. A veces, trataba de reproducir su voz utilizando la notación musical. Otras, trazaba su nombre utilizando números romanos. Sin embargo, no me hacía falta escribir su nombre para imaginármelo. Veía su modo de andar, su paso largo y seguro, en el del jardinero; su cuerpo delgado y musculoso, en el de Kevin; y, cuando la escuela volvió a empezar, hasta vislumbré un atisbo de su sonrisa en la madre Lucy. El segundo día de clase, me uní al grupo de muchachas en el campo de voleibol. No las oí cuchichear «segundona engreída», ni noté las risas de burla. No me percaté de los pellizcos de complicidad que se daban unas a otras. Me limité a esperar, con las manos entrelazadas, hasta que me hicieron salir a jugar. Solo veía el rostro del color de la arcilla del padre Amadi y oía su voz: «Tienes buenas piernas para correr».

Llovía mucho el día en que Ade Coker murió; la lluvia resultaba extraña y violenta en medio de los secos vientos del harmatán. Ade Coker estaba desayunando junto con su familia cuando le llegó un paquete por mensajero. Su hija, vestida con el uniforme de la escuela primaria, estaba sentada al otro lado de la mesa, frente a él. El bebé se encontraba cerca, en la sillita alta, y su esposa le daba de comer Cerelac. Ade Coker saltó por los aires al abrir el paquete, un paquete que cualquiera habría adivinado que procedía del jefe de Estado incluso si su esposa, Yewande, no hubiera contado que Ade Coker había dicho al mirar el sobre, antes de abrirlo: «Tiene el sello del edificio de la legislatura estatal».

Cuando llegamos a casa de la escuela, a Jaja y a mí casi nos empapó la lluvia en el corto recorrido del coche hasta la puerta; era tan torrencial que había formado una pequeña piscina junto a los hibiscos. Los pies me escocían dentro de las sandalias de piel mojadas. Padre estaba hecho un ovillo en uno de los sofás de la sala, sollozando. Parecía muy pequeño. Padre, que era tan alto que a veces tenía que agachar la cabeza para pasar por debajo de las puertas, para cuyos pantalones su sastre tenía que utilizar más metros de tela de los habituales, ahora parecía tan pequeño como un rollo arrugado de aquella tela.

—Tendría que haber obligado a Ade a retener ese artículo —se lamentaba—. Tendría que haberlo protegido y haber hecho que se detuviera.

Madre lo estrechaba entre sus brazos y le sostenía la cabeza contra su pecho.

—No —lo consolaba—. O *zugo*, no te culpes.

Jaja y yo nos quedamos mirándolos. Pensé en las gafas de Ade Coker, me imaginé los cristales gruesos y azulados hechos trizas, la montura blanca derretida formando una pasta pegajosa. Más tarde, cuando madre nos contó qué y cómo había ocurrido, Jaja dijo:

—Era la voluntad de Dios, padre.

Y padre sonrió y le dio unas suaves palmaditas en la espalda.

Padre organizó el funeral de Ade Coker, abrió una cuenta a nombre de Yewande Coker y los niños y les compró una casa nueva. Pagó una bonificación a los trabajadores de la redacción del *Standard* y les pidió que se tomaran unas largas vacaciones. Durante aquellas semanas, mostró unas ojeras muy profundas, como si alguien hubiera succionado la delicada carne alrededor de sus ojos.

Fue entonces cuando empezaron mis pesadillas. En ellas veía los restos carbonizados de Ade Coker esparcidos por la mesa, por el uniforme de su hija, por el bol de cereales del bebé, por su plato de huevos fritos. En algunos de los sueños, yo era la hija y los restos carbonizados resultaban ser los de padre.

Unas semanas después de la muerte de Ade Coker, las profundas ojeras de padre seguían fijas bajo sus ojos y sus movimientos eran muy lentos, como si las piernas le pesaran demasiado para poder levantarlas y las manos fueran muy ralentizadas para acompañar su paso. Cuando le hablaban, tardaba más tiempo del habitual en responder, y también en masticar, y hasta en encontrar pasajes de la Biblia para leer. Pero rezaba mucho más y, algunas noches, cuando me levantaba a orinar, lo oía gritar desde el porche que daba al jardín. A pesar de prestar atención sentada en el inodoro, nunca logré descifrar sus palabras. Al contárselo a Jaja, él se encogió de hombros y me dijo que tal vez padre hablara en alguna lengua indígena, aunque ambos sabíamos que aquello era algo que padre no aprobaba porque decía que era lo que hacían los falsos pastores de aquellas iglesias pentecostales que proliferaban como setas.

Madre nos recomendó que tratáramos de abrazar a padre con fuerza para demostrarle que estábamos a su lado, ya que se encontraba bajo una gran presión. Los soldados habían entrado en una de las fábricas llevando ratas muertas en una caja de cartón, y luego habían cerrado el negocio valiéndose de la calumnia de que las ratas habían sido encontradas allí y de que podían contagiar enfermedades a través de las obleas y las galletas. Padre ya no iba a las otras fábricas tan a menudo. Algunos días, el padre Benedict llegaba antes de que Jaja y yo nos marcháramos a la escuela y todavía estaba con padre en el despacho cuando volvíamos. Madre nos dijo que estaban rezando unas novenas especiales. Aquellos días, padre no salía a comprobar si Jaja y yo seguíamos el horario, y Jaja entraba en mi habitación y nos poníamos a hablar o se sentaba en la cama, mientras yo estudiaba, antes de dirigirse a la suya.

Fue uno de aquellos días cuando Jaja entró en mi habitación, cerró la puerta y me preguntó:

—¿Me dejas ver el retrato de *Papa-nnukwu*?

Me quedé mirando la puerta. Nunca sacaba el cuadro cuando padre se encontraba en casa.

—Está con el padre Benedict. No entrará —me aseguró.

Saqué el retrato de la maleta y lo desenvolví. Jaja lo contempló y pasó su dedo deforme por la pintura, aquel dedo en el que tenía tan poca sensibilidad.

—Tengo los brazos igual que *Papa-nnukwu* —dijo—. ¿Lo ves? Tengo sus mismos brazos.

Parecía haber entrado en trance, haber olvidado dónde estaba y quién era. Parecía haber olvidado la poca sensibilidad que conservaba su dedo.

No le pedí que se detuviera, ni le hice ver que seguía los trazos de pintura con su dedo deforme. Tampoco escondí el cuadro. En su lugar, me acerqué a él y ambos nos quedamos contemplando el cuadro en silencio durante mucho rato, el suficiente para dar tiempo a que el padre Benedict se marchara. Sabía que entonces padre entraría a darme las buenas noches y a besarme en la frente. Sabía que llevaría sus pantalones de pijama de color rojo vino que conferían a sus ojos un reflejo rojizo. Sabía que a Jaja no le daría tiempo de esconder el retrato en la maleta, que padre lo vería y que entonces fruncirá el entrecejo, henchiría las mejillas hasta hacerlas parecer *udala* verde y de su boca brotaría una sarta de palabras en igbo.

Y justo así fue como ocurrió. Tal vez Jaja y yo lo deseáramos sin ser conscientes de ello. Tal vez todos habíamos cambiado después de la visita a Nsukka, incluso padre, y las cosas estaban destinadas a no volver a seguir su orden normal.

—¿Qué es eso? ¿Es que os habéis convertido a las costumbres paganas? ¿Qué estáis haciendo con ese cuadro? ¿De dónde lo habéis sacado? —nos preguntó.

—*O nkem*. Es mío —mintió Jaja, y estrechó el retrato contra su pecho.

—Es mío —repliqué yo.

Padre se tambaleaba ligeramente, de un lado a otro, como alguien a punto de caer a los pies de un pastor carismático después de la imposición de manos. Padre no se tambaleaba a menudo, y cuando lo hacía era como un preludio, al igual que al abrir una botella de Coca-Cola tras agitarla el líquido espumeante brota de forma violenta.

—¿Quién ha traído ese cuadro a casa?

—Yo —contesté.

—Yo —repuso Jaja.

Si Jaja me hubiera mirado, le habría pedido que no se echara la culpa. Padre le arrebató el cuadro y los movimientos de sus manos fueron muy rápidos, coordinados. En un momento, el retrato hubo desaparecido. Ya en sí representaba para mí algo que había perdido, algo que nunca había tenido, que nunca tendría, pero ahora había perdido incluso aquel recuerdo. A los pies de padre yacían los trozos de papel de colores terrosos. Los pedazos eran muy pequeños, diminutos. De pronto me imaginé obsesivamente que alguien cortaba el cuerpo de *Papa-nnukwu* en pedazos de aquel tamaño y lo metía en el frigorífico.

—¡No! —grité.

Y me abalancé sobre los pedazos como si quisiera salvarlos, como si se tratara de salvar a *Papa-nnukwu*. Me dejé caer en el suelo, sobre los trozos de papel.

—¿Qué te ha ocurrido? —me preguntó padre—. ¿Qué te pasa?

Me encontraba tendida en el suelo, hecha un ovillo como el niño en el útero de las fotografías de mi libro de *Ciencias integradas para el primer ciclo de enseñanza secundaria*.

—¡Levántate! ¡Deja ese cuadro!

Yo seguí allí tendida, sin hacer nada.

—¡Levántate! —me repitió padre.

Seguí sin moverme. Empezó a darme patadas. Los golpes de las hebillas metálicas de sus zapatillas dolían como si fueran picaduras de mosquitos gigantes. Hablaba sin parar, sin control, en una mezcla de igbo e inglés, como un filete tierno y espinas de pescado puntiagudas. Impiedad. Culto pagano. El fuego eterno del infierno. Las patadas se hicieron más continuadas y me vino a la cabeza la música de Amaka, los ritmos de conciencia cultural que a veces empezaban con el sonido tranquilo de un saxofón para revolverse de repente en un canto lleno de vida. Me aferré aún más a mí misma, sobre los restos del cuadro; aquellos me resultaban suaves, ligeros. Aún conservaban el olor metálico de la paleta de Amaka. Las punzadas eran ahora en carne viva, como si se tratara de mordiscos, porque los golpes de la hebilla iban a parar a las heridas abiertas en mi piel; en el costado, en la espalda, en las piernas… Más y más patadas. Tal vez ya había pasado a utilizar el cinturón, porque la hebilla resultaba más pesada y oía el zumbido al cortar el aire. Una voz suave suplicaba: «Por favor, *biko*, por favor». Más dolor. Más golpes. Noté mi boca inundada de un líquido caliente y salado. Cerré los ojos y me escabullí hacia el silencio.

Cuando volví a abrir los ojos, enseguida supe que no estaba en mi cama. El colchón era más rígido que el mío. Traté de incorporarme, pero el dolor me recorría todo el cuerpo en descargas intensísimas. Me desplomé.

—*Nne*, Kambili. ¡Gracias a Dios! —Madre se levantó y puso su mano contra mi frente y luego colocó su rostro junto al mío—. ¡Gracias a Dios! ¡Gracias a Dios que estás despierta!

Tenía el rostro lleno de lágrimas. El contacto de su piel era suave, pero aun así me provocaba pinchazos dolorosos por todo el cuerpo, empezando por la cabeza. Se parecía a la quemadura producida por el agua hirviendo que padre me había echado en los pies, pero esta vez el dolor ardiente me recorría todo el cuerpo. Cualquier movimiento resultaba demasiado doloroso de tan solo pensar en él.

—Me arde todo el cuerpo —dije.

—Chsss —me acalló—. Descansa. Gracias a Dios que estás despierta.

Pero yo no quería estar despierta. No quería notar el dolor en el costado al respirar, ni el fuerte martilleo en la cabeza. Cada bocanada de aire era un suplicio. En la habitación había un doctor vestido de blanco, a los pies de mi cama. Su voz me resultaba familiar: era un lector de la iglesia. Hablaba despacio y con precisión, como cuando recitaba la primera y la segunda lectura, pero no fui capaz de oír todo lo que dijo. Una costilla rota. Cicatrizaba bien. Hemorragia interna. Se acercó y me remangó con cuidado. Las inyecciones siempre me habían dado miedo, siempre que enfermaba de malaria rezaba por que tuviera que tomar tabletas de Novalgin en lugar de que me administraran inyecciones de cloromicetina. Sin embargo, ahora el pinchazo de una aguja no representaba nada en comparación con el dolor que sentía por todo el cuerpo. No me habría importado que tuvieran que ponerme inyecciones cada día. Vi el rostro de padre cerca del mío. Estaba tan cerca que casi rozaba mi nariz con la suya, pero aun así me di cuenta de que tenía los ojos humedecidos, de que hablaba y lloraba a la vez.

—Mi preciosa niña. No va a ocurrirte nada. Mi preciosa niña.

No estaba segura de que no se tratara de un sueño. Cerré los ojos.

Cuando volví a abrirlos, el padre Benedict estaba de pie a mi lado. Me dibujó la señal de la cruz con aceite en los pies. Aquel aceite olía a cebolla y el simple roce al untarlo me dolía. Padre se encontraba cerca. También él murmuraba plegarias con las manos apoyadas con suavidad en mi costado. Cerré los ojos.

—No quiere decir nada. Dan la extremaunción a todo aquel que está gravemente enfermo —susurró madre cuando padre y el padre Benedict se hubieron marchado.

Observé el movimiento de sus labios. Yo no estaba gravemente enferma y ella lo sabía. ¿Por qué decía aquello? ¿Por qué estaba en el hospital de Santa Inés?

—Madre, llama a tía Ifeoma —le pedí.

Madre desvió la mirada.

—*Nne*, tienes que descansar.

—Llama a tía Ifeoma, por favor.

Madre estiró el brazo para cogerme la mano. Tenía el rostro hinchado de tanto llorar y los labios cortados, con la piel levantada y blanquecina en algunas zonas. Me habría gustado poder levantarme y abrazarla, pero al mismo tiempo quería quitármela de encima, propinarle un empujón tan impetuoso que la arrojara sobre la silla.

Cuando volví a abrir los ojos, el rostro del padre Amadi me observaba. Pensé que era un sueño, imaginaciones mías, pero por si acaso me habría gustado no sentir tanto dolor para poder esbozar una sonrisa.

—Al principio no le encontraban el pulso y me asusté tanto…

Era la voz de madre, sonaba muy real y muy cercana. No estaba soñando.

—Kambili, Kambili, ¿estás despierta?

Era la voz del padre Amadi, más grave y menos melodiosa que en mis sueños.

—*Nne*, Kambili, *nne*.

Ahora era tía Ifeoma.

Su rostro apareció junto al del padre Amadi. Se había recogido el pelo trenzado en un moño alto tan enorme que parecía una cesta de rafia en equilibrio sobre su cabeza. Traté de sonreír. Me mareé. En mi ser había algo que se escapaba llevándose mis fuerzas y mi estado de conciencia sin que yo pudiera hacer nada por evitarlo.

—La medicación hace que pierda el conocimiento.

—*Nne*, tus primos te mandan recuerdos. Les habría gustado venir, pero tenían que ir a la escuela. El padre Amadi está aquí, junto a mí. *Nne*...

Tía Ifeoma me aferró la mano y yo hice un gesto de dolor y la retiré; incluso el movimiento al retirarla me pareció un suplicio. Quería mantener los ojos abiertos, ver al padre Amadi, notar el olor de su colonia, oír su voz... Pero los párpados se me cerraban.

—Las cosas no pueden seguir así, *nwunye m* —dijo tía Ifeoma—. Cuando una casa se está incendiando, uno sale de allí corriendo antes de que se venga abajo.

—Esto no había ocurrido nunca. Nunca la había castigado de esta forma —replicó madre.

—Cuando salga del hospital, Kambili vendrá a Nsukka.

—Eugene no querrá.

—Yo se lo diré. Nuestro padre ha muerto, así que no hay paganismo que valga. Quiero que Kambili y Jaja se queden con nosotros, por lo menos hasta Semana Santa. Tú también puedes hacer la maleta y venirte a Nsukka. Te será más fácil marcharte si ellos no están.

—Nunca había ocurrido algo así.

—¿No oyes lo que te digo, *gbo*? —le soltó tía Ifeoma, levantando la voz.

—Sí, te oigo.

Las palabras se alejaban, como si madre y tía Ifeoma se encontraran en un barco que se dirigiera poco a poco a alta mar y las olas se tragaran sus voces. Antes de perderlas por completo, me pregunté dónde se habría metido el padre Amadi. Volví a abrir los ojos horas más tarde. Se había hecho oscuro y la luz estaba apagada. Gracias a la luz del pasillo que se colaba en la habitación, pude ver el crucifijo colgado en la pared y la figura de madre sentada en una silla a los pies de mi cama.

—*Kedu?* Me quedaré aquí toda la noche. Duerme. Descansa —me tranquilizó. Se levantó y se sentó en la cama. Acarició la almohada; le preocupaba tocarme por si me hacía daño—. Tu padre ha estado a tu lado todas las noches durante los últimos tres días. No ha dormido nada.

Me costó mucho volver la cabeza, pero al fin lo logré y aparté la mirada.

A la semana siguiente, vino una profesora particular. Madre me dijo que padre había entrevistado a diez personas antes de elegirla. Era una reverenda hermana muy joven, y aún no había hecho su profesión de fe. Las cuentas del rosario atado alrededor de la cintura de su hábito azul cielo hacían ruido al moverse. Por debajo del pañuelo, le asomaba el pelo rubio y escaso. Cuando me tomó la mano y me dijo «Kee ka ime?», me quedé pasmada. Nunca había oído a ningún blanco hablar en igbo, y menos tan bien. Cuando me daba clases me hablaba en inglés, en tono dulce, y el resto del tiempo lo hacía en igbo, aunque no muy a menudo. Se creó su propia aureola de silencio cuando se sentaba y pasaba los dedos por las cuentas del rosario mientras yo hacía ejercicios de comprensión. Pero sabía muchas cosas; lo veía en sus ojos cristalinos de color avellana. Sabía, por ejemplo, que yo era capaz de mover más miembros de los que le decía al doctor, aunque nunca dijo nada. A pesar de que el dolor en el costado era aún muy vivo, la sensación de que me iba a estallar la cabeza se había atenuado. Sin embargo, le contaba al doctor que todo seguía igual que antes y chillaba cuando me tocaba el costado. No quería salir del hospital. No quería volver a casa.

Hice los exámenes en la cama del hospital mientras la madre Lucy, que los había traído en persona, permanecía sentada en una silla junto a madre. Me concedió más tiempo del habitual, pero yo terminé mucho antes de que este expirara. Pocos días después, trajo mi informe. Había sido la primera. Madre no entonó su cántico en igbo; se limitó a decir: «Alabado sea el Señor».

Mis compañeras de clase vinieron a verme aquella misma tarde, sus ojos revelaban sobrecogimiento y admiración. Les habían dicho que había sobrevivido a un grave accidente y esperaban verme aparecer en clase con algún miembro escayolado en el que todas pudieran firmar. Chinwe Jideze me trajo una postal enorme que rezaba: «Para alguien especial. Recupérate pronto». Se sentó en mi cama y se puso a hablarme en un tono confidencial, como si siempre hubiéramos sido amigas. Incluso me enseñó su informe; había quedado segunda. Antes de marcharse, Ezinne me preguntó: «Ya no volverás a salir corriendo tras las clases, ¿verdad?».

Aquella noche, madre me dijo que en dos días me darían el alta, pero que no iba a volver a casa, sino que me quedaría en Nsukka una semana. No sabía cómo se las había arreglado tía Ifeoma para convencer a padre, pero él estuvo de acuerdo en que los aires de Nsukka me sentarían bien y me ayudarían a recuperarme.

La lluvia salpicaba el suelo del porche de casa de tía Ifeoma, a pesar de que el sol calentaba de lo lindo y me obligaba a entrecerrar los ojos al mirar afuera desde la puerta de la sala. Madre solía contarnos a Jaja y a mí que Dios no se decidía, no sabía si enviar lluvia o sol; así que nos sentábamos en nuestras habitaciones respectivas a mirar las gotas de lluvia brillar bajo el sol, esperando a que Dios se decidiera.

—Kambili, ¿quieres un mango? —me preguntó Obiora a mis espaldas.

Había querido ayudarme a entrar cuando llegamos aquella misma tarde, y Chima se había empeñado en llevarme la bolsa. Era como si temieran que la enfermedad aún residiera en algún lugar dentro de mí y fuera a brotar de nuevo al primer gran esfuerzo. Tía Ifeoma les había contado que mi enfermedad era muy grave, que había estado a punto de morir.

—Más tarde me comeré uno —dije volviéndome a mirarlo.

Obiora se encontraba aporreando un mango amarillo contra la pared de la sala. Pretendía que la pulpa se ablandara para luego morder un extremo y succionar la fruta hasta que las pepitas quedaran bailando sueltas dentro de la piel como una persona vestida con ropas demasiado amplias. Amaka y tía Ifeoma también comían mango, pero lo hacían con un cuchillo con el que separaban las pepitas de la carne prieta.

Salí al porche y me acerqué a la barandilla mojada; desde allí observé cómo la lluvia aminoraba hasta convertirse en llovizna y, finalmente, paraba. Dios se había decidido por el sol. Se respiraba frescura, aquel olor agradable que la tierra agostada despedía al contacto con la lluvia y que hacía que entraran ganas de comérsela. Me imaginé que salía al jardín, en el que Jaja se encontraba de rodillas, que cogía con la mano un montón de barro y que me lo comía.

—*Aku na-efe!* ¡*Aku* están volando! —exclamó un niño desde el piso de arriba.

El cielo se estaba llenando de alas irisadas. Los niños salieron a toda prisa de sus casas con periódicos enrollados y botes vacíos de Bournvita. Utilizaban los periódicos para abatir a los *aku* y luego se agachaban a recogerlos y los metían en los botes. Algunos de los niños se limitaban a correr y atacar a los *aku* por pura diversión. Otros se agachaban para ver a los que se arrastraban por el suelo al haber perdido las alas y seguirlos mientras se unían unos con otros avanzando como una ristra de color negro, como un collar móvil.

—Es curioso que la gente coma *aku*. En cambio, pídeles que coman termitas de las que no vuelan y verás. Sin embargo, a esos animales no los distancian más que uno o dos estadios de evolución de los *aku* —observó Obiora.

Tía Ifeoma se echó a reír.

—Quién te ha visto y quién te ve, Obiora. Hace unos cuantos años, eras el primero en correr detrás de los *aku*.

—Además, no deberías referirte a los niños con tanto desprecio —lo provocó Amaka—. Después de todo, son de tu misma especie.

—Yo nunca he sido niño —replicó Obiora, dirigiéndose a la puerta.

—¿Adónde vas? —le preguntó Amaka—. ¿A cazar *aku*?

—No pienso echarme a correr detrás de esas termitas voladoras, solo voy a echar un vistazo —respondió—. A observar.

Amaka se echó a reír y tía Ifeoma también.

—¿Puedo bajar, mamá? —preguntó Chima.

Ya iba camino de la puerta.

—Sí, pero ya sabes que no vamos a freírlos.

—Le daré los que coja a Ugochukwu. En su casa sí que los fríen.

—Procura que no se te metan en los oídos, *inugo*. ¡Si no te dejarán sordo! —le gritó tía Ifeoma a Chima mientras este salía corriendo.

Tía Ifeoma se calzó las zapatillas y subió a hablar con un vecino. Me quedé a solas con Amaka, la una junto a la otra cerca de la barandilla. Avanzó un poco para apoyarse en ella y me rozó el hombro con el suyo. La antigua incomodidad entre nosotras se había desvanecido.

—Te has convertido en la novia del padre Amadi —dijo en el mismo tono ligero que había utilizado con Obiora. Era imposible que supiera con qué violencia me latía el corazón—. Estuvo muy preocupado cuando caíste enferma, hablaba mucho de ti. Y, *anam*, no se trataba solo de la preocupación normal de un sacerdote.

—¿Qué decía?

Amaka se volvió para estudiar mi expresión ávida de noticias.

—Estás chiflada por él, ¿verdad?

«Chiflada» era poco. Ni de lejos se acercaba a lo que sentía, a cómo me sentía, pero respondí:

—Sí.

—Como todas las chicas del campus.

Me aferré con fuerza a la barandilla. Sabía que Amaka no iba a contarme nada más si no se lo preguntaba. Después de todo, lo que pretendía era que defendiera mi postura.

—¿Qué quieres decir? —le pregunté.

—Bueno, todas las chicas que van a la iglesia están enamoradas de él. Y también algunas mujeres casadas. Ya sabes que a la gente le chiflan los sacerdotes, es muy emocionante tener a Dios como rival. —Amaka pasó la mano por la barandilla y desbarató las gotitas de agua—. Lo tuyo es diferente. Nunca le había oído hablar así de nadie. Dijo que nunca te reías, que eras muy tímida pero que estaba seguro de que por tu cabeza pasaban muchas cosas. Insistió en acompañar a mamá a Enugu para verte. Yo le dije que se comportaba como un hombre cuya esposa está enferma.

—Me alegró que viniera al hospital —confesé.

Me resultó fácil decirlo, simplemente dejé que las palabras brotaran de mi boca. Los ojos de Amaka seguían fijos en mí.

—Fue tío Eugene quien te lo hizo, *okwia?* —me preguntó.

Me solté de la barandilla, de repente me apremiaba ir al lavabo. Nadie me lo había preguntado, ni siquiera el doctor en el hospital, ni el padre Benedict. No sabía lo que les había contado padre, ni si les había contado algo.

—¿Te lo ha dicho tía Ifeoma? —le pregunté.

—No, pero me lo imagino.

—Sí, fue él —confesé, y me dirigí al lavabo.

No me volví a observar la reacción de Amaka.

Aquella tarde se fue la luz, justo antes de la puesta de sol. La nevera empezó a agitarse y al fin dejó de hacer ruido. No me había percatado de cuán molesto resultaba su ruido continuado hasta que se detuvo. Obiora sacó las lámparas de queroseno al porche y nos sentamos alrededor, dando manotazos a los minúsculos insectos que, cegados por la luz amarilla, se estampaban contra el cristal. El padre Amadi llegó un poco más tarde y trajo maíz tostado y ube envuelto en papel de periódico.

—¡Padre! ¡Usted es el mejor! Justo estaba pensando en maíz y ube —dijo Amaka.

—He traído esto con la condición de que hoy no empieces ninguna discusión —bromeó el padre Amadi—. Solo quería ver qué tal está Kambili.

Amaka se echó a reír y entró con el paquete a buscar un plato.

—Me alegro mucho de que vuelvas a ser tú misma —dijo el padre Amadi, mirándome de arriba abajo como si quisiera comprobar que estaba entera.

Sonreí. Me hizo un gesto para que me levantara y así darme un abrazo. El contacto con su cuerpo me resultó delicioso. Me eché para atrás. Me habría gustado que Chima, Jaja y Obiora, y también tía Ifeoma y Amaka desaparecieran unos instantes para quedarnos a solas. Me habría gustado decirle lo cálida que me resultaba su presencia allí y que mi color favorito había pasado a ser el tono marrón rojizo de su piel.

Un vecino llamó a la puerta y entró con una fiambrera de plástico llena de *aku*, hojas de *anara* y pimiento rojo. Tía Ifeoma dijo que no debía probar nada de aquello porque podía revolverme el estómago. Miré cómo Obiora aplanaba una hoja de *anara* en la palma de su mano. Le echó por encima *aku*, fritos hasta convertirse en una masa retorcida y crujiente, y pimiento, y luego la enrolló. Algunos de los alimentos se escaparon por los extremos al llevarse el rollito a la boca.

—Nuestra gente dice que aunque el *aku* vuele seguirá siendo la presa del sapo —dijo el padre Amadi. Hundió una mano en el recipiente y se llevó unos cuantos a la boca—. Cuando era niño, me encantaba cazar *aku*. Era como un juego, porque para cogerlos uno no tenía más que esperar a que anocheciera, que es cuando pierden las alas y caen. —Su tono denotaba nostalgia.

Cerré los ojos y dejé que su voz me acariciara. Me lo imaginé de niño, antes de que se le ensancharan los hombros, cazando *aku* al aire libre, sobre la tierra blanda por las nuevas lluvias.

Tía Ifeoma me dijo que yo no ayudaría a transportar agua todavía hasta que no se asegurara de que me encontraba lo bastante fuerte. Así que me levantaba más tarde que nadie, cuando los rayos del sol ya se colaban inclementes en el dormitorio y provocaban destellos en el espejo. Cuando me levanté, Amaka se encontraba de pie junto a la ventana de la sala. Me acerqué y me quedé a su lado. Miraba al porche, donde tía Ifeoma hablaba sentada en un taburete. La mujer que se sentaba a su lado tenía una mirada penetrante de intelectual y los labios tensos. No llevaba maquillaje.

—No podemos quedarnos cruzados de brazos, *mba*. ¿Cuándo has oído que una universidad tenga un único administrador? —dijo tía Ifeoma inclinándose hacia delante. Al fruncir la boca, en el pintalabios de color bronce aparecieron pequeñas grietas—. El consejo de administración elige un rector. Así es como las cosas han funcionado desde que se inauguró esta universidad, y es la forma en la que se supone que deben funcionar, *oburia?*

La mujer dirigió la mirada a lo lejos mientras asentía como lo hace la gente cuando intenta encontrar las palabras apropiadas. Cuando se decidió a hablar, lo hizo despacio, como alguien que se dirige a un niño obstinado.

—Ifeoma, dicen que circula una lista de profesores desleales a la universidad. Dicen que puede que los despidan. Y también dicen que tu nombre aparece en esa lista.

—No me pagan para ser leal. Y además, ahora resulta que decir la verdad es ser desleal.

—Ifeoma, ¿crees que eres la única que conoce la verdad? ¿Es que crees que los demás no la sabemos? Pero, *gwakenem,* ¿acaso la verdad va a alimentar a tus hijos? ¿Acaso va a pagarles la escuela y la ropa?

—¿Cuándo vamos a defender nuestra posición? ¿Eh? ¿Cuando los soldados hagan de profesores y los alumnos asistan a clase con una pistola apuntándoles a la cabeza? ¿Cuándo vamos a defender nuestra posición?

Tía Ifeoma había alzado la voz, pero no dirigía la mirada encendida a la mujer; estaba enojada con algo mayor que la persona que tenía enfrente.

La mujer se levantó. Se arregló la falda *abada* amarilla y azul que apenas dejaba entrever sus chancletas de color marrón.

—Tenemos que irnos. ¿A qué hora empiezas las clases?

—A las dos.

—¿Tienes combustible?

—*Ebekwanu?* No.

—Ya te llevo yo. Me queda un poco de gasolina.

Miré cómo tía Ifeoma y la mujer se dirigían despacio hacia la puerta, como si a ambas les pesara lo que habían dicho y lo que no. Amaka esperó a que tía Ifeoma hubiera cerrado la puerta antes de apartarse de la ventana y sentarse en una silla.

—Mamá me ha dicho que tenías que acordarte de tomarte el analgésico, Kambili —me dijo.

—¿De qué hablaba tía Ifeoma con su amiga? —pregunté.

Antes no me habría atrevido; me lo habría preguntado igualmente, pero no me habría atrevido a expresarlo en voz alta.

—Del administrador único —dijo brevemente, como si yo fuera capaz de entender de inmediato todo aquello de lo que habían estado hablando.

Pasaba la mano una y otra vez por la silla de mimbre.

—Es el equivalente a un jefe de Estado en la universidad —me explicó Obiora—. La universidad es como un país en miniatura, un microcosmos.

No me había percatado de que estaba allí, tumbado en el suelo de la sala leyendo un libro. No había oído nunca a nadie utilizar la palabra «microcosmos».

—Le están advirtiendo a mamá que se calle —añadió Amaka—. Que se calle si no quiere perder el empleo, porque pueden echarla *fiam*, tal cual.

Amaka chasqueó los dedos para mostrar con cuánta rapidez podían despedir a tía Ifeoma.

—Deberían echarla y así podríamos irnos a Estados Unidos —dijo Obiora.

—*Mechie onu* —dijo Amaka—. Cállate.

—¿Estados Unidos?

Miré alternativamente a Amaka y a Obiora.

—Tía Phillipa le ha pedido a mamá que vaya. Por lo menos allí la gente cobra cuando le toca —me explicó Amaka con amargura, como si acusara a alguien de algo.

—Y en Estados Unidos el trabajo de mamá estaría reconocido, sin tener nada que ver con la estúpida política —añadió Obiora asintiendo, mostrándose de acuerdo consigo mismo en el caso de que nadie más lo estuviera.

—¿Te ha dicho mamá que vaya a ir a alguna parte, *gbo*?

Ahora Amaka daba golpes en la silla, sus movimientos eran bruscos.

—¿Sabes cuánto tiempo llevan negándole el puesto? —se enfadó Obiora—. Hace años que tendría que ser catedrática.

—¿Te ha dicho eso tía Ifeoma? —pregunté de forma estúpida, sin saber bien lo que quería decir, solo porque no se me ocurría otra cosa, porque no podía imaginarme la vida sin la familia de tía Ifeoma, sin Nsukka.

Ni Obiora ni Amaka me respondieron. Se miraban uno a otro en silencio y de pronto me di cuenta de que en realidad no habían estado hablando conmigo. Salí al porche y me quedé cerca de la barandilla. Había llovido toda la noche. Jaja seguía agachado en el jardín, arrancando las malas hierbas. No necesitaba regar porque el cielo lo había hecho en su lugar. Los hormigueros sobresalían en la tierra rojiza del jardín, ahora húmeda, como castillos en miniatura. Di una gran bocanada de aire y lo retuve para saborear el aroma de las hojas tiernas que la lluvia había limpiado, de la misma manera en que me imaginaba que hacía un fumador con el humo para retener su sabor al terminar de fumarse un cigarrillo. Los arbustos de alemanda que bordeaban el jardín estaban en plena floración, descubriendo las flores amarillas cilíndricas. Chima tiraba de las flores hasta su altura e iba metiendo los dedos en todas ellas, una detrás de la otra. Lo contemplé mientras las examinaba una a una, buscando alguna de pequeño tamaño en la que encajara su dedo meñique.

Aquella tarde el padre Amadi pasó de camino al estadio. Quería que fuéramos todos. Iba a entrenar a unos chicos de Ugwu Agidi para los campeonatos locales de salto de altura. Pero los muchachos estaban embobados delante del televisor con un videojuego que Obiora había pedido prestado a los vecinos de arriba, y se negaron a ir al estadio porque eso los obligaría a devolver el juego demasiado pronto.

Amaka se echó a reír cuando el padre Amadi le pidió que lo acompañara.

—No trate de ser amable, padre, sabe perfectamente que se encontrará más a gusto a solas con su enamorada —le espetó.

El padre Amadi sonrió y no dijo nada.

Me fui con él. En el coche, de camino al estadio, me sentía turbada. Le agradecía que no dijera nada acerca del comentario de Amaka, que se limitara a hablar del agradable olor de la lluvia y a cantar al son de los coros en igbo que reproducía la radio del coche. Los muchachos de Ugwu Agidi ya se encontraban en el estadio cuando nosotros llegamos. Eran más altos y más mayores que los de la última vez; vestían pantalones cortos, igualmente llenos de agujeros y desgastados por el uso, y camisetas también descoloridas y raídas. El padre Amadi alzaba la voz (y al hacerlo, esta perdía gran parte de su musicalidad) para animarlos y señalarles sus puntos débiles. Cuando no lo veían, levantaba el listón hasta la siguiente marca y les gritaba:

—Una vez más. Preparados... Listos... ¡Ya!

Y ellos lo saltaban, uno detrás de otro. Lo hizo unas cuantas veces hasta que los muchachos lo pillaron y le riñeron.

—¡Ah! ¡Ah! ¡Padre!

Él se echó a reír y les dijo que creía que podían saltar más alto de lo que se pensaban y que le acababan de demostrar que tenía razón.

Entonces me di cuenta de que eso era precisamente lo que tía Ifeoma hacía con mis primos: les levantaba el listón cada vez un poco más al hablarles de la forma en que lo hacía, al aumentar sus expectativas en lo que esperaba de ellos, siempre con la convicción de que lograrían sobrepasarlo; y ellos lo hacían. Para Jaja y para mí las cosas eran diferentes: saltábamos el listón, pero no porque creyéramos que éramos capaces de lograrlo sino porque nos aterrorizaba el no serlo.

—¿Qué es lo que te empaña la mirada? —preguntó el padre Amadi sentándose a mi lado.

Con su hombro, rozaba el mío. Una mezcla del reciente olor de sudor y del anterior de colonia me inundó los orificios nasales.

—Nada.

—Entonces háblame de la nada.

—Usted cree en esos muchachos —le solté.

—Sí —me dijo mirándome—, y a ellos no les hace tanta falta como a mí mismo.

—¿Por qué?

—Porque necesito creer en algo incuestionable.

Cogió la botella de agua y le dio un gran trago. Al observar el movimiento de su garganta deseé ser aquella agua, estar dentro de su ser, junto a él, ser una sola cosa. Nunca antes había envidiado tanto al agua. Su mirada se cruzó con la mía y yo la desvié; me pregunté si habría captado el anhelo en mis ojos.

—Ese pelo necesita un buen trenzado —dijo.

—¿Mi pelo?

—Sí. Te llevaré a la peluquera de tu tía, en el mercado.

Entonces estiró el brazo y me tocó el pelo. Madre me había peinado en el hospital, pero debido a los intensos dolores de cabeza no había podido hacerme las trenzas muy prietas y los mechones empezaban a soltarse. El padre Amadi me pasó la mano por las trenzas flojas con movimientos delicados. Me miraba directamente a los ojos. Se encontraba demasiado cerca. Sus caricias me resultaban tan suaves que tenía ganas de acercar más la cabeza para notar la presión de su mano. Me entraban deseos de cogérsela y apretarla contra mi cabeza, contra mi vientre, para que sintiera el calor que recorría mi cuerpo.

Dejó de acariciarme el pelo y lo contemplé al levantarse y salir corriendo hacia el lugar del campo en el que se encontraban los muchachos.

Era muy temprano cuando los movimientos de Amaka me despertaron a la mañana siguiente. En la habitación no se colaba ni uno de los rayos azul lavanda del amanecer. En la penumbra que proporcionaba la luz de los pilotos procedente del exterior, vi cómo se ataba la bata a la cintura. Algo no iba bien; no solía ponerse la bata solo para ir al lavabo.

—Amaka, *o gini?*

—Escucha —me dijo.

Distinguí la voz de tía Ifeoma procedente del porche y me pregunté qué debía de estar haciendo allí tan temprano. Entonces oí las voces. Su sonido a coro se colaba por la ventana; pertenecían a un gran grupo de gente.

—Los estudiantes están causando disturbios —me explicó Amaka.

Me levanté y la seguí hasta la sala. ¿Qué quería decir que los estudiantes estaban causando disturbios? ¿Correríamos peligro? Jaja y Obiora se encontraban en el porche, junto a tía Ifeoma. El aire me resultaba demasiado frío en los brazos desnudos, como si se aferrara a gotas de lluvia que se resistieran a resbalar por la piel.

—Apagad los pilotos —ordenó tía Ifeoma—. Si pasan y ven luz, tal vez nos arrojen piedras.

Amaka apagó las luces. Las voces se oían más altas y claras y su eco resonaba. Debía de haber por lo menos quinientas personas.

—Administrador único, dimisión. ¡No lleva calzoncillos, no! Jefe de Estado, dimisión. ¡No lleva calzoncillos, no! ¿Dónde está el agua corriente? ¿Dónde está la luz? ¿Dónde está el combustible?

—Las voces se oyen tan cerca que pensaba que estaban aquí mismo —dijo tía Ifeoma.

—¿Vendrán hasta aquí? —pregunté.

Tía Ifeoma me rodeó con el brazo y me acercó hacia sí. Olía a polvos de talco.

—No, *nne*. No nos pasará nada. Los que tienen que preocuparse son los que viven cerca del rector. La última vez los estudiantes incendiaron el coche de un catedrático.

Las voces se oían con mayor fuerza pero no más cercanas. Los estudiantes tenían un nuevo ímpetu. El humo ascendía en espesas nubes que tapaban la visión y acababan por mezclarse con el cielo estrellado. Los cantos a coro quedaron salpicados de ruidos estrepitosos.

—¡Nuestra petición, administrador único dimisión! ¡Nuestra petición, dimisión! ¿No es así? ¡¿No lo es?!

Diversos gritos y chillidos acompañaban las voces a coro. De pronto se oyó una voz solista y luego la multitud la aclamó. El viento fresco de la noche transportaba el olor a quemado y los fragmentos en un inglés macarrónico de la voz clara procedente de la calle lejana.

—¡Leones y Leonas! Queremos gente que lleve ropa interior limpia, ¿no es así? Abi, el jefe de Estado, ¿lleva ropa interior normal y corriente, ya no digamos limpia? ¡No!

—¡Mirad! —exclamó Obiora bajando la voz como si el grupo de unos cuarenta estudiantes que pasaba corriendo por delante de nosotros pudiera oírlo.

Parecían la rápida corriente de un río negro iluminada por las antorchas y los palos encendidos que llevaban.

—Tal vez vayan a encontrarse con los demás, que vienen en dirección contraria —sugirió Amaka, una vez que hubieron pasado los estudiantes.

Aún nos pudimos quedar a escuchar un poco más antes de que tía Ifeoma nos dijera que debíamos volver a la cama.

Tía Ifeoma volvió a casa por la tarde con noticias acerca de la revuelta. Había sido la peor desde que se habían convertido en algo corriente, hacía ya algunos años. Los estudiantes habían prendido fuego a la casa del administrador único; hasta la casa de huéspedes construida justo detrás había quedado reducida a cenizas. También habían incendiado seis vehículos oficiales.

—Dicen que el administrador único y su esposa huyeron a escondidas en el maletero de un viejo Peugeot 404, *o di egwu* —explicó tía Ifeoma mientras agitaba en el aire una circular.

Después de leerla, noté un gran malestar en el pecho, como el ardor de estómago tras comer *akara* grasiento. La firmaba el secretario. La universidad había quedado cerrada hasta nueva orden como resultado de los daños causados a la propiedad y del ambiente de agitación. Me pregunté si aquello querría decir que tía Ifeoma iba a marcharse pronto, si significaría que no íbamos a volver a Nsukka.

Dormí la siesta intranquila; soñé que el administrador único vertía agua hirviendo en los pies de tía Ifeoma y situé la acción en la bañera de nuestra casa, en Enugu. Tía Ifeoma salía de un salto de la bañera y, de pronto, a la manera extraña en que tienen lugar los hechos en los sueños, se encontraba en Estados Unidos. Yo le pedía que se detuviera, pero ella no volvió la vista atrás.

Aquella noche, mientras mirábamos la televisión en la sala, aún pensaba en el sueño. Oí que un coche aparcaba enfrente y entrelacé las manos temblorosas segura de que se trataba del padre Amadi. Pero la manera de llamar a la puerta no era la propia de él; los golpes eran muy contundentes, muy bruscos, resultaban impertinentes.

Tía Ifeoma se levantó volando.

—*Onyezi?* ¿Quién pretende destrozar la puerta?

Abrió solo un poco para ver a través del resquicio, pero dos manazas se introdujeron por él y forzaron la puerta. De pronto aparecieron rozando el marco las cabezas de los cuatro hombres que enseguida ocuparon la vivienda. La casa se quedaba pequeña para tantos uniformes y gorras a juego, para el olor intenso del humo de cigarrillo rancio y del sudor, para los brazos musculosos que se adivinaban debajo de las mangas.

—¿Qué es esto? ¿Quiénes son ustedes? —gritó tía Ifeoma.

—Venimos a registrar su casa. Buscamos documentos destinados a sabotear el ambiente pacífico de la universidad. Tenemos información de que ha colaborado con los grupos de estudiantes radicales que han organizado la revuelta…

La voz sonó mecánica, como si recitara un escrito. El hombre que había hablado mostraba marcas tribales por toda la mejilla, no parecía quedar ni un centímetro de piel que no estuviera cubierto por las líneas profundas. Los otros tres hombres habían entrado con paso decidido mientras él hablaba. El primero abría uno a uno los cajones del aparador y no volvía a cerrarlos. Los otros dos se dirigieron a los dormitorios.

–¿Quién los envía? –quiso saber tía Ifeoma.

–Somos de la unidad especial de seguridad de Port Harcourt.

–¿Tienen algo que los acredite? ¡No tienen derecho a entrar así en mi casa!

–¡Mira tú la mujer *yeye*! ¡Ya le he dicho que somos de la unidad especial de seguridad!

Las marcas tribales del rostro del hombre se hicieron más profundas al torcer el gesto y apartar de en medio a tía Ifeoma.

–¿Cómo se atreven a entrar así? ¿Qué significa esto? –exclamó Obiora levantándose de la silla.

Aquel intento de virilidad en inglés criollo no logró ocultar el miedo que delataban sus ojos.

–¡Obiora! *Nodu ani!* –le ordenó tía Ifeoma, y Obiora volvió a sentarse rápidamente.

Parecía aliviado de que su madre se lo hubiera pedido. Tía Ifeoma nos dijo en voz baja que nos quedáramos sentados y en silencio y se dispuso a seguir a los hombres por las habitaciones. No miraban dentro de los cajones, solo desparramaban la ropa y el resto de las cosas por el suelo. Volvieron boca abajo todas las cajas y las maletas que encontraron en el dormitorio de tía Ifeoma, pero no rebuscaron entre el contenido. Lo esparcieron todo, pero no lo registraron. Al marcharse, el hombre con las marcas tribales le advirtió a tía Ifeoma mientras agitaba en el aire uno de sus gruesos dedos índices con la uña curvada:

–¡Ándese con cuidado! ¡Con mucho cuidado!

Permanecimos en silencio hasta que el ruido de los motores alejándose desapareció.

–Tenemos que ir a la comisaría –sugirió Obiora.

Tía Ifeoma esbozó una sonrisa, pero el movimiento de sus labios no logró iluminarle el rostro.

–De ahí es precisamente de donde han venido. Están confabulados.

–¿Por qué te acusan de colaborar con los grupos radicales, tía? –preguntó Jaja.

—Son todo calumnias. Quieren asustarme. ¿Desde cuándo los estudiantes han necesitado que nadie les diga cuándo tienen que rebelarse?

—No me puedo creer que hayan sido capaces de entrar en casa y ponerlo todo patas arriba —dijo Amaka—. No me lo puedo creer.

—Gracias a Dios que Chima duerme —observó tía Ifeoma.

—Deberíamos irnos —dijo Obiora—. Mamá, deberíamos irnos. ¿Has vuelto a hablar con tía Phillipa?

Tía Ifeoma negó con la cabeza mientras recogía los libros y los manteles y volvía a meterlos en los cajones del aparador. Jaja se acercó a ayudarla.

—¿Qué quieres decir? ¿Por qué tenemos que marcharnos de nuestro país? ¿Por qué no podemos colaborar para arreglarlo? —protestó Amaka.

—¿Arreglar qué? —Obiora mostraba adrede una expresión despectiva.

—¿Así que tenemos que escapar? ¿Es esa la solución? ¿Escapar? —lo increpó Amaka de manera frenética.

—No se trata de escapar, sino de ser realista. Para cuando nos toque ir a la universidad, los buenos profesores se habrán hartado de esta locura y se habrán marchado al extranjero.

—¡Callaos ya los dos! ¡Venid a poner un poco de orden! —les regañó tía Ifeoma.

Era la primera vez que no miraba con orgullo a mis primos ni disfrutaba de la disputa.

Cuando por la mañana fui a darme un baño, en la bañera, cerca del sumidero, se deslizaba una lombriz de tierra. Su color marrón rojizo contrastaba con la blancura del sanitario. Amaka me había explicado que las tuberías eran muy viejas y que, durante la estación de las lluvias, era habitual que las lombrices se colaran en la bañera. Tía Ifeoma había escrito una carta quejándose al departamento de obras del asunto de las tuberías pero, como era normal, tardarían siglos en hacer algo al respecto. Obiora había dicho que le gustaba examinar los gusanos. Había descubierto que solo se morían si se les echaba sal. Incluso al cortarlos en dos partes, cada una de las mitades volvía a crecer hasta convertirse en una lombriz completa.

Antes de entrar, retiré aquel cuerpo similar a una cuerda con un trozo del palo roto de una escoba y lo tiré al inodoro. No podía tirar de la cadena porque no había nada que tuviera que llevarse el agua, hubiera sido un desperdicio. Los muchachos tendrían que hacer pipí mientras contemplaban a una lombriz flotando en la taza.

Para cuando hube terminado de bañarme, tía Ifeoma me había preparado un vaso de leche y me había cortado *okpa* en rodajas sobre las cuales había colocado trocitos de pimiento rojo.

—¿Qué tal te encuentras, *nne*? —me preguntó.

—Estoy bien, tía.

Ya ni siquiera recordaba que hubo un día en que deseé no volver a abrir los ojos, había olvidado aquel dolor intenso por todo el cuerpo. Cogí el vaso y me quedé mirando con curiosidad la leche oscura y granulada.

—Es leche de soja casera —me explicó tía Ifeoma—. Es muy nutritiva. La vende uno de los profesores de agricultura de la universidad.

—Sabe a agua con tiza —dijo Amaka.

—¿Cómo lo sabes si nunca has probado el agua con tiza? —le espetó tía Ifeoma. Se echó a reír, pero observé las líneas de expresión, delgadas como las patas de una araña, alrededor de su boca y la mirada perdida—. No puedo permitirme comprar leche en polvo —confesó con voz cansada—. Los precios suben cada día más, como si alguien les persiguiera.

Entonces sonó el timbre. Al oírlo siempre se me encogía el estómago aunque sabía que el padre Amadi llamaba a la puerta con suavidad.

Se trataba de una alumna de tía Ifeoma. Vestía unos vaqueros ajustados y tenía el cutis claro pero se notaba que lo había conseguido a base de blanqueador ya que la piel de sus manos era del color de la Bournvita sin mezclar con leche. Sostenía un pollo de plumaje gris; explicó que era símbolo del anuncio oficial a tía Ifeoma de su inminente boda. Cuando su novio se había enterado del nuevo cierre de la universidad, le había dicho que no podía esperar a que obtuviera el título ya que nadie sabía cuándo iba a reanudarse la actividad docente. La boda tendría lugar al mes siguiente. La alumna no llamaba a su novio por el nombre sino que se refería a él como «dim», «mi marido», en el tono orgulloso de alguien que ha ganado un premio, mientras se echaba hacia atrás el pelo trenzado teñido de un color cobrizo.

—No estoy segura de que vaya a volver a la universidad cuando se reanuden las clases. Antes quiero tener un bebé. No quiero que *dim* crea que el resultado de casarse conmigo es una casa vacía —dijo entre risas sonoras y aniñadas.

Antes de marcharse, apuntó en un papel la dirección de tía Ifeoma para enviarle una invitación.

Tía Ifeoma se quedó un rato mirando la puerta.

—Nunca ha sido especialmente brillante, así que no debería ponerme triste —dijo pensativa.

Amaka se rió y exclamó:

—¡Mamá!

El pollo graznó. Yacía tumbado sobre un costado porque tenía las patas atadas.

—Obiora, por favor, mátalo y ponlo en el congelador antes de que pierda peso. No tenemos nada para alimentarlo —dispuso tía Ifeoma.

—La semana pasada hubo muchos cortes de corriente. Yo creo que tendríamos que comérnoslo todo hoy —dijo Obiora.

—¿Y qué tal si nos comemos la mitad y ponemos la otra mitad en el congelador? Luego podemos rezar para que los de NEPA nos devuelvan la corriente y así no se estropee —sugirió Amaka.

—De acuerdo —dijo tía Ifeoma.

—Yo lo mataré —se ofreció Jaja, y todos nos volvimos a mirarlo.

—*Nna m*, tú nunca has matado un pollo, ¿verdad? —se extrañó tía Ifeoma.

—No, pero puedo hacerlo.

—De acuerdo —decidió tía Ifeoma, y yo me volví a mirarla extrañada de la facilidad con que había accedido.

¿Es que seguía absorta por la conversación con la alumna o de verdad creía que Jaja era capaz de matar un pollo?

Seguí a Jaja al patio trasero y contemplé cómo sostenía las alas del pollo bajo el pie. Luego le echó la cabeza hacia atrás. El cuchillo destellaba al reflejarse en él los rayos del sol. El pollo había dejado de graznar, tal vez se había resignado a aceptar lo inevitable. No miré mientras Jaja le rebanaba el cuello delgado, pero vi cómo el pollo se estremecía de manera frenética hasta la muerte. Agitaba sus alas grises en medio del fango teñido de rojo, las sacudía y se retorcía. Al final, quedó tendido sobre un montón de plumas manchadas. Jaja lo cogió y lo sumergió en el cuenco de agua caliente que le había traído Amaka. Sus movimientos eran de una precisión resuelta y fría, aséptica. Empezó a desplumarlo con rapidez y no dijo nada hasta que el pollo hubo quedado reducido a un cuerpo delgado cubierto por la piel de color amarillo pálido. Hasta que no lo vi desplumado, no me di cuenta de lo largo que tienen los pollos el cuello.

—Si tía Ifeoma se va, entonces yo también quiero irme con ellos —dijo.

Yo no dije nada. Había demasiadas cosas que quería expresar y también demasiadas que quería callarme. Dos buitres se cernieron sobre el lugar y acabaron posándose en el suelo, lo bastante cerca como para haberles dado caza si me hubiera abalanzado sobre ellos con rapidez. El plumaje negro de su cuello refulgía bajo el sol de primera hora de la mañana.

—¿Ves cómo acuden los buitres? —me hizo observar Obiora. Amaka y él se habían acercado hasta la puerta—. Cada vez están más hambrientos. Hoy en día, ya nadie mata pollos y casi no tienen vísceras que comer.

Cogió una piedra y la lanzó contra los buitres que se echaron a volar para posarse en una de las ramas del mango cercano.

—*Papa-nnukwu* solía decir que los buitres habían perdido el prestigio —recordó Amaka—. En los viejos tiempos, a la gente le gustaban porque bajaban a devorar las vísceras de los animales sacrificados y eso significaba que los dioses estaban contentos.

—Ahora tienen la sensatez de esperar a que matemos un pollo para bajar —dijo Obiora.

El padre Amadi vino después de que Jaja hubo troceado el pollo y Amaka hubo colocado la mitad en una bolsa de plástico en el congelador. Tía Ifeoma sonrió cuando el padre Amadi le dijo que iba a llevarme a que me peinaran.

—Hace el trabajo que me correspondería a mí, padre. Gracias —dijo—. Dele recuerdos a Mama Joe. Dígale que iré a trenzarme el pelo antes de Semana Santa.

En la cabaña de Mama Joe en el mercado de Ogige apenas cabía el taburete alto en el que ella se sentaba y el más bajo que tenía delante. Me senté en este último y el padre Amadi me esperó fuera, entre el tráfico de carretillas, palomas, pollos y gente, porque no podía entrar debido a sus anchos hombros. Mama Joe llevaba un gorro de lana a pesar de que el sudor le había formado unos cercos amarillentos debajo de las mangas de la blusa. Mujeres y niños de las cabañas vecinas hacían trenzas, entrelazaban mechones y tejían el pelo con hebras de hilo. Había tablones de madera escritos con letra irregular apoyados encima de algunas sillas rotas delante de las cabañas. Las más cercanas rezaban: MAMA CHINEDU, ESTILISTA ESPECIALIZADA o MAMA BOMBOY, PELUQUERÍA INTERNACIONAL. Las mujeres y los niños les gritaban a todas las mujeres que pasaban por allí «¡Le trenzamos el pelo!» o «¡Deje que la pongamos guapa!» o «¡Se lo dejaré muy bien!». En general, las mujeres se los quitaban de encima y seguían su camino.

Mama Joe me dio la bienvenida como si me conociera de toda la vida. Me dio un trato especial por ser sobrina de quien era. Quería saber qué tal estaba tía Ifeoma.

—No he visto a esa buena mujer desde hace casi un mes. Si no fuera porque me da su ropa vieja, iría desnuda. Sin embargo, sé que no tiene gran cosa. Trabaja duro para criar bien a sus hijos. *Kpau!* Es una mujer muy fuerte —dijo Mama Joe.

Su dialecto igbo sonaba extraño, se comía palabras; resultaba difícil entenderla. Le dijo al padre Amadi que estaría lista en una hora. Él trajo una botella de Coca-Cola y la dejó junto a mi taburete antes de marcharse.

—¿Es tu hermano? —me preguntó Mama Joe siguiéndolo con la mirada.

—No. Es sacerdote.

Habría querido añadir que también era aquel cuya voz dirigía mis sueños.

—¿Has dicho que es un padre? —preguntó pronunciando aquella palabra con mucho acento igbo.

—Sí.

—¿Un «padre» católico de verdad?

—Sí.

Me pregunté si existirían sacerdotes católicos de mentira.

—Cuánto hombre desperdiciado —se lamentó mientras me peinaba con suavidad el pelo grueso. Dejó el peine y me desenredó unas puntas con los dedos. Me resultaba extraño porque siempre había sido madre quien me había trenzado el pelo—. ¿Te has fijado en cómo te mira? Eso quiere decir algo, te lo digo yo.

—¡Vaya! —exclamé, porque no sabía qué era lo que Mama Joe esperaba que dijera.

Pero ella ya le estaba gritando algo a Mama Bomboy, en la cabaña de al lado.

Mientras me trenzaba el pelo muy tirante, no dejó ni un segundo de charlar con Mama Bomboy y Mama Caro; de esta última podía oír la voz pero no alcanzaba a verla porque se encontraba a unas cuantas cabañas de distancia. La cesta tapada que había a la entrada de la cabaña de Mama Joe empezó a moverse. Por debajo de la tapa asomó una concha marrón enroscada. Casi salté del asiento; no tenía ni idea de que aquella cesta estuviera llena de caracoles que Mama Joe vendía. Ella se levantó y devolvió el caracol a su sitio.

—Dios toma la fuerza del diablo —masculló.

Iba por la última trenza cuando una mujer entró en la cabaña y le dijo que quería ver los caracoles. Mama Joe levantó la tapa.

—Son muy grandes —le aseguró—. Los hijos de mi hermana los han cogido hoy mismo al amanecer, cerca del lago Adada.

La mujer levantó la cesta y la agitó, buscaba las conchas más pequeñas escondidas bajo las grandes. Al final dijo que tampoco eran tan grandes y se marchó. Mama Joe le gritó:

—¡La gente que no sabe comer no debería escampar su bilis entre los demás! ¡No encontrará caracoles de este tamaño en todo el mercado! —Detuvo a un caracol con iniciativa que pretendía salir de la cesta y lo devolvió a su sitio mientras mascullaba—: Dios toma la fuerza del diablo.

Me pregunté si sería el mismo caracol que había tratado de escapar antes y que, al volver a echarlo en la cesta, lo había intentado de nuevo, decidido. Me habría gustado comprar toda la cesta y dejar en libertad a aquel caracol.

Mama Joe terminó mi peinado antes de que el padre Amadi volviera a buscarme. Me dio un espejo rojo que estaba rajado por la mitad, así que vi mi nueva imagen en dos partes.

—Gracias. Es muy bonito —dije.

Levantó la mano para arreglar una trenza, aunque no era necesario.

—Un hombre no lleva a una jovencita a la peluquería si no ama a esa jovencita. Te lo digo yo. No puede ser de otra manera —me advirtió. Y yo asentí porque, de nuevo, no sabía qué decir—. No puede ser de otra manera —repitió, como si yo me hubiera mostrado en desacuerdo. Una cucaracha salió de debajo de su taburete y ella la pisó con el pie descalzo—. Dios toma la fuerza del diablo.

Se escupió en la palma de una mano y la frotó contra la otra, luego acercó la cesta y empezó a recolocar los caracoles. Me pregunté si también se habría escupido en la mano antes de peinarme. Una mujer vestida con una túnica azul que llevaba un bolso sujeto debajo del brazo compró toda la cesta de caracoles justo antes de que el padre Amadi viniera a buscarme. Mama Joe la llamó «nwanyi oma», aunque no era nada guapa. Me imaginé los caracoles fritos, crujientes, sus cuerpos crispados flotando en la olla de caldo.

—Gracias —le dije al padre Amadi mientras andábamos de camino al coche.

Le había pagado tan bien a Mama Joe que esta había protestado un poco alegando que no debería aceptar tanto dinero por trenzarle el pelo a la sobrina de tía Ifeoma.

El padre Amadi rechazó mis palabras de agradecimiento de manera bondadosa, como quien ha cumplido con su obligación.

—O *maka*, te despeja la cara —dijo mirándome—. Por cierto, aún no tenemos a nadie que haga el papel de Nuestra Señora en la función que estamos preparando. Deberías interpretarlo tú. Cuando estudiaba los primeros años de carrera, la novicia más guapa siempre hacía de Nuestra Señora.

Respiré hondo y recé por que no empezara a tartamudear.

—No sé actuar. No lo he hecho nunca.

—Puedes intentarlo —sugirió. Giró la llave de contacto y el coche se puso en marcha con unas cuantas sacudidas ruidosas. Antes de abrirse paso por la calle abarrotada del mercado, me miró y dijo—: Tú eres capaz de hacer lo que te propongas, Kambili.

Durante el camino, cantamos canciones en igbo. Afiné la voz hasta que resultó tan suave y melodiosa como la suya.

La señal verde en el exterior de la iglesia estaba iluminada con luces blancas. Las palabras CAPELLANÍA CATÓLICA DE SAN PEDRO, UNIVERSIDAD DE NIGERIA parecían titilar cuando Amaka y yo entramos en la iglesia, impregnada de olor a incienso. Me senté a su lado en la primera fila; nuestras piernas se tocaban. Habíamos acudido solas ya que tía Ifeoma y los demás habían asistido al servicio por la mañana.

San Pedro no lucía los enormes cirios ni el altar de mármol de Santa Inés. Las mujeres no llevaban el pañuelo atado correctamente a la cabeza para que cubriera el máximo posible de su pelo. Las contemplaba mientras subían para el ofertorio. Algunas solo llevaban un velo negro transparente; otras iban con pantalones, incluso con vaqueros. Padre se habría escandalizado. Diría que una mujer debía llevar el pelo cubierto en la casa de Dios, y que una mujer nunca debía vestir prendas masculinas, cuando menos en la casa de Dios.

Me imaginé que el sencillo crucifijo de madera colgado sobre el altar se balanceaba adelante y atrás mientras el padre Amadi alzaba la hostia para la consagración. Tenía los ojos cerrados; sabía que ya no se encontraba detrás del altar cubierto con tela de algodón blanco, sino en algún otro lugar que solo Dios y él conocían. Me ofreció la comunión y cuando su dedo rozó mi lengua estuve a punto de caer rendida a sus pies. Pero las voces potentes del coro me ayudaron a mantener la compostura y me dieron fuerzas para volver a mi sitio.

Tras rezar el padrenuestro, el padre Amadi no dijo «Daos la paz». En su lugar, se puso a cantar en igbo.

—Ekene nke udo, ezigbo nwanne m nye m aka gi.

«Démonos la paz; querida hermana, querido hermano, dame tu mano.»

La gente se estrechó la mano y se abrazó. Amaka me dio un abrazo y luego se volvió para hacer lo propio con la familia que estaba sentada en la fila de detrás. El padre Amadi me sonrió desde el altar y movió los labios. No sabía lo que había dicho, pero estaba convencida de que iba a darle vueltas y más vueltas. Aún pensaba en ello cuando después de la misa nos acompañó a Amaka y a mí a casa en su coche.

Le recordó a Amaka que aún no había elegido el nombre para su confirmación. Tenía que tener todos los nombres para que el capellán pudiera echarles un vistazo al día siguiente, sábado. Amaka le dijo que no tenía ningún interés en elegir un nombre inglés y el padre Amadi se echó a reír y le dijo que él le ayudaría a elegir un nombre si quería. Durante el trayecto, miré por la ventana. No había luz y el campus tenía el mismo aspecto que si lo hubieran cubierto con una sábana gigante azul marino. Las calles por las que pasábamos eran como túneles oscurecidos por los setos que las bordeaban. Las luces amarillentas de las lámparas de queroseno que parpadeaban detrás de las ventanas y en los balcones de las casas parecían los ojos de más de un centenar de gatos salvajes.

Tía Ifeoma estaba sentada en un taburete en el porche, frente a una amiga suya. Obiora se encontraba sentado en la esterilla, entre las dos lámparas de queroseno. Ambas estaban encendidas al mínimo y llenaban el porche de sombras. Amaka y yo saludamos a la amiga de tía Ifeoma, que llevaba un *boubou* de un color muy vistoso teñido expresamente de manera desigual y el pelo corto y natural. Nos sonrió y dijo:

—Kedu?

—El padre Amadi nos ha dicho que te diéramos recuerdos, mamá. No ha podido quedarse porque tenía que recibir a unas visitas en la capellanía —explicó Amaka.

Cogió una de las lámparas de queroseno.

—Quédatela. Jaja y Chima tienen una vela encendida dentro. Cierra la puerta para que no entren insectos —le recomendó tía Ifeoma.

Me quité el pañuelo y me senté junto a tía Ifeoma a contemplar cómo los insectos se apiñaban alrededor de las lámparas. Había muchos escarabajos diminutos con algo que les sobresalía del lomo, como si se hubieran olvidado de plegar bien las alas. No mostraban tanto ajetreo como las pequeñas moscas amarillas que de vez en cuando se alejaban de la lámpara y volaban demasiado cerca de mis ojos. Tía Ifeoma estaba contando cómo los agentes de seguridad habían entrado en el piso. La tenue luz desdibujaba sus facciones. Hacía muchas pausas, para imprimirle mayor dramatismo a la historia y, a pesar de que su amiga no dejaba de apremiarla: «Gini mezia?» («¿Qué ocurrió después?»), tía Ifeoma le respondía «Chelu nu» («Espera») y se tomaba su tiempo.

La amiga de tía Ifeoma se quedó en silencio un buen rato después de que esta terminara de relatar la historia. Entonces los grillos le tomaron el relevo; su sonido estridente se oía muy cerca, aunque bien podían haberse encontrado a varios kilómetros de distancia.

—¿Sabes lo que le ha ocurrido al hijo del profesor Okafor? —preguntó por fin la amiga de tía Ifeoma.

Hablaba más en igbo que en inglés, pero pronunciaba todas las palabras en este último idioma con muy buen acento británico; no como padre, a quien solo le salía en las conversaciones con los blancos y aun así de vez en cuando se le resistían algunas palabras, de manera que la mitad de la frase sonaba nigeriana y la otra mitad británica.

—¿Qué Okafor? —preguntó tía Ifeoma.

—Ese Okafor que vive en la avenida Fulton. Su hijo, Chidifu.

—¿El amigo de Obiora?

—Sí, el mismo. Robó los exámenes que había preparado su padre y se los vendió a sus alumnos.

—*Ekwuzina!* ¡Si es muy joven!

—Ya. Como la universidad está cerrada, los estudiantes fueron a su casa a reclamarle el dinero al niño, pero él ya se lo había gastado. Ayer Okafor le rompió los dientes de delante a golpes. Sin embargo, es el mismo Okafor que se niega a denunciar lo que no va bien en la universidad, el mismo que haría cualquier cosa por ganarse el favor de los grandes hombres de Abuya. Es el que confecciona la lista de los profesores desleales; he oído que ha incluido mi nombre y el tuyo.

—Yo también lo he oído. *Mana*, ¿qué tiene eso que ver con Chidifu?

—¿Tú qué intentarías curar, el dolor provocado por el cáncer o el cáncer en sí? No podemos permitirnos darles unas monedas a nuestros hijos. No podemos permitirnos comprar carne ni pan. ¿Y tu hijo roba y a ti te sorprende? Lo que tienes que intentar es curar el cáncer porque el dolor volverá.

—*Mba*, Chiaku. El robo no puede justificarse de ninguna manera.

—Yo no lo justifico. Lo que digo es que Okafor no debería sorprenderse ni malgastar energías moliendo a palos al pobre de su hijo. Eso es lo que pasa cuando uno se cruza de brazos ante la tiranía, que su hijo se convierte en algo irreconocible.

Tía Ifeoma dio un hondo suspiro y se quedó mirando a Obiora, tal vez preguntándose si también él se convertiría en algo irreconocible.

—El otro día hablé con Phillipa —dijo.

—¡Vaya! ¿Cómo está? ¿Qué tal la tratan los *oyinbo*?

—Está bien.

—¿Y qué tal vive como ciudadana de segunda clase en Estados Unidos?

—Chiaku, ese sarcasmo no viene a cuento.

—Pero lo que digo es cierto. En todos los años que pasé en Cambridge no llegué a ser más que un mono que había desarrollado la capacidad de razonar.

—Ahora las cosas no están tan mal.

—Eso es lo que te cuentan. Pero cada día hay médicos que se desplazan y que acaban lavando platos para los *oyinbo* porque ellos no creen que nuestros estudios de medicina sean válidos. Y los abogados hacen de taxistas porque los *oyinbo* no se fían de su formación como hombres de leyes.

Tía Ifeoma la interrumpió enseguida.

—Le he enviado mi currículum a Phillipa.

La amiga cogió las puntas de su *boubou* y las metió hacia dentro, colocándolas entre sus piernas estiradas. Desvió la mirada a la oscuridad de la noche, con los ojos entrecerrados bien debido al ensimismamiento, bien en un intento por imaginarse a qué distancia exacta debían de encontrarse los grillos.

—Así que tú también, Ifeoma —dijo al fin.

—No se trata de mí, Chiaku. —Tía Ifeoma hizo una pausa—. ¿Quién va a formar a Amaka y a Obiora en la universidad?

—Los más cultos, los que tienen el potencial de corregir a los que están equivocados, se marchan y dejan atrás a los débiles. Los tiranos continúan rigiendo porque los débiles no son capaces de resistir. ¿No ves que es un círculo vicioso? ¿Quién va a romperlo?

—Eso no es más que una sarta de tonterías poco realistas para darse ánimos, tía Chiaku —soltó Obiora.

Vi cómo la tensión bajaba del cielo y nos envolvía a todos. El llanto de un niño procedente del piso de arriba rompió el silencio.

—Ve a mi habitación y espérame allí, Obiora —dispuso tía Ifeoma.

Obiora se levantó y se puso en marcha. Mostraba una expresión grave, como si se acabara de dar cuenta de lo que había hecho. Tía Ifeoma le pidió disculpas a su amiga, pero después de aquello las cosas no volvieron a ser como antes. El insulto de un adolescente de catorce años había quedado suspendido en el ambiente y les había paralizado la lengua de manera que les costaba mucho trabajo hablar. Poco después, la amiga se marchó; tía Ifeoma irrumpió en el piso furiosa y estuvo a punto de tirar una de las lámparas. Oí una bofetada y luego sus gritos:

—Lo que me ha molestado no es que te hayas mostrado en desacuerdo con mi amiga, sino la manera en que lo has hecho. En esta casa no se educa a chicos irrespetuosos, ¿me oyes? ¡No eres el único que ha hecho novillos en la escuela y no pienso tolerar semejante estupidez por tu parte! *I na-anu?*

Entonces bajó la voz y oí el sonido de la puerta de su habitación al cerrarse.

—A mí siempre me pegaba en la palma de la mano con un palo —dijo Amaka, saliendo conmigo al porche—. En cambio, Obiora recibía un cachete en el trasero. Creo que mamá tenía miedo de que si me pegaba en el culo aquello me acabara afectando y que luego no me crecerían los pechos o algo así. Yo prefería el palo a sus cachetes; tiene la mano de hierro, *ezi okwum.* —Amaka se echó a reír—. Luego hablábamos durante horas. Yo lo odiaba. Hubiera preferido que me diera los azotes y me dejara marchar. Pero no; tenía que explicarnos por qué nos había pegado y qué era lo que esperaba de nosotros para no tener que volver a hacerlo. Eso es lo que está haciendo ahora con Obiora.

Desvié la mirada a lo lejos. Amaka me cogió la mano. Noté su tacto cálido, como si fuera la mano de alguien que se estuviera recuperando de la malaria. No me dijo nada pero tenía la sensación de que ambas pensábamos lo mismo: qué diferentes eran las cosas para Jaja y para mí.

Me aclaré la garganta y dije:

—Obiora debe de querer de verdad marcharse de Nigeria.

—Es un estúpido —resolvió Amaka.

Y me estrechó la mano antes de soltarla.

Tía Ifeoma se encontraba limpiando el congelador que había empezado a despedir olor a causa de los continuos cortes de corriente. Limpió el charco de agua hedionda de color vino que se había formado en el fondo y luego sacó las bolsas de carne y las colocó en una palangana. Los pequeños trozos de carne de ternera se habían llenado de manchas marrones.

La carne del pollo que Jaja había matado se había tornado de un amarillo oscuro.

—Qué lástima de carne —dije.

Tía Ifeoma se echó a reír.

—¿Qué lástima de carne, *kwa*? La herviré bien con especias y cocinaré bien cocinado lo que esté peor.

—Mamá, habla como la hija de un gran hombre —dijo Amaka y yo le agradecí que no me mirara con sorna y en su lugar se echara a reír como su madre.

Nos encontrábamos en el porche, separando las piedras del arroz. Estábamos sentadas en una esterilla en el suelo, de forma que pudiéramos notar los suaves rayos del sol de la mañana que salía después de la lluvia. Había dos montones de arroz, el que estaba por escoger y el ya escogido, dispuestos con cuidado en las bandejas esmaltadas que teníamos enfrente; las piedras las colocábamos directamente en la esterilla. Amaka dividiría luego el arroz en montones más pequeños para soplarlos y separar así la piel del grano.

—El problema de este arroz barato es que al cocinarlo se forma una masa compacta, por poca agua que se le eche. Al final uno empieza a preguntarse si lo que come es arroz o *garri* —masculló Amaka aprovechando un momento en que tía Ifeoma no estaba presente.

Sonreí. Nunca antes había sentido aquella complicidad que sentía sentada a su lado, escuchando las cintas de Fela y Onyeka en el pequeño radiocasete al que le había cambiado las pilas. Nunca antes había sentido aquel silencio cómodo que compartíamos al limpiar el arroz con meticulosidad porque a veces los granos se confundían con las piedras de aspecto vítreo. Hasta la suave brisa que se había levantado después de la lluvia aportaba tranquilidad. Entre las nubes se estaban empezando a formar claros; parecían trozos de algodón que se resistieran a separarse.

El sonido de un coche dirigiéndose hacia el piso interrumpió la paz. Sabía que aquella mañana el padre Amadi tenía que trabajar en el despacho de la capellanía. Aun así, tenía la esperanza de que se tratara de él. Me lo imaginé subiendo corriendo la pequeña escalera hasta el porche sosteniendo el bajo de la sotana con la mano y sonriendo.

Amaka se volvió a mirar y exclamó:

—¡Tía Beatrice!

Me levanté y di media vuelta a toda prisa. Madre emergía de un taxi amarillo medio destartalado. ¿Qué estaría haciendo allí? ¿Qué habría ocurrido? ¿Por qué había venido desde Enugu con sus zapatillas de suela de goma? Caminaba despacio y se sujetaba la túnica que llevaba tan mal atada que parecía que se le iba a resbalar de la cintura de un momento a otro. No llevaba la blusa planchada.

—Madre, *o gini?* ¿Ha ocurrido algo? —le pregunté dándole un abrazo muy breve para separarme un poco y poder verle la cara. Tenía las manos frías.

Amaka también la abrazó y le cogió la bolsa.

—Tía Beatrice, *nno.*

Tía Ifeoma salió corriendo al porche enjugándose las manos en el delantero de sus pantalones cortos. Abrazó a madre y la condujo hasta la sala, dejando que se apoyara en ella como se hace con los lisiados.

—¿Dónde está Jaja? —preguntó madre.

—Ha salido con Obiora —respondió tía Ifeoma—. Siéntate, *nwunye m.* Amaka, coge dinero de mi monedero y baja a comparle un refresco a tu tía.

—No te molestes, beberé agua —dijo madre.

—Hemos estado sin luz, el agua no está fresca.

—No importa, la beberé de todas formas.

Madre se sentó con cuidado en el extremo de una silla de mimbre. Tenía los ojos vidriosos al dar un vistazo alrededor de la estancia. Supe que no estaba viendo la foto con el marco roto ni los lirios africanos en el jarrón oriental.

—No sé si estoy bien de la cabeza —dijo, y se presionó la frente con el dorso de la mano, del modo en que uno comprueba si tiene fiebre—. He salido hoy del hospital. El doctor me ha recomendado que descansara, pero yo he cogido el dinero de Eugene y le he pedido a Kevin que me llevara al parque. Allí he tomado un taxi y he venido hasta aquí.

—¿Has estado en el hospital? ¿Qué ha ocurrido? —preguntó tía Ifeoma en tono calmado.

Madre dio un vistazo por la sala. Se quedó mirando un rato el reloj de pared, el que tenía la aguja rota, antes de volverse hacia mí.

—¿Sabes la mesa auxiliar en la que colocamos la Biblia, *nne*? Tu padre me la ha roto en el vientre. —Parecía estar hablando de otra persona, como si la mesa no estuviera hecha de madera maciza—. Me desangré en el suelo, antes de que pudiera llevarme a Santa Inés. El médico me dijo que no pudo hacer nada por salvarlo.

Madre agitó la cabeza despacio. Una fina hilera de lágrimas empezó a resbalarle por las mejillas, como si les costara mucho esfuerzo abandonar sus ojos.

—¿Salvarlo? —susurró tía Ifeoma—. ¿Qué quieres decir?

—Tenía una falta de seis semanas.

—*Ekwuzina!* ¡Otra vez no! —Tía Ifeoma abrió mucho los ojos.

—Es verdad. Eugene no lo sabía, aún no se lo había dicho, pero es verdad.

Madre se dejó caer al suelo. Se quedó sentada con las piernas estiradas hacia delante. Era muy poco digno, pero yo también me dejé caer al suelo y me quedé sentada junto a ella, rozando su hombro con el mío.

Lloró durante mucho tiempo, hasta que se me durmió la mano, sujeta entre las suyas. Lloró hasta que tía Ifeoma terminó de cocinar un guiso especiado con la carne medio podrida. Lloró hasta quedarse dormida, con la cabeza apoyada en el asiento de la silla. Jaja la estiró encima de un colchón en el suelo de la sala.

Padre llamó por la noche, mientras nos encontrábamos sentados alrededor de la lámpara de queroseno en el porche. Tía Ifeoma contestó al teléfono y salió para decirle a madre quién era.

—He colgado. Le he dicho que no pensaba consentir que te pusieras.

Madre se levantó de la esterilla de un salto.

—¿Por qué? ¿Por qué?

—*Nwunye m!* ¡Siéntate ahora mismo! —le espetó tía Ifeoma.

Pero madre no se sentó. Se dirigió al dormitorio de tía Ifeoma y llamó a padre. Poco después, el teléfono volvió a sonar y supe que era él. Salió de la habitación al cabo de un cuarto de hora aproximadamente.

—Nos vamos mañana. Mis hijos y yo —dijo con la mirada fija al frente, por encima de todos nosotros.

—¿Adónde? —se alarmó tía Ifeoma.

—A Enugu. Volvemos a casa.

—¿Es que te falta algún tornillo, *gbo*? No vais a ninguna parte.

—Eugene en persona vendrá a buscarnos.

—Escúchame. —Tía Ifeoma había bajado la voz; se debía de haber dado cuenta de que el tono firme no iba a conseguir penetrar en aquella sonrisa fija en el rostro de madre. Sus ojos seguían teniendo un aspecto vidrioso pero parecía una mujer distinta a la que había emergido del taxi aquella mañana. Parecía poseída por otro demonio—. Por lo menos quédate unos días, *nwunye m*. No te marches tan rápido.

Madre negó con la cabeza. A excepción del gesto rígido de los labios, su rostro permanecía inexpresivo.

—Eugene no está bien. Ha padecido migrañas y fiebre —explicó—. Está soportando mucho más de lo que un hombre debería soportar. ¿Sabes lo que le ha afectado la muerte de Ade? Es demasiado para una persona.

—*Ginidi*, ¿qué estás diciendo? —Tía Ifeoma, impaciente, le dio una palmada a un insecto que volaba cerca de su oído—. Cuando Ifediora vivía, *nwunye m*, hubo veces en que la universidad se pasaba meses sin pagarnos el salario. Ifediora y yo no teníamos nada, ¿eh? Y, sin embargo, jamás me levantó la mano.

—¿Sabes que Eugene paga la tasa escolar de casi un centenar de nuestra gente? ¿Sabes cuánta gente está viva gracias a tu hermano?

—Ese no es el tema, y tú lo sabes.

—¿Adónde voy a ir si dejo la casa de Eugene? Dime, ¿adónde? —No esperó a que tía Ifeoma le respondiera—. ¿Sabes cuántas madres le ofrecieron a sus hijas? ¿Sabes cuántas llegaron a pedirle incluso que las fecundara sin molestarse en pagar el precio de una novia?

—¿Y qué? Contéstame, ¿y qué? —Ahora tía Ifeoma estaba gritando.

Madre se dejó caer al suelo. Obiora había extendido una esterilla y en ella había sitio suficiente, pero ella se sentó directamente en el suelo de hormigón y apoyó la cabeza en los barrotes.

—Ya estás otra vez con tu discurso magistral, Ifeoma —dijo en tono suave, y desvió la mirada para indicar que la conversación había terminado.

Nunca había visto así a madre, nunca había observado aquella mirada en sus ojos, ni la había oído hablar tanto en tan poco tiempo.

Mucho después de que ella y tía Ifeoma se hubieran ido a la cama, me senté en el porche con Amaka y Obiora a jugar al *whot*; Obiora me había enseñado todos los juegos de cartas.

—¡Última! —anunció Amaka, pagada de sí misma, y echó una carta.

—Espero que tía Beatrice duerma bien —dijo Obiora mientras cogía una carta—. Tendría que haber cogido un colchón. El suelo es muy duro para dormir solo encima de una esterilla.

—Estará bien —lo tranquilizó Amaka. Luego me miró y repitió—: Estará bien.

Obiora estiró el brazo y me dio una palmada en el hombro. No sabía qué hacer, así que pregunté:

—¿Es mi turno? —Aunque ya sabía que sí lo era.

—En realidad, tío Eugene no es malo —opinó Amaka—. La gente tiene problemas y comete errores.

—Mmm... —musitó Obiora, subiéndose las gafas.

–Quiero decir que hay personas que no resisten la tensión –explicó Amaka mirando a Obiora como si esperara que se pronunciara.

Él se mantuvo en silencio, examinando la carta que se había colocado a la altura de los ojos.

Amaka cogió otra carta.

–Después de todo, pagó el funeral de *Papa-nnukwu*.

Seguía mirando a Obiora, pero él no le respondió. En su lugar, depositó la última carta y exclamó:

–¡Sí, señor! –Había vuelto a ganar.

Ya en la cama, no pensé en la vuelta a Enugu, sino en cuántas partidas había perdido.

Cuando padre llegó en el Mercedes, madre preparó nuestro equipaje y lo llevó al coche. Padre la abrazó, sosteniéndola muy cerca, y madre apoyó la cabeza en su pecho. Padre había perdido peso. Normalmente, las pequeñas manos de madre no alcanzaban a rodearle el cuerpo; sin embargo, esta vez las dejó descansar en la parte baja de su espalda. No me percaté de los sarpullidos de su rostro hasta que me acerqué para abrazarlo. Eran pequeños granos con el centro lleno de pus amarillento; le cubrían toda la piel del rostro, incluso los párpados. Parecía que tuviera la cara hinchada, oleosa, descolorida. Tenía intención de abrazarlo y dejar que me besara en la frente, pero en lugar de eso me quedé parada, mirándole la cara.

–Tengo un poco de alergia –dijo–. Nada serio.

Cuando me estrechó entre sus brazos, cerré los ojos antes de que me besara en la frente.

–Volveremos a vernos pronto –susurró Amaka antes de despedirnos.

Me llamó *nwanne m nwanyi*, «mi hermana». Se quedó fuera, diciéndonos adiós con la mano, hasta que dejé de verla a través de la luna trasera del coche.

Cuando padre empezó a recitar el rosario al salir de la finca, noté que su voz sonaba diferente, más cansada. Le miré la nuca, que no estaba cubierta de granos, pero también me pareció distinta; era más delgada, no se marcaban tanto los pliegues de la piel.

Me volví hacia Jaja. Quería que nuestras miradas se cruzaran para decirle cuánto me habría gustado pasar la Semana Santa en Nsukka, asistir a la ceremonia de confirmación de Amaka y a la misa pascual que ofrecería el padre Amadi, durante la cual había planeado cantar en voz alta. Pero Jaja tenía los ojos pegados a la ventanilla y, excepto para murmurar las plegarias, se mantuvo en silencio hasta que llegamos a Enugu.

El olor de fruta me invadió la nariz en cuanto Adamu abrió la puerta de la finca. Era como si aquellos muros altos guardaran el aroma de los anacardos maduros, de los mangos y de los aguacates. Me producía náuseas.

—Mira, los hibiscos púrpura están a punto de florecer —observó Jaja al salir del coche.

Los estaba señalando con el dedo, pero no era necesario que lo hiciera. Ya veía los capullos perezosos de forma ovalada en la parte frontal del jardín que se mecían en la brisa vespertina.

Al día siguiente era Domingo de Ramos, el día en que Jaja no fue a comulgar y padre lanzó su pesado misal por el aire y rompió las figuritas.

LOS DIOSES HECHOS PEDAZOS

Después del Domingo de Ramos

Todo se vino abajo después del Domingo de Ramos. El viento huracanado traía una lluvia violenta que arrancó de cuajo varios de los frangipanis del jardín. Yacían en el césped, con las flores rosas y blancas chafadas contra el suelo y las raíces llenas de tierra agitándose en el aire. La antena parabólica colocada encima del garaje se rompió y se cayó, y quedó en medio del camino como si se tratara de la nave espacial de unos extraterrestres que hubieran venido a visitarnos. La puerta de mi armario quedó completamente desencajada y Sisi rompió todo un juego de la colección de porcelana de madre.

Incluso el silencio que invadía la casa resultaba repentino, como si el viejo silencio se hubiera roto y nos hubiera dejado en medio de los pedazos puntiagudos. Cuando madre le pidió a Sisi que limpiara el suelo de la sala para asegurarse de que no quedara ninguno de los trozos de las figuritas escondido por algún rincón, no bajó la voz hasta convertirse en un susurro. Y tampoco disimuló la breve sonrisa que hizo que se le marcaran unas líneas de expresión en las comisuras de los labios. Ni llevó a escondidas la comida a la habitación de Jaja, envuelta entre paños para que pareciera la ropa sucia. Se la llevó en una bandeja blanca con un plato a juego.

Algo se cernía sobre todos nosotros. A veces deseaba que todo fuera un sueño: el misal lanzado contra la estantería, las figuritas hechas trizas, el ambiente crispado. Todo resultaba demasiado nuevo, demasiado extraño, y no sabía qué tenía que hacer ni cómo. Me dirigía al baño y a la cocina de puntillas. Durante la cena, mantenía la mirada fija en la fotografía del abuelo, en aquella en la que tenía aspecto de superhéroe rechoncho vestido con la capa y la capucha de los Caballeros de San Mulumba, hasta que llegaba el momento de rezar y cerraba los ojos. Jaja no consintió en salir de su habitación por mucho que padre se lo pidió. La primera vez, después del Domingo de Ramos, padre intentó abrir la puerta, pero no lo consiguió porque la había atrancado con el escritorio.

—Jaja, Jaja —lo llamó padre empujando la puerta—. Tienes que bajar a cenar con nosotros esta noche, ¿me oyes?

Pero Jaja no salió de su habitación y padre no dijo nada al respecto durante la cena; comía muy poco y bebía mucha agua; continuamente le pedía a madre que le dijera a «esa chica» que trajera más y más botellas de agua. La erupción de su rostro parecía haberse esparcido y hecho más grande; ahora era más indefinida, lo que le confería un aspecto aún más hinchado.

Mientras cenábamos, Yewande Coker llegó con su hija pequeña. Al saludarla y estrecharle la mano, me quedé mirando su rostro, su cuerpo, en busca de alguna señal de lo distinta que era la vida desde que Ade Coker había muerto. Pero, a excepción de su atuendo —una túnica negra, una blusa negra y un pañuelo negro cubriéndole el pelo por completo y la mayor parte de la frente—, tenía el mismo aspecto de siempre. Su hija, sentada muy formal en el sofá, tiraba de la cinta roja que le sujetaba el pelo trenzado en una cola de caballo. Cuando madre le preguntó si quería beber Fanta, ella negó con la cabeza sin dejar de tirar de la cinta.

—Por fin ha hablado, señor —anunció Yewande, con los ojos puestos en su hija—. Esta mañana ha dicho «mamá». He venido para decírselo.

—¡Alabado sea Dios! —exclamó padre en voz tan alta que me sobresaltó.

—Gracias a Dios —dijo madre.

Yewande se levantó del asiento y se arrodilló a los pies de padre.

—Gracias, señor —dijo—. Gracias por todo. Si no la hubiera llevado a ese hospital extranjero, ¿qué habría sido de mi hija?

—Levántate, Yewande —le pidió padre—. Ha sido Dios. El Señor provee por nosotros.

Aquella tarde, mientras padre se encontraba en su despacho rezando —lo oí leyendo un salmo en voz alta—, me dirigí a la habitación de Jaja y empujé la puerta. El escritorio que atrancaba la puerta hizo ruido al arrastrarlo para abrirla. Le conté a Jaja lo de la visita de Yewande y él asintió y dijo que madre ya se lo había explicado. La hija de Ade Coker no había vuelto a hablar desde su muerte. Padre había contratado a los mejores médicos y terapeutas, tanto de Nigeria como del extranjero, para que la visitaran.

—No sabía que no hablara desde la muerte de su padre —confesé—. Hace casi cuatro meses. Alabado sea el Señor.

Jaja me observó en silencio durante unos instantes. Su expresión me recordó a las viejas miradas con que Amaka me obsequiaba, aquellas que me hacían sentirme responsable de no sabía exactamente qué.

—No se curará nunca —auguró Jaja—. Puede que haya empezado a hablar, pero no se curará.

Al disponerme a salir de la habitación, retiré un poco el escritorio hacia un lado. No entendía por qué padre no había sido capaz de abrir la puerta, la mesa tampoco pesaba tanto.

Sentía verdadero pánico ante la perspectiva del Domingo de Pascua. Tenía mucho miedo de lo que podía ocurrir cuando Jaja volviera a saltarse la comunión. Y estaba claro que pensaba saltársela; lo revelaban sus largos silencios, el gesto de sus labios y la mirada fija de sus ojos que enfocaba objetos inexistentes durante largos intervalos de tiempo.

El Viernes Santo llamó tía Ifeoma. No nos habría encontrado si hubiéramos ido a misa por la mañana, como padre había previsto. Pero durante el desayuno las manos habían empezado a temblarle de tal manera que había derramado el té. Vi cómo el líquido se esparcía por la mesa de cristal. Luego dijo que necesitaba descansar y que ya iríamos a misa por la noche, a la que ofrecía el padre Benedict después de besar la cruz. El año anterior también habíamos ido a esa hora porque por la mañana padre había estado ocupado con algo relacionado con el *Standard*. Jaja y yo nos habíamos dirigido al altar el uno al lado del otro, y había visto a Jaja acercar los labios a la cruz de madera antes de que el monaguillo la limpiara y me la ofreciera a mí. Estaba muy fría. Un escalofrío había recorrido todo mi cuerpo y la piel de los brazos se me había puesto de carne de gallina. Después, ya sentada en el banco, había empezado a llorar en silencio, con las lágrimas resbalándome por las mejillas. Muchos de los que me rodeaban también estaban llorando, como hacían durante el vía crucis al lamentarse: «¡Oh, el Señor ha hecho mucho por mí!» o «¡Él murió por un mortal como yo!». Padre se había sentido complacido al ver mis lágrimas. Aún recordaba con claridad cómo se había acercado y me había acariciado la mejilla. Y aunque no estaba segura de por qué lloraba, ni siquiera de si el motivo de mi llanto era el mismo que el de toda aquella gente que se arrodillaba en los bancos, me sentía orgullosa de haber conseguido que padre hiciera aquel gesto.

Estaba pensando en todo aquello cuando llamó tía Ifeoma. El teléfono sonó mucho rato; yo pensé que madre lo cogería, ya que padre estaba durmiendo, pero no lo hizo. Así que fui al despacho y contesté yo.

La voz de tía Ifeoma era mucho más baja de lo habitual.

—Me han dado la carta de despido —dijo sin tan siquiera darme tiempo a preguntarle «¿Qué tal?»—. La causa que alegan es actividad ilegal. Me dan un mes. He pedido un visado en la embajada estadounidense. Y al padre Amadi ya le han confirmado que a final de mes se va a una misión a Alemania.

Eran dos golpes muy duros. Me quedé pasmada, como si llevara un saco de alubias atado en cada pantorrilla. Tía Ifeoma preguntó por Jaja y, al ir a avisarlo, estuve a punto de tropezar y caerme al suelo. Cuando Jaja terminó de hablar, colgó el teléfono y dijo:

—Nos vamos a Nsukka hoy mismo. Pasaremos allí la Semana Santa.

No le pregunté qué quería decir con aquello, ni cómo pensaba convencer a padre para que nos dejara marchar. Lo vi llamar a la puerta del dormitorio de padre y luego entrar.

—Nos vamos a Nsukka, Kambili y yo —oí que decía. No oí la respuesta de padre, pero sí a Jaja de nuevo—: No. Nos vamos hoy, no mañana. Si no nos lleva Kevin, nos marcharemos de todas formas. Si es necesario, iremos andando.

Me quedé en el rellano, las manos me temblaban de forma muy violenta. Sin embargo, no se me ocurrió taparme los oídos, ni contar hasta veinte. En lugar de eso, me fui a mi habitación y me senté junto a la ventana a contemplar el anacardo. Jaja entró para decirme que padre estaba de acuerdo en que Kevin nos llevara. Sostenía una bolsa de viaje preparada a toda prisa, tanto que ni siquiera había cerrado la cremallera. Me contempló sin decir nada mientras echaba algunas cosas dentro de otra bolsa; balanceaba el peso de su cuerpo, ahora sobre una pierna, ahora sobre la otra, impaciente.

—¿Está padre acostado? —le pregunté, pero él no me contestó y se volvió para dirigirse abajo.

Llamé a la puerta del dormitorio de padre y la abrí. Estaba sentado en la cama; los pantalones rojos de su pijama tenían un aspecto poco pulcro. Madre le estaba sirviendo agua en un vaso.

—Adiós, padre —me despedí.

Se levantó para abrazarme. Su rostro tenía un aspecto mucho más despejado del que mostraba por la mañana y la erupción parecía estar desapareciendo.

—Nos veremos pronto —me dijo, y me besó en la frente.

Abracé a madre antes de salir de la habitación. De pronto, la escalera me pareció muy frágil, como si fuera a derrumbarse y a aparecer en su lugar un gran agujero para impedir que me marchara. Descendí con cuidado hasta llegar abajo. Jaja me estaba esperando al pie de la escalera; estiró el brazo para coger mi bolsa.

Kevin estaba de pie junto al coche cuando salimos.

—¿Quién va a llevar a vuestro padre a la iglesia? —preguntó, mirándonos con recelo—. No está en condiciones de conducir.

Jaja guardó silencio durante mucho tiempo y por fin entendí que no pensaba dar a Kevin una respuesta. Entonces dije:

—Padre ha dicho que debes llevarnos a Nsukka.

Kevin se encogió de hombros y masculló:

—Vaya tontería de viaje, ¿no podríais dejarlo para mañana?

Y acto seguido puso el motor en marcha. Permaneció callado todo el viaje; por el retrovisor observaba sus miradas fugaces, dirigidas en especial a Jaja.

Noté que tenía el cuerpo cubierto por una capa de sudor, como una segunda piel transparente. Las gotas enseguida empezaron a resbalarme por la nuca, por la frente, por debajo de los senos. Habíamos abierto la puerta trasera para que corriera el aire, a pesar del continuo tráfico de moscas zumbadoras que volaban en círculo alrededor de una olla de sopa un poco estropeada. Según Amaka, teníamos que elegir entre las moscas —a las que trataba de abatir— o pasar aún más calor.

Obiora llevaba solo unos pantalones cortos de color caqui. Se encontraba encorvado sobre el hornillo de queroseno, tratando de hacer que la mecha prendiera. Tenía los ojos enrojecidos por el gas.

—La mecha está tan gastada que ya casi no hay manera de que prenda —se quejó cuando por fin lo consiguió—. De todas formas, deberíamos gastar las bombonas de butano. No tiene sentido reservarlas, ya que no nos van a hacer falta por mucho tiempo más.

Cuando se incorporó, vi que el sudor se aferraba a sus costillas. Cogió un periódico viejo y se abanicó un rato; luego lo utilizó para matar moscas.

—*Nekwa!* ¡No las eches en mi olla! —le riñó Amaka mientras vertía aceite de palma de un vistoso color rojizo en el cacharro.

—No tenemos por qué diluir más aceite de palma. Podemos permitirnos utilizar aceite vegetal estas últimas semanas —observó Obiora sin dejar de ocuparse de las moscas.

—Hablas como si mamá ya hubiera obtenido el visado —le espetó Amaka.

Luego colocó la olla sobre el quemador del hornillo. El fuego asomó por debajo del recipiente. Todavía era de color naranja intenso y despedía gases; aún no se había estabilizado hasta tomar un tono azul puro.

—Lo obtendrá. Debemos ser positivos.

—¿Es que no has oído cómo esa gente de la embajada estadounidense trata a los nigerianos? Te insultan, te tachan de embustero y encima te deniegan el visado, ¿eh? —se enfadó Amaka.

—A mamá le darán el visado. La respalda una universidad —insistió Obiora.

—¿Y qué? Las universidades respaldan a muchos de los que no lo consiguen.

Entonces empecé a toser. La cocina estaba llena de un humo blanco muy espeso originado por el aceite de palma, y aquello mezclado con el calor y las moscas hizo que me sintiera mareada.

—Kambili, sal al porche hasta que desaparezca el humo —me aconsejó Amaka.

—No pasa nada —me hice la valiente.

—Sal, *biko*.

Le hice caso y salí al porche, todavía tosiendo. Era evidente que no estaba acostumbrada a diluir aceite de palma, ya que solía utilizar el vegetal que no necesitaba de aquel proceso. Pero los ojos de Amaka no albergaban ni resentimiento ni burla, y tampoco vi que torciera el gesto. Me sentí agradecida de que luego me pidiera que la ayudara a cortar el *ugu* para la sopa. No solo le eché una mano con el *ugu*, sino que también cociné el *garri*. Al no disponer de su atenta supervisión, no añadí suficiente agua caliente y el *garri* resultó compacto y suave. Me serví un poco en un plato llano, lo aparté a un lado y a continuación me eché un cucharón de sopa en el mismo plato. Contemplé cómo la sopa se extendía y empapaba el *garri*. Era la primera vez que lo veía ya que en casa Jaja y yo utilizábamos platos distintos para cada cosa.

Comimos en el porche, aunque allí hacía casi tanto calor como en la cocina. Los barrotes quemaban tanto como las asas de una olla recién retirada del fuego.

—*Papa-nnukwu* solía decir que un sol tan rabioso en plena estación de las lluvias augura una descarga de agua inminente —recordó Amaka al sentarnos en la esterilla con la comida.

Comimos muy rápido a causa del calor. Hasta la sopa sabía a sudor. Después nos dirigimos en tropel a casa de los vecinos del ático y nos instalamos en el porche para ver si allí soplaba un poco de aire. Amaka y yo nos quedamos de pie junto a la barandilla y nos asomamos a mirar. Obiora y Chima se pusieron en cuclillas para ver a los niños que jugaban apiñados en el suelo alrededor del tablero de parchís y el dado rodante. Alguien echó un cubo de agua en el porche y los niños se tumbaron de espaldas en el suelo mojado.

Me fijé en un Volkswagen rojo que pasaba por la avenida Marguerite Cartwright. El coche hizo mucho ruido al acelerar. Desde el porche, pude distinguir que en algunas zonas la pintura se había decolorado y parecía cobriza. Al ver cómo se alejaba, sentí nostalgia, no sabía exactamente por qué. Tal vez porque al acelerar hacía el mismo ruido que el coche de tía Ifeoma y aquello me recordó que en poco tiempo no volvería a verla ni a ella ni a su coche. Había ido a la comisaría a pedir un informe conforme no tenía antecedentes penales que luego presentaría durante la entrevista para conseguir el visado. Jaja la había acompañado.

—Supongo que en Estados Unidos no nos hará falta colocar ninguna reja en la puerta —dijo Amaka, como si adivinara lo que estaba pensando.

Se estaba abanicando con mucho brío con un periódico doblado.

—¿Cómo?

—Algunos alumnos de mamá entraron una vez en su despacho y le robaron las preguntas del examen. Después de aquello, les pidió a los de mantenimiento que le instalaran rejas en la puerta y en las ventanas, pero ellos alegaron que no había suficiente dinero. ¿A que no te imaginas lo que hizo? —Amaka se volvió a mirarme; una sonrisa asomaba por las comisuras de sus labios. Yo negué con la cabeza—. Se fue a una obra y le regalaron barras metálicas. Luego le pidió a Obiora que la ayudara a montar las rejas. Taladramos el muro alrededor de la puerta y las ventanas y aseguramos las barras con cemento.

—Vaya —me admiré.

Tenía ganas de estirar el brazo y tocar a Amaka.

—Y también colocó un cartel en la puerta que decía: LAS PREGUNTAS DEL EXAMEN ESTÁN EN EL BANCO. —Amaka sonrió y empezó a doblar el periódico una y otra vez—. Estados Unidos no me gustará. No será lo mismo que aquí.

—Por fin podrás tomar leche fresca, se habrán acabado los botes minúsculos de leche condensada y la leche casera de soja —la animé.

Amaka se echó a reír; las carcajadas dejaban su hueco interdental al descubierto.

—Eres muy divertida —dijo.

Era la primera vez que me decían algo así. Me reservé aquellas palabras para reflexionar sobre ellas más tarde, para pensar en el hecho de que había conseguido que se riera, de que era capaz de hacerlo.

Entonces empezó a llover, la cortina de agua era tan espesa que me impedía ver los aparcamientos al otro lado del jardín. El cielo, la lluvia y la tierra se acabaron confundiendo para formar una película plateada que no cesaba de pasar por delante de mis ojos. Entramos corriendo en el piso y salimos de nuevo con cubos que contemplamos llenarse casi de inmediato con el agua de lluvia. A los niños del vecindario les faltó tiempo para salir al jardín vestidos con sus pantalones cortos y empezar a dar vueltas contentos de que aquella lluvia trajera agua limpia y no aquella mezclada con tierra que dejaba toda la ropa llena de manchas marrones. El fenómeno cesó tan rápido como había empezado y enseguida volvió a salir el sol, tímido, como si se desperezara después de hacer la siesta. Los cubos estaban llenos; retiramos las hojas y las pequeñas ramas que flotaban en el agua y los trasladamos dentro.

Al volver a salir al porche, vi que el coche del padre Amadi entraba en la finca. Obiora también lo vio y, riendo, preguntó:

—¿Me lo parece a mí o el padre nos visita más a menudo cuando está Kambili?

Amaka y él aún se reían cuando el padre Amadi llegó a lo alto del pequeño tramo de escaleras.

—Seguro que Amaka ha dicho algo referente a mí —dijo mientras tomaba a Chima entre sus brazos. Estaba de pie, de espaldas al sol que, al ponerse, lucía un color rojo que lo hacía parecer ruborizado y que imprimía a la piel del padre Amadi un aspecto radiante.

Observé cómo Chima se aferraba a él y cómo a Amaka y a Obiora les brillaban los ojos al mirarlo. Amaka le estaba haciendo preguntas acerca de su futuro trabajo en la misión de Alemania, pero no oí gran cosa de lo que le dijo. En realidad, no estaba escuchando. Dentro de mí se removían demasiadas cosas, las emociones me habían formado un nudo en el estómago y me hacía ruido.

—¿Ves cómo Kambili no me da la lata como tú?

El padre Amadi riñó cariñosamente a Amaka. Me estaba mirando y yo me di cuenta de que lo había dicho para involucrarme en la conversación, para llamar mi atención.

—Los misioneros blancos nos trajeron a su dios —dijo Amaka—. Tiene la piel del mismo color que ellos, se le adora en su idioma y venía embalado en cajas que ellos han fabricado.

Ahora que les devolvemos a su dios, ¿no deberíamos al menos volver a empaquetarlo?

El padre Amadi esbozó una sonrisa de complicidad y replicó:

—En general, nos desplazamos a Europa y a América porque es donde están perdiendo sacerdotes. Afortunadamente, allí no hay ninguna cultura indígena que pacificar.

—¡Padre! ¡Haga el favor de hablar en serio! —Amaka se rió.

—Solo si tú intentas parecerte a Kambili y no vuelves a darme tanto la lata.

Entonces el teléfono empezó a sonar. Amaka obsequió al padre Amadi con una mueca antes de entrar en el piso.

El padre Amadi se sentó a mi lado.

—Pareces preocupada —dijo. Pero antes de que pudiera pensar qué responderle, estiró el brazo y me dio una palmada en la pierna. Cuando levantó la mano, me mostró el mosquito chafado lleno de sangre. Había ahuecado la palma de la mano para que la palmada no me doliera mucho y aun así poder matar al mosquito—. Se le veía muy feliz alimentándose de ti —añadió, mirándome.

—Gracias —dije.

Volvió a acercar la mano para limpiarme la mancha. El tacto de su dedo me resultó muy cálido y muy vivo. No me había dado cuenta de que mis primos se habían marchado; el porche había quedado sumido en un silencio tal que era capaz de oír las gotas de lluvia que resbalaban de las hojas.

—Dime en qué piensas —me pidió.

—No importa.

—Lo que tú piensas me importa siempre, Kambili.

Me levanté y empecé a andar por el jardín. Arranqué unas cuantas flores amarillas de alemanda que todavía estaban mojadas y las deslicé por mis dedos como había visto hacer a Chima. Hacía el mismo efecto que llevar un guante perfumado.

—Pensaba en mi padre. No sé qué ocurrirá cuando volvamos.

—¿Ha llamado?

—Sí. Jaja se negó a ponerse al teléfono y yo tampoco hablé con él.

—¿Te apetecía hacerlo? —me preguntó con delicadeza.

No era lo que esperaba que me dijera.

—Sí —susurré para que Jaja no pudiera oírme, aunque no se encontraba cerca. Quería hablar con padre, oír su voz, decirle qué había comido y qué había rezado para que me diera su aprobación, para que en su rostro se dibujara aquella sonrisa tan amplia que hacía que le aparecieran arruguitas en las comisuras de los ojos. Y, sin embargo, al mismo tiempo no quería hablar con él. Deseaba marcharme con el padre Amadi, o con tía Ifeoma, y no volver nunca más—. En dos semanas empezarán las clases y tía Ifeoma tal vez se haya ido —continué—. No sé lo que haré entonces. Jaja no quiere hablar del día de mañana, ni de la semana que viene.

El padre Amadi se me acercó y se detuvo tan cerca que si hubiera hinchado el vientre, este habría rozado su cuerpo. Me cogió la mano; con cuidado, retiró una flor de entre mis dedos y la deslizó entre los suyos.

—Tu tía piensa que Jaja y tú deberíais ir a un internado. La semana que viene iré a Enugu a hablar con el padre Benedict. Sé que tu padre suele escucharlo. Le pediré que lo convenza para que Jaja y tú podáis empezar el próximo trimestre. Las cosas irán bien, *inugo?*

Asentí y aparté la mirada. Creía lo que decía, que las cosas irían bien solo porque él lo decía. Entonces me acordé de las clases de catequesis, de cómo contestábamos siempre la misma frase a una pregunta; la respuesta decía: «Palabra de Dios, te alabamos, Señor». No recordaba la pregunta.

—Mírame, Kambili.

Tenía miedo de mirar sus ojos castaños tan cálidos. Tenía miedo de derretirme y echarle los brazos al cuello, de entrelazar mis dedos y no querer soltarme. Me volví.

—¿Es esta la flor que se liba? ¿La que tiene el jugo muy dulce? —preguntó.

Había cogido la alemanda de entre sus dedos y la estaba observando.

Sonreí.

—No, es el jugo de la ixora.

Entonces soltó la flor y me miró con gesto sardónico.

—¡Ah!

Me eché a reír. Me reía porque las flores de alemanda eran de un amarillo intenso. Me reía al imaginar lo amargo que le habría parecido su jugo al padre Amadi si hubiera llegado a libarla. Me reía porque sus ojos castaños eran tan oscuros que me veía reflejada en ellos.

Aquella noche, al bañarme en un balde lleno de agua de lluvia, no me limpié la mano izquierda, la que el padre Amadi había sostenido con suavidad para quitarme la flor. Tampoco puse a calentar el agua porque tenía miedo de que la resistencia eléctrica le robara al agua el aroma del cielo. Durante el baño canté. En la bañera volvía a haber lombrices; esta vez las dejé allí y contemplé cómo las arrastraba el agua por el desagüe.

La brisa que siguió a la lluvia era tan fresca que me obligó a ponerme un jersey; incluso tía Ifeoma llevaba una blusa de manga larga a pesar de que acostumbraba a rondar por la casa vestida solo con una túnica. Estábamos todos sentados en el porche, hablando, cuando el coche del padre Amadi asomó por delante de la casa.

—Había dicho que hoy tenía mucho trabajo, padre —se extrañó Obiora.

—Digo esas cosas para justificar el sueldo que me paga la Iglesia —ironizó el padre Amadi.

Tenía aspecto de cansado. Le tendió a Amaka un trozo de papel y le dijo que había escrito en él algunos nombres aburridos, que no tenía más que escoger uno y se marcharía. Después de que el obispo lo hubiera utilizado para su confirmación, no tenía por qué volver ni siquiera a mencionarlo. El padre Amadi puso los ojos en blanco mientras pronunciaba cada palabra despacio, con meticulosidad. Amaka se echó a reír pero no cogió el papel.

—Ya le he dicho que no pienso elegir ningún nombre inglés, padre —insistió.

—Te he preguntado por qué.

—¿Por qué tengo que hacerlo?

—Porque las cosas funcionan así. Deja estar por ahora el hecho de si están bien o mal planteadas —justificó el padre Amadi.

Vi que tenía ojeras.

—Al llegar los primeros misioneros, desestimaron los nombres autóctonos. Insistieron en que la gente eligiera nombres ingleses para ser bautizada. ¿No deberíamos avanzar un poco?

—Ahora las cosas son distintas, Amaka, no hagas de esto un drama —dijo el padre Amadi en tono calmado—. Nadie tiene por qué utilizar ese nombre. Fíjate en mí: siempre he utilizado mi nombre igbo, pero me bautizaron Michael y me confirmaron como Victor.

Tía Ifeoma levantó la cabeza de los formularios que estaba rellenando.

—Amaka, *ngwa*, elige un nombre y deja que el padre Amadi vaya a hacer su trabajo.

—¿Cuál es el problema? —le espetó Amaka al padre Amadi como si no hubiera oído a su madre—. ¿Por qué la Iglesia considera que la confirmación solo es válida si se hace eligiendo un nombre inglés? «Chiamaka» quiere decir «Dios es bello»; «Chima» significa «Dios es el más sabio»; y «Chiebuka», «Dios es el más grande». ¿Es que esos nombres no glorifican a Dios tanto como Paul, Peter o Simon?

Tía Ifeoma estaba empezando a enfadarse, lo noté en el volumen de su voz, en el tono cortante.

—*O gini!* ¡No se trata de demostrar que el procedimiento es absurdo! ¡Haz el favor de elegir un nombre y que te confirmen! ¡Nadie está diciendo que tengas que utilizarlo luego!

Pero Amaka se negó.

—*Ekwerom* —le respondió a tía Ifeoma. «No estoy de acuerdo.»

Luego se encerró en su habitación y puso la música muy alta hasta que tía Ifeoma golpeó la puerta y le gritó que se estaba ganando una bofetada si no hacía el favor de bajar el volumen de inmediato. Amaka obedeció. El padre Amadi se marchó medio sonriente, mostrando una expresión de desconcierto.

Aquella noche bajaron las temperaturas. Cenamos todos juntos pero no se oyeron muchas risas. Al día siguiente, Domingo de Pascua, Amaka no se reunió con el resto de los jóvenes vestidos de blanco que llevaban un cirio encendido en la mano, envuelto entre papeles de periódico para recoger la cera fundida. Todos llevaban un trozo de papel prendido en la ropa con su nombre escrito: Paul, Mary, James, Veronica.

Algunas muchachas parecían novias y me hicieron recordar el día de mi propia confirmación, en el que padre me dijo que era una novia, la novia de Cristo. Me sorprendió oír aquello porque yo creía que la novia de Cristo era la Iglesia.

Tía Ifeoma quiso ir en peregrinación a Aokpe. Ni ella misma sabía por qué de repente sentía tantas ganas, nos dijo que tal vez se debiera a la perspectiva de su ausencia prolongada. Amaka y yo decidimos acompañarla. En cambio, Jaja dijo que él no pensaba ir y luego se quedó en silencio, impávido, como si tratara de desafiarnos a que le preguntáramos por qué. Obiora decidió que él también se quedaba y que cuidaría de Chima. A tía Ifeoma no pareció importarle demasiado y dijo sonriente que, ya que no venía ningún hombre, le preguntaría al padre Amadi si quería acompañarnos.

—Que me convierta en murciélago si el padre Amadi acepta la invitación —dijo Amaka.

Pero el padre Amadi la aceptó. Cuando tía Ifeoma colgó el teléfono y anunció que sí que vendría, Amaka soltó:

—Es por Kambili. No habría accedido nunca de no ser por Kambili.

Tía Ifeoma nos llevó al pueblo polvoriento que estaba a unas dos horas en coche. Yo me coloqué detrás, con el padre Amadi, separados por el espacio del centro. Amaka y él se dedicaron a cantar durante el trayecto. La carretera llena de baches hacía que el vehículo fuera dando bandazos por la carretera y me imaginé que estaba bailando. De vez en cuando cantaba con ellos, otras veces permanecía callada y escuchaba mientras me preguntaba qué sentiría si me acercara a él, si me situara en el espacio que nos separaba y apoyara la cabeza en su hombro.

Cuando por fin giramos por el camino sin asfaltar indicado por una señal pintada a mano que rezaba BIENVENIDOS A LAS APARICIONES DE AOKPE, lo primero que observé fue un caos. Había centenares de coches, muchos con carteles pintarrajeados en los que se leía CATÓLICOS EN PEREGRINACIÓN, que se disputaban el paso para entrar en una población diminuta que tía Ifeoma aseguraba que no había conocido más de una decena de coches en su historia hasta que una lugareña empezó a ver a la Virgen. La gente se apiñaba de tal forma que el olor de los que estaban cerca acababa resultando tan familiar como el propio. Las mujeres se arrodillaban. Todos señalaban a algún lugar y gritaban:

—Mirad, allí, en el árbol. ¡Es Nuestra Señora!

Otros apuntaban al sol radiante:

—¡Ahí está!

Nos detuvimos debajo de un enorme flamboyán. Se encontraba en plena floración, las flores se distribuían por las anchas ramas en forma de abanico y el suelo estaba cubierto de pétalos de color de fuego. Cuando hicieron salir a la joven, el árbol se balanceó y empezó a caer una lluvia de flores. La chica era delgada y tenía un aspecto solemne. Iba vestida de blanco y la protegía una comitiva de hombres forzudos para evitar que la multitud la atropellara. Acababa de pasar por delante de nosotros cuando algunos árboles más empezaron a agitarse con una energía aterradora, como si alguien los estuviera sacudiendo. La cinta que acordonaba el área de las apariciones también empezó a temblar, a pesar de que no soplaba ni una pizca de viento. El sol se había vuelto de color blanco y parecía una hostia. Y entonces se me apareció: era la Virgen María que tomaba el aspecto de una imagen sobre el fondo pálido del sol, de un reflejo rojizo en el dorso de mi mano, de una sonrisa en el rostro del hombre engalanado con un rosario cuyo brazo rozaba el mío. Estaba en todas partes.

Me habría gustado quedarme allí más tiempo, pero tía Ifeoma dijo que teníamos que irnos porque resultaría imposible salir cuando lo hiciera todo el mundo. De camino al coche, compró algunos rosarios, escapularios y unos frascos pequeños de agua bendita.

—Da igual si se ha aparecido o no Nuestra Señora —dijo Amaka al subir al coche—. Aokpe siempre será un lugar especial porque fue el motivo inicial de que Kambili y Jaja vinieran a Nsukka.

—¿Quieres decir que no crees en la aparición? —preguntó el padre Amadi con retintín.

—Yo no he dicho eso —se defendió Amaka—. ¿Y usted? ¿Cree en ella?

El padre Amadi no dijo nada; parecía muy concentrado en bajar la ventanilla para echar a una mosca zumbadora.

—Yo he sentido la presencia de la Virgen, la he notado —afirmé.

¿Cómo podían no creer en ello después de lo que habíamos visto? ¿O es que no habían observado y sentido lo mismo que yo?

El padre Amadi se volvió a mirarme, lo vi por el rabillo del ojo. En su rostro se dibujó una amplia sonrisa. Tía Ifeoma también me miró un momento; luego se volvió hacia la carretera.

—Kambili tiene razón —concluyó—. En ese lugar ha ocurrido algo divino.

Acompañé al padre Amadi a despedirse de las familias del campus. Muchos de los hijos de los profesores se aferraban con fuerza a él; cuanto más fuertemente lo hicieran, más difícil lo tendría para librarse de su abrazo y marcharse de Nsukka. No nos dijimos gran cosa. Cantamos los coros en igbo que habitualmente sonaban en la radio del coche. Fue precisamente una de aquellas canciones, «Abum onye n'uwa, onye ka m bu n'uwa», la que hizo fluir mis palabras al subirnos al coche:

—Te quiero.

Se volvió a mirarme con una expresión que no había visto nunca; sus ojos denotaban una especie de tristeza. Se inclinó por encima del cambio de marchas y apretó su mejilla contra la mía. Yo tenía ganas de que nuestros labios se encontraran y se mantuvieran juntos, pero él se retiró.

—Tienes casi dieciséis años, Kambili. Eres muy guapa. A lo largo de tu vida encontrarás más amor del que te va a hacer falta —dijo.

No sabía si echarme a reír o a llorar. Estaba equivocado, muy equivocado.

De camino a casa, me dediqué a contemplar los edificios. Los espacios vacíos entre los setos se habían poblado y las ramas verdes se extendían hasta tocarse unas con otras. Me habría gustado alcanzar a ver los patios para mantener la mente ocupada imaginándome cómo sería la vida de la gente que había detrás de la ropa tendida, de los árboles frutales y de los columpios. Me habría gustado poder pensar en algo, en lo que fuera, para no sentir más. Me habría gustado hacer desaparecer las lágrimas de mis ojos con un parpadeo.

Al llegar, tía Ifeoma me preguntó si me encontraba bien, si había ocurrido algo.

—Estoy bien, tía —mentí.

Ella me miró como si supiera que no era cierto.

—¿Estás segura, *nne*?

—Sí, tía.

—Alegra esa cara, *inugo?* Y, por favor, reza por que me vaya bien la entrevista para el visado. Mañana me voy a Lagos.

—¡Ah! —exclamé. Noté que me invadía otra oleada de tristeza—. Claro, tía —aseguré, aunque era consciente de que no lo haría, no sería capaz.

Sabía que era lo que ella quería, que no tenía muchas más opciones, por no decir ninguna otra. Aun así, no rezaría para que le concedieran el visado. No podía rezar por aquello que no deseaba.

Amaka estaba en el dormitorio, tumbada escuchando música con el radiocasete muy cerca de la oreja. Me senté en la cama con la esperanza de que no me preguntara qué tal me había ido el día con el padre Amadi. No dijo nada, se limitó a marcar el ritmo de la música con la cabeza.

—Estás cantando —dijo al cabo de un rato.

—¿Cómo?

—Estás cantando al mismo tiempo que Fela.

—¿De verdad?

Me quedé mirando a Amaka y me pregunté si sufría alucinaciones.

—¿Cómo voy a conseguir cintas de Fela en Estados Unidos? ¿Eh? ¿Cómo?

Quise decirle que estaba segura de que las encontraría, esas y cualquier otra cinta que buscara, pero no lo hice. Era señal de que tenía asumido que a tía Ifeoma iban a concederle el visado y, además, no estaba muy segura de que aquello fuera lo que Amaka deseaba oír.

Tuve un nudo en el estómago todo el tiempo hasta que tía Ifeoma regresó de Lagos. La habíamos estado esperando en el porche a pesar de que había luz y podríamos haberla esperado dentro, viendo la televisión. Esta vez los insectos no volaban a nuestro alrededor, quizá porque notaban la tensión en el ambiente. En lugar de eso, revoloteaban cerca de la bombilla que había encima de la puerta, sorprendidos al topar contra el cristal. Amaka había sacado el abanico y al agitarlo el sonido formaba un coro con el ruido del frigorífico.

Al detenerse un coche delante del piso, Obiora se levantó de un salto y salió corriendo.

—¡Mamá! ¿Cómo te ha ido? ¿Te lo han concedido?

—Sí —anunció tía Ifeoma mientras se aproximaba al porche.

—¡Te han concedido el visado! —gritó Obiora, y Chima repitió sus palabras de inmediato, acercándose corriendo a abrazar a su madre.

Amaka, Jaja y yo no nos levantamos. Le dimos la enhorabuena a tía Ifeoma y la observamos cuando entró a cambiarse. Enseguida volvió a salir vestida con una túnica atada de manera informal alrededor del cuerpo. La túnica, que no alcanzaba a cubrirle las pantorrillas, habría llegado hasta los tobillos de cualquier mujer de estatura normal. Se sentó y le pidió a Obiora que le trajera un vaso de agua.

—No pareces muy contenta, tía —observó Jaja.

—Ah, *nna m*, sí que lo estoy. ¿Sabes a cuántas personas les deniegan el visado? A mi lado había una mujer que ha estado llorando hasta que ya pensaba que por las mejillas debía de correrle sangre en lugar de lágrimas. No hacía más que preguntar: «¿Cómo es posible que me denieguen el visado? Ya les he demostrado que tengo dinero en el banco. ¿Cómo pueden decir que no voy a volver? Aquí tengo propiedades. Propiedades. ¿Me oyen?». Lo repitió una y otra vez: «Tengo propiedades». Creo que quería ir a Estados Unidos para asistir a la boda de su hermana.

—¿Por qué le han denegado el permiso? —quiso saber Obiora.

—No lo sé. Si están de buen humor, te lo conceden; si no, te lo deniegan. Eso es lo que ocurre cuando alguien siente desprecio hacia uno. Se creen que somos balones de fútbol que pueden chutar en una u otra dirección a su antojo.

—¿Cuándo nos marcharemos? —preguntó Amaka con voz cansada.

Me di cuenta de que en aquel momento no le importaba en absoluto la mujer que lloraba, ni el hecho de que a los nigerianos los trataran a patadas, ni nada de nada.

Tía Ifeoma se bebió todo el vaso de agua antes de seguir hablando.

—Tenemos que dejar el piso en dos semanas. Sé que están esperando a que no lo haga para enviar a los de seguridad a ponerme de patitas en la calle.

—¿Quieres decir que dentro de dos semanas saldremos de Nigeria? —se alarmó Amaka.

—¿Te crees que hago magia o qué? —replicó tía Ifeoma. Su tono estaba falto de humor. De hecho, su voz no denotaba más que cansancio—. Antes tengo que conseguir el dinero para los billetes. No son baratos. Tendré que pedirle a tío Eugene que me ayude, así que creo que lo mejor será que vayamos a Enugu con Kambili y Jaja, tal vez la semana que viene. Nos quedaremos allí hasta que estemos a punto para partir.

Así también tendré oportunidad de hablar con tu tío Eugene acerca de buscarles a Jaja y Kambili un internado. —Tía Ifeoma se volvió a mirarnos—. Intentaré por todos los medios convencer a vuestro padre. El padre Amadi se ha ofrecido a hablar con el padre Benedict para que este también se lo comente. Creo que asistir a una escuela lejos de casa será lo mejor para los dos.

Asentí. Jaja se levantó y entró en el piso. En el aire se respiraba una sensación de irrevocabilidad, una sensación que pesaba y dejaba un gran vacío.

La víspera de la marcha del padre Amadi llegó sin darme cuenta. Vino por la mañana. Despedía aquel aroma a colonia masculina que yo notaba incluso cuando no estaba presente; lucía una sonrisa infantil muy suya e iba vestido con la sotana.

Obiora alzó la vista y recitó:

—De lo más profundo de África, llegan los misioneros que van a convertir Occidente.

El padre Amadi se echó a reír.

—Obiora, quienquiera que te proporcione esos libros heréticos tiene que dejar de hacerlo.

Su risa también sonaba igual que siempre. Nada parecía haber cambiado excepto el hecho de que mi vida, mi nueva vida tan frágil, estaba a punto de romperse en mil pedazos. De pronto me invadió un gran enojo que me cerró los orificios nasales y me dificultó el paso del aire. Aquella sensación me resultaba extraña y reconfortante. Perseguí sus labios con la mirada, y también la forma de su nariz, mientras hablaba con tía Ifeoma y con mis primos, sin dejar de alimentar mi ira. Al final, me pidió que lo acompañara hasta el coche.

—Tengo que reunirme con los miembros del consejo parroquial para comer; me han invitado. Pero puedes venir y pasar una o dos horas conmigo mientras acabo de recoger las cosas de la capellanía —me ofreció.

—No.

Se me quedó mirando, muy parado.

—¿Por qué?

—Porque no quiero.

Estaba de pie, con la espalda apoyada en el coche. Se me acercó y se detuvo justo enfrente.

—Kambili —pronunció.

Quería pedirle que hiciera el favor de pronunciar mi nombre de otra forma porque no tenía derecho a hacerlo como hasta entonces. Ya nada debía ser igual que antes; de hecho, ya nada lo era. Él se marcharía. Llegado aquel punto, me vi obligada a respirar por la boca.

—El primer día que me llevaste al estadio, ¿te lo pidió tía Ifeoma? —quise saber.

—Estaba preocupada por ti, porque ni siquiera eras capaz de mantener una conversación con los niños del piso de arriba. Pero no me pidió que te llevara conmigo. —Estiró el brazo para ponerme bien la manga de la blusa—. Fui yo quien quiso que vinieras. Y después de aquel primer día, quise que vinieras siempre.

Me agaché para arrancar una brizna de hierba, estrecha como una aguja de color verde.

—Kambili —volvió a decir—. Mírame.

Pero no lo hice. Continué con los ojos fijos en la brizna de hierba como si aquella contuviera un código que yo pudiera descifrar si me concentraba en ella, un código que pudiera explicarme por qué me habría gustado que dijera que no había sido él quien había querido llevarme consigo aquel primer día y así tener un motivo para estar aún más enfadada, un motivo que alejara aquellas ganas de llorar sin cesar.

Se subió al coche y puso el motor en marcha.

—Volveré a verte esta noche.

Me quedé mirando el coche hasta que desapareció cuesta abajo, camino de la avenida Ikejiani. Aún seguía allí cuando Amaka se me acercó y me pasó suavemente el brazo por los hombros.

—Obiora dice que debes de haberte acostado, o algo parecido, con el padre Amadi. Nunca habíamos observado ese brillo en sus ojos —dijo Amaka riéndose.

No sabía si hablaba en serio, pero no tenía ningunas ganas de pensar en lo extraño que resultaba estar comentando si me había acostado o no con el padre Amadi.

—Tal vez cuando vayamos a la universidad te unas a mí en una campaña a favor del celibato opcional —sugirió—. O quizá sea mejor que a los sacerdotes se les permita fornicar de vez en cuando. ¿Qué tal una vez al mes?

—Amaka, por favor, para ya.

Me volví y me dirigí al porche.

—¿Quieres que abandone el sacerdocio? —Ahora Amaka parecía hablar en un tono más serio.

—No lo hará.

Amaka ladeó la cabeza, pensativa, y sonrió.

—Nunca se sabe —apuntó antes de entrar en la sala.

Me dediqué a copiar una y otra vez en mi libreta la dirección de Alemania del padre Amadi. Aún seguía copiándola, probando distintas caligrafías, cuando él llegó. Me retiró la libreta y la cerró. Quise decirle «Te echaré de menos», pero en vez de eso le dije:

—Te escribiré.

—Yo lo haré primero —contestó.

No me di cuenta de que las lágrimas me resbalaban por las mejillas hasta que el padre Amadi estiró el brazo para enjugarlas; me pasó la palma de la mano por el rostro. Luego me estrechó entre sus brazos y me retuvo así un rato.

Tía Ifeoma había invitado a cenar al padre Amadi y todos nos sentamos a la mesa a comer arroz y alubias. Oía las risas y las conversaciones acerca del estadio y de los tiempos pasados, pero no me sentía involucrada. Estaba bastante ocupada tratando de cerrar algunas puertas dentro de mi persona, ya que no me harían ninguna falta cuando el padre Amadi no estuviera.

Aquella noche no dormí bien. Me removí tantas veces en la cama que acabé despertando a Amaka. Quise explicarle lo que había soñado: que un hombre me perseguía por un sendero pedregoso cubierto de pétalos de alemanda chafados. Al principio se trataba del padre Amadi con la sotana al viento, pero luego se transformó en padre vestido con el saco gris hasta el suelo que se ponía el Miércoles de Ceniza. Pero no le conté el sueño a Amaka. Dejé que me cogiera la mano y me tranquilizara, como si fuera una niña pequeña, hasta que me quedé dormida. Me alegré de despertarme, de contemplar el rayo de sol matutino a través de la ventana lanzando destellos del color de una naranja madura.

El equipaje estaba preparado. Sin las estanterías, el pasillo parecía muy ancho. En el dormitorio de tía Ifeoma solo quedaban algunas cosas por el suelo, las que teníamos que gastar hasta que llegara el momento de partir para Enugu: un saco de arroz, un bote de leche y otro de Bournvita. El resto de los envases, las cajas y los libros o bien ya estaban empaquetados, o bien tía Ifeoma los había regalado. Parte de la ropa fue a parar a los vecinos.

—*Mh*, ¿por qué no me regalas ese vestido azul que te pones para ir a la iglesia? Después de todo, en Estados Unidos podrás comprarte más —le dijo a tía Ifeoma la mujer que vivía en el piso de arriba.

Tía Ifeoma entrecerró los ojos, molesta, no sé si por el hecho de que la vecina le reclamara la prenda o porque le había sacado a colación Estados Unidos. Sin embargo, al final no le regaló el vestido.

En el ambiente se respiraba inquietud, parecía que nos hubiéramos dado demasiada prisa y hubiéramos puesto demasiado esmero en empaquetarlo todo y ahora nos hiciera falta ocuparnos en alguna otra cosa.

—Tenemos bastante combustible, vamos a dar una vuelta —sugirió tía Ifeoma.

—Será un viaje de despedida por Nsukka —añadió Amaka con una sonrisa agridulce.

Nos apiñamos dentro del coche. Al girar en la facultad de ingeniería para tomar la carretera el vehículo se tambaleó; temí que fuera a meterse en la cuneta y tía Ifeoma no obtuviera la suma más que razonable que un lugareño le había ofrecido por el vehículo. De todas formas, nos había dicho que el dinero del coche solo le alcanzaría para pagar el billete de Chima, que valía la mitad de uno normal.

Desde el sueño de la noche anterior, tenía la sensación de que algo importante iba a ocurrir. Seguro que el padre Amadi volvía, eso era lo que iba a ocurrir. Tal vez la fecha de salida estuviera equivocada o hubiera decidido posponer el viaje. Así que mientras tía Ifeoma conducía, yo lo buscaba entre los coches que nos cruzábamos en la carretera, tratando de divisar el Toyota de color pastel.

Nos detuvimos al pie del monte Odim y tía Ifeoma dijo:

—Vamos a subir hasta la cima.

Estaba sorprendida. No sabía si tía Ifeoma había planeado la ascensión; más bien parecía haberlo dicho de forma impulsiva. Obiora propuso que comiéramos arriba y tía Ifeoma opinó que era una buena idea. Nos dirigimos en coche al centro y compramos *moi-moi* y botellines de Ribena en Eastern Shop; luego volvimos al monte. La subida resultó fácil porque había muchos senderos en zigzag. Se respiraba aire fresco y, de vez en cuando, se oía un crujido entre la hierba alta que bordeaba el camino.

—Son los saltamontes los que hacen ese ruido con las alas —explicó Obiora. Se detuvo junto a un hormiguero imponente, con estrías que recorrían el barro rojo como si fueran dibujos hechos expresamente—. Amaka, deberías pintar algo así —añadió, pero Amaka no respondió y empezó a subir corriendo hacia la cima.

Chima fue tras ella y Jaja también. Tía Ifeoma se me quedó mirando.

—¿A qué esperas?

Y dicho esto se remangó la túnica casi hasta la rodilla y salió corriendo detrás de Jaja.

Yo también empecé a avanzar con el viento silbándome en los oídos. Al correr me acordaba del padre Amadi, de la manera en que había posado los ojos en mis piernas desnudas. Pasé de largo a tía Ifeoma y también a Jaja y a Chima, y llegué a la cima casi al mismo tiempo que Amaka.

—¡Eh! —exclamó mirándome—. Deberías ser velocista.

Se dejó caer en la hierba con la respiración agitada. Me senté a su lado y aparté una araña diminuta de mi pierna. Tía Ifeoma había dejado de correr antes de llegar arriba.

—*Nne* —me dijo—. Te conseguiré un entrenador, ¿eh? El atletismo da mucho dinero.

Me eché a reír. Ahora me parecía muy fácil hacerlo, como tantas otras cosas. Jaja también se rió, y Amaka. Todos esperábamos a Obiora sentados en la hierba. Él se lo tomaba con calma; subía andando con algo en la mano que resultó ser un saltamontes.

—Tiene mucha fuerza —dijo—. Noto la presión de las alas.

Abrió el puño y contempló cómo el saltamontes echaba a volar.

Entramos con la comida en la edificación ruinosa encajonada al otro lado de la montaña. En su día debió de ser un almacén, pero las puertas y el techo habían sido volados durante la guerra civil años atrás, y así se había quedado. Tenía un aspecto fantasmagórico y no me hacía ninguna gracia quedarme allí a comer, aunque Obiora aseguró que la gente venía muy a menudo y tendía el mantel en el suelo carbonizado. Observó las pintadas de las paredes y leyó algunas en voz alta: «Obinna ama a Nnenna para siempre», «Emeka y Unoma lo hicieron aquí», «Chimsimdi y Obi son una sola persona en el amor».

Me sentí aliviada cuando tía Ifeoma anunció que comeríamos fuera, sentados en la hierba, ya que no habíamos traído la esterilla. Mientras saboreábamos el *moi-moi* y bebíamos Ribena, vi que un pequeño coche avanzaba lentamente por la carretera que circunvalaba la montaña. Traté de aguzar la vista para averiguar quién iba dentro, pero estaba muy lejos. La forma de la cabeza se parecía mucho a la del padre Amadi. Terminé de comer rápido, me limpié la boca con el dorso de la mano y me atusé el pelo; no quería tener mal aspecto cuando él apareciera.

Chima quiso bajar corriendo por el otro lado de la montaña, por donde no había demasiados senderos, pero tía Ifeoma dijo que resultaba muy empinado, así que él se sentó y se deslizó de culo por la pendiente. Tía Ifeoma le gritó:

—¡Lavarás los pantalones con tus propias manos! ¿Me oyes?

En cualquier otro momento le habría regañado bastante más y habría hecho que se detuviera. Nos quedamos sentados comiendo mientras lo contemplábamos deslizarse montaña abajo; el viento fresco hacía que nos lloraran los ojos.

El sol se había tornado rojizo y estaba a punto de ponerse cuando tía Ifeoma anunció que era hora de marcharnos. Mientras bajábamos con dificultad, me detenía de vez en cuando con la esperanza de que aún apareciera el padre Amadi.

Aquella noche, nos encontrábamos en la sala jugando a las cartas cuando sonó el teléfono.

—Amaka, por favor, contesta —le pidió tía Ifeoma, aunque ella estaba más cerca de la puerta.

—Seguro que es para ti, mamá —respondió Amaka sin levantar la vista de sus cartas—. Debe de ser uno de esos que pretende que nos deshagamos de todos nuestros platos y cacharros de cocina y, si me apuras, hasta la ropa interior que llevamos puesta.

Tía Ifeoma se levantó riéndose y se apresuró a coger el teléfono. No habíamos encendido el televisor y todos guardábamos silencio concentrados en el juego, así que oí claramente el grito que dio tía Ifeoma, un grito ahogado. Por un momento, recé por que la embajada estadounidense le hubiera revocado el visado, pero enseguida me arrepentí y le pedí a Dios que no tuviera en cuenta mi plegaria. Salimos corriendo hacia la habitación.

—*Hei, Chi m o! Nwunye m! Hei!*

Tía Ifeoma estaba de pie junto a la mesa, con la mano que le quedaba libre posada sobre la frente, como quien se encuentra en estado de conmoción. ¿Qué le había ocurrido a madre? Tía Ifeoma sostenía el auricular lejos de la oreja con la intención de pasárselo a Jaja, pero yo estaba más cerca y lo cogí. Me temblaba tanto la mano que en lugar de mantener el auricular en la oreja acabé apoyándomelo en la sien.

La suave voz de madre fluyó por la línea telefónica y enseguida me paralizó la mano temblorosa.

—Kambili, se trata de tu padre. Me han llamado de la fábrica. Lo han encontrado muerto sobre la mesa de su despacho.

Presioné el auricular con fuerza sobre mi oído.

—¿Eh?

—Se trata de tu padre. Me han llamado de la fábrica. Lo han encontrado muerto sobre la mesa de su despacho.

Las palabras de madre parecían una grabación. Seguro que a Jaja le diría exactamente lo mismo, en el mismo tono. Noté que los oídos se me licuaban. La había entendido perfectamente, había oído cómo decía que lo habían encontrado muerto sobre la mesa, pero aun así pregunté:

—¿Le han mandado una carta bomba? ¿Ha sido una carta bomba?

Jaja me arrancó el teléfono. Tía Ifeoma me guió hasta la cama. Me senté y me quedé con la mirada fija en el saco de arroz que había apoyado en la pared del dormitorio; sabía que iba a recordarlo siempre, la trama del yute marrón, las palabras ADADA GRANO LARGO impresas en él, la forma en que su peso descansaba sobre la pared, cerca de la mesa. Nunca había considerado la posibilidad de que padre muriera, de que pudiera llegar a morir. Él era distinto de Ade Coker y de toda aquella gente a la que habían matado. Parecía inmortal.

Me encontraba sentada en la sala, con Jaja, contemplando el espacio vacío en el que antes se ubicaba la estantería de cristal y las figuritas de bailarinas de ballet. Madre estaba arriba, recogiendo las cosas de padre. Había subido para ayudarla y me la había encontrado arrodillada en la alfombra mullida mientras sostenía los pantalones de pijama rojos contra su rostro. No levantó la cabeza al oírme entrar; me dijo «Ve, *nne*, ve abajo con tu hermano», con la voz amortiguada por el tejido de seda.

En el exterior, una lluvia sesgada caía a raudales y repiqueteaba con ritmo frenético en los cristales de las ventanas cerradas. Acabaría arrancando los anacardos y los mangos de los árboles que empezarían a pudrirse sobre la tierra mojada y luego despedirían aquel olor agridulce.

Las puertas de la finca estaban cerradas con llave. Madre le había ordenado a Adamu que no abriera a toda aquella gente que acudía en masa para el *mgbalu*, a darnos el pésame. Hasta les hicieron darse media vuelta a los miembros de nuestra *umunna* que habían venido desde Abba. Adamu dijo que aquello de echar así a los que venían a dar sus condolencias era algo insólito. Pero madre le replicó que quería llevar el duelo en privado y que todas aquellas personas podían marcharse a celebrar una misa por el descanso del alma de padre. Nunca había oído a madre hablarle así a Adamu; de hecho, nunca la había oído dirigirle la palabra.

—La señora dice que debéis tomar un poco de Bournvita —anunció Sisi entrando en la sala.

Llevaba una bandeja con las tazas en las que padre siempre tomaba el té. Noté el aroma de tomillo y curry impregnado en la piel de la mujer. Aunque acabara de tomar un baño, seguía oliendo igual. Sisi era la única que había llorado en la casa, había oído los profundos sollozos que rápidamente había ahogado ante nuestro silencio perplejo.

Cuando se marchó, me volví hacia Jaja y traté de hablarle con los ojos, pero él tenía la mirada perdida, como una ventana con los postigos cerrados.

—¿No tomas Bournvita? —le pregunté por fin.

Él negó con la cabeza.

—En esas tazas no. —Se removió en el asiento y añadió—: Tendría que haber cuidado de madre. Mira cómo Obiora sostiene en equilibrio la familia de tía Ifeoma sobre su cabeza, y yo soy mayor que él. Tendría que haber cuidado de ella.

—Es la voluntad del Señor —dije—. Los caminos del Señor son inescrutables.

Pensé en lo orgulloso que se habría sentido padre al oírme decir aquello, en cómo me habría mostrado su aprobación.

Jaja se echó a reír. Más bien pareció una serie de bufidos unidos en cadena.

—Claro. Por eso mira lo que le hizo a su fiel servidor Job, y a su propio hijo. ¿No te has preguntado nunca por qué? ¿Por qué tuvo que hacer morir a su hijo para salvarnos? ¿Por qué no nos salvó directamente?

Me quité las zapatillas. El suelo de mármol estaba fresco y aliviaba el calor de mis pies. Quería decirle a Jaja que notaba en los ojos el cosquilleo de las lágrimas contenidas; que aún esperaba, aún deseaba oír, los pasos de padre en la escalera; que con mucho dolor mi ser se había hecho pedazos por dentro y que nunca sería capaz de recomponerlo porque los lugares en los que encajaban los pedazos habían desaparecido. Pero, en vez de eso, dije:

—Santa Inés estará llena para el funeral.

Jaja no respondió.

El teléfono empezó a sonar. Sonó durante mucho tiempo; quienquiera que llamara lo hizo varias veces antes de que madre contestara. Poco después, entró en la sala. La túnica mal atada alrededor de su cuerpo le quedaba demasiado escotada y dejaba al descubierto la mancha de nacimiento —un pequeño lunar negro— en la parte superior de su pecho izquierdo.

—Le han hecho la autopsia —anunció—. Han encontrado el veneno en el cuerpo de vuestro padre.

Lo dijo como si supiéramos con antelación que en el cuerpo de padre había veneno, como si lo hubiéramos puesto allí para que lo encontraran, igual que en los libros que había leído en que los blancos escondían los huevos de Pascua para que sus hijos los hallaran.

—¿Veneno? —pregunté.

Madre se arregló la túnica y se acercó a la ventana. Apartó las cortinas y comprobó que las lamas de las persianas estuvieran cerradas para que la lluvia no salpicara el interior de la casa. Sus movimientos eran tranquilos y lentos. Cuando habló, su voz resultó igual de tranquila y de lenta.

—Empecé a echarle veneno en el té antes de venir a Nsukka. Sisi me lo consiguió; tiene un tío que es un hechicero muy poderoso.

Durante un largo silencio, no pude pensar en nada. Tenía la mente en blanco, toda yo estaba en blanco. Entonces me acordé de los sorbos que dábamos al té de padre, los sorbos de amor, y del líquido hirviente que me hacía sentir su amor ardiente en la lengua.

—¿Por qué se lo echaste en el té? —le pregunté a madre levantándome. Hablaba muy alto, casi a voz en grito—. ¿Por qué en el té?

Pero madre no respondió. Ni siquiera cuando me acerqué y la zarandeé hasta que Jaja me obligó a soltarla. Ni siquiera cuando Jaja me rodeó con sus brazos y se giró para incluirla a ella también, pero se retiró.

La policía llegó pocas horas después. Dijeron que querían hacernos algunas preguntas. Alguien del hospital de Santa

Inés había contactado con ellos y llevaban una copia del informe de la autopsia. Jaja no les dio lugar a preguntar nada; les dijo que había utilizado matarratas, que se lo había echado a padre en el té. Aún le permitieron cambiarse de camisa antes de llevárselo.

UN SILENCIO DISTINTO

El presente

Conozco muy bien el camino que conduce a la prisión. Conozco las casas y las tiendas, los rostros de las mujeres que venden naranjas y plátanos justo antes de doblar para tomar la carretera llena de baches que lleva hasta el patio.

—¿Quieres comprar naranjas, Kambili? —pregunta Celestine reduciendo al mínimo la velocidad del coche al tiempo que los vendedores ambulantes nos hacen señas con las manos y nos llaman.

Tiene una voz dulce. Madre dice que esa es la razón por la que lo contrató después de pedirle a Kevin que se marchara. Eso y el hecho de que no tenga una cicatriz en forma de daga en la nuca.

—Con lo que llevamos en el maletero será suficiente —respondo. Me vuelvo hacia madre—. ¿Quieres que compremos algo?

Madre niega con la cabeza y el pañuelo se le resbala. Ella lo coge y se lo ata de nuevo, de manera tan suelta como antes. También lleva la túnica demasiado suelta y se la ata a menudo, una y otra vez; se parece a las mujeres de aspecto descuidado que hay en el mercado de Ogbete, que dejan que se les deshaga el nudo de la túnica para que todo el mundo vea su ropa interior llena de agujeros.

No parece importarle mucho su aspecto, ni siquiera parece darse cuenta. No ha vuelto a ser la misma desde que encerraron a Jaja, desde que empezó a ir por ahí diciéndole a la gente que ella había matado a padre, que le había echado veneno en el té. Incluso llegó a escribir cartas a los periódicos. Pero nadie le hizo caso, y siguen sin hacérselo. Dicen que el dolor y la negación —a creer en la muerte de padre y en que su hijo se encuentre en prisión– la han convertido en este calamitoso saco de huesos revestido de una piel llena de espinillas del tamaño de una pepita de sandía. Tal vez ese sea el motivo de que la hayan perdonado por no ir vestida toda de negro o toda de blanco el primer año. Tal vez ese sea el motivo de que nadie la criticara al no asistir a las misas del primer y del segundo aniversario, y por no haberse cortado el pelo.

–Trata de atarte mejor el pañuelo, madre –le dije, volviéndome hacia ella para tocarle el hombro.

Madre se encogió de hombros sin dejar de mirar por la ventanilla.

–Ya está bien así.

Celestine nos mira por el retrovisor. Tiene la mirada dulce. Una vez me propuso que lleváramos a madre a visitar a un *dibia* de su pueblo, un experto en «este tipo de cosas». No estaba segura de a qué se refería Celestine con «este tipo de cosas», de si estaba insinuando que madre estaba loca, pero le di las gracias y le dije que ella no querría. Lo hace con buena intención. Me he fijado en cómo mira a veces a madre y en cómo la ayuda a salir del coche; sé que le gustaría serlo todo para ella.

Madre y yo casi nunca venimos juntas a la prisión. Normalmente, Celestine me trae un día o dos antes que a ella, una vez por semana. Creo que ella lo prefiere así. Pero hoy es un día distinto, especial… Por fin nos han asegurado que Jaja va a salir.

Después de que el jefe de Estado muriera hace unos meses (dicen que murió encima de una prostituta, echando espuma por la boca y sacudiéndose) pensamos que el indulto de Jaja sería inmediato, que los abogados resolverían las cosas enseguida. En especial con las manifestaciones de los grupos prodemocráticos que pedían una investigación de la muerte de padre por parte del Estado e insistían en que fue víctima del antiguo régimen. Pero pasaron unas semanas antes de que el gobierno civil provisional anunciara que iba a liberar a todos los presos políticos, y algunas semanas más antes de que nuestros abogados consiguieran que Jaja apareciera en la lista. Su nombre es el cuarto de una lista de más de doscientos. Saldrá la semana que viene.

Ayer nos lo dijeron dos de nuestros abogados más recientes; los dos ostentan el prestigioso SAN (Senior Advocate of Nigeria) detrás del nombre. Vinieron a casa a traer las noticias y una botella de champán con una cinta rosa. Después de que se marcharan, madre y yo no volvimos a hablar de ello. Las dos llevábamos dentro, sin compartirla, la misma y reciente sensación de paz, de esperanza; por primera vez algo concreto.

Hay muchas cosas de las que madre y yo no hablamos. No lo hacemos acerca de los importantes cheques que hemos firmado para sobornar a los jueces, a los policías y a los vigilantes de la prisión, ni tampoco acerca de la cantidad de dinero que poseemos incluso después de que la mitad de la herencia de padre fuera a parar a Santa Inés y a promover las misiones de la Iglesia. Nunca hemos hablado del descubrimiento de que padre había hecho donaciones anónimas a los hospitales infantiles y a los orfanatos y también a los veteranos discapacitados de la guerra civil. Aún hay muchas cosas que no decimos con la voz, que no expresamos con palabras.

–Por favor, pon la cinta de Fela, Celestine –le pido, recostándome en el asiento.

La voz aguda llena el coche. Me vuelvo para ver si a madre le importa, pero ella tiene la mirada fija en el asiento delantero. Dudo que oiga nada. La mayoría de sus respuestas consisten en asentir o negar con la cabeza, y me pregunto si en realidad ha oído la pregunta. Solía pedirle a Sisi que hablara con ella porque se pasaban horas juntas, sentadas en el salón, pero ella me decía que no le respondía, que se limitaba a sentarse y mirar. Cuando Sisi se casó el año pasado, madre le regaló cajas y cajas llenas de porcelana china y Sisi se sentó en el suelo de la cocina y estalló en llanto mientras madre la miraba. Ahora Sisi viene de vez en cuando para instruir al nuevo mayordomo, Okon, y para preguntarle a madre si necesita algo. Normalmente madre dice que no, se limita a negar con la cabeza mientras se balancea.

El mes pasado, cuando le comenté que iba a ir a Nsukka, no dijo nada, ni siquiera me preguntó por qué, ya que actualmente no conozco a nadie en Nsukka. Se limitó a asentir. Celestine me acompañó; llegamos hacia el mediodía, justo cuando el sol se tornaba abrasador, aquel sol que había imaginado que podía secarle a uno hasta la médula. Gran parte del césped de la universidad está ahora lleno de maleza; las altas briznas se elevan como flechas de color verde. La estatua del león de pecho henchido ya no reluce.

Le pregunté a la familia que vivía en el piso de tía Ifeoma si me daban permiso para entrar y, aunque me miraron con extrañeza, me hicieron pasar y me ofrecieron un vaso de agua. Dijeron que estaría caliente porque habían cortado la corriente. Las hojas del ventilador del techo estaban llenas de bolas de polvo, lo cual me hizo deducir que hacía bastante tiempo que estaban sin electricidad porque si no el polvo se hubiera volado al dar vueltas. Me bebí toda el agua y me senté en un sofá con agujeros irregulares a ambos lados. Les di la fruta que había comprado en Ninth Mile y me disculpé porque el calor del maletero había hecho ennegrecer los plátanos.

De camino a Enugu, me reí a carcajadas, por encima de la voz de Fela. Reía porque las carreteras sin asfaltar de Nsukka llenaban los coches de polvo durante el harmatán y de barro pringoso durante la estación de las lluvias. Porque las carreteras asfaltadas ocultaban baches como si fueran regalos sorpresa, y porque el aire olía a montaña y a historia, y porque el sol bañaba la arena y la hacía parecer polvo dorado. Porque Nsukka tenía el poder de liberar algo atrapado en el fondo del estómago que subía hasta la garganta y surgía en forma de canción de libertad. En forma de risa.

—Ya hemos llegado —anuncia Celestine.

Estamos en el recinto de la prisión. Las lóbregas paredes están cubiertas de antiestéticas manchas de un moho verde azulado. Jaja vuelve a estar en su antigua celda, tan abarrotada que algunos presos tienen que permanecer de pie para que los demás puedan tumbarse. Su inodoro consiste en una bolsa de plástico de color negro, y cada tarde se pelean por decidir quién va a sacarla porque para esa persona significa ver la luz del sol durante un corto espacio de tiempo. Jaja me contó que no siempre los hombres se preocupan de usarla, en especial los que están enfadados. Dice que no le importa dormir con ratones o cucarachas, pero sí que le molesta tener las heces de otro hombre en la cara. Hasta el mes pasado se encontraba en una celda mejor, una para él solo con libros y un colchón, porque nuestros abogados sabían a quién tenían que sobornar. Pero después de que le hubiera escupido a la cara a un vigilante sin motivo alguno los guardianes lo trajeron aquí, tras quitarle la ropa y azotarle con *koboko*. Aunque no me creo que Jaja sea capaz de hacer algo así sin que lo provoquen, no cuento con ninguna otra versión de la historia porque Jaja no me ha hablado de ello. Ni siquiera me ha enseñado los verdugones que tiene en la espalda, aquellos que el doctor al que sobornamos para que entrara a visitarlo dice que son largos y están hinchados como salchichas. Pero puedo ver otras partes de Jaja, las que no necesita enseñarme, como los hombros.

Aquellos hombros que crecieron en Nsukka, que se hicieron anchos y fuertes, se han encogido en los treinta y un meses que lleva en prisión. Casi tres años. Suponiendo que alguien hubiera dado a luz cuando Jaja entró aquí, a estas alturas el bebé se habría convertido en un niño que hablaría, y que iría a la guardería. A veces lo miro y me echo a llorar y él hace un gesto de indiferencia y me cuenta que Oladipupo, el jefe de su celda (tienen una especie de sistema jerárquico), lleva esperando el juicio ocho años. El estatus oficial de Jaja durante todo este tiempo ha sido «en espera de juicio».

Amaka solía escribirle al jefe de Estado, incluso al embajador de Nigeria en Estados Unidos, para quejarse de la precaria situación de la justicia en Nigeria. Dijo que nadie había acusado recibo de las cartas, pero que para ella era importante hacer algo. En las que le envía a Jaja, nunca le cuenta nada de eso. Yo las leo; están escritas en un tono simpático y natural. En ellas no menciona a padre y apenas la prisión. En la última, le contaba que una revista estadounidense secular hablaba de Aokpe; el articulista parecía poco partidario de creer que la Virgen María pudiera aparecerse en alguna parte, cuando menos en Nigeria, con tanta corrupción y tanto calor. Amaka decía que había escrito a la revista para dar su opinión. No esperaba menos de ella, desde luego.

Dice que ella entiende por qué Jaja no escribe, ¿qué iba a contar? Tía Ifeoma no le escribe a Jaja, pero le envía cintas con sus voces grabadas. A veces él me deja poner alguna en mi magnetófono cuando voy a visitarlo y otras veces me pide que no lo haga. Tía Ifeoma sí que nos escribe a madre y a mí. Nos explica cosas de sus dos trabajos, uno en una escuela universitaria y otro en una farmacia, o más bien en uno de aquellos establecimientos en los que se venden medicamentos, periódicos y otros artículos.

Nos escribe acerca de lo enormes que son los tomates y de lo barato que está el pan. Pero la mayoría de las veces escribe sobre cosas que añora y que anhela, como si tratara de ignorar el presente para refugiarse en el pasado y el futuro. Algunas de las cartas siguen y siguen hasta que la tinta se vuelve borrosa y no estoy segura de lo que pone. Una vez escribió: «Hay gente que cree que no somos capaces de gobernarnos porque las pocas veces que lo hemos intentado hemos fracasado, como si todos los otros que se gobiernan a sí mismos lo hubieran hecho bien a la primera. Eso es igual que pedirle a un niño que empieza a andar y que se cae de culo que se quede así para siempre; como si los adultos que pasan por su lado no se hubieran desplazado nunca a gatas».

Aunque me interesaba mucho lo que decía, tanto que acabé memorizando casi todo el texto, aún no sé por qué me contaba a mí esas cosas.

Las de Amaka suelen ser igual de largas y nunca deja de hablarme, ni en una sola de sus cartas, de que todo el mundo está engordando, de que a Chima la ropa se le queda pequeña en un mes. Por supuesto, no han sufrido ningún corte de luz y no les falta agua caliente, pero cuenta que ya no se ríen porque no tienen tiempo, porque apenas se ven los unos a los otros. Las cartas de Obiora son las más alegres y, también, las más irregulares. Ha obtenido una beca para estudiar en una escuela privada en la que, según dice, por desafiar a los profesores lo elogian en lugar de castigarlo.

—Déjame a mí —dice Celestine.

Ha abierto el maletero y estoy a punto de sacar la bolsa de plástico llena de fruta y la de tela con comida y platos.

—Gracias —le respondo, haciéndome a un lado.

Celestine lleva las bolsas y va delante de mí al entrar en la prisión. Madre va la última. El policía de la recepción tiene un palillo en la boca. Sus ojos tienen aspecto ictérico, son tan amarillos que parecen teñidos. En el mostrador solo hay un teléfono negro, un cuaderno de registro de entrada grueso y destrozado y una pila de relojes, pañuelos y cadenas acumulados en un extremo.

—¿Cómo está, hermana? —me dice siempre al verme, con una sonrisa de oreja a oreja, aunque sus ojos están fijos en la bolsa que lleva Celestine—. ¡Ah! ¿Hoy vienen con la señora? Buenas tardes, señora.

Yo le sonrío y madre asiente con vacuidad. Celestine pone la bolsa de fruta en el mostrador, frente al vigilante. Dentro hay una revista que contiene un sobre con un fajo de *nairas*, recién sacado del banco.

El hombre deja el palillo y coge la bolsa. Esta desaparece detrás del mostrador. Luego nos conduce a madre y a mí a una habitación sin ventilación y bancos a ambos lados de una mesa baja.

—Una hora —masculla antes de salir.

Nos sentamos del mismo lado de la mesa, lo bastante lejos para no tocarnos. Sé que enseguida aparecerá Jaja y trato de prepararme. No me acostumbro a verlo aquí, ni siquiera después de tanto tiempo. Y aún me resulta más duro con madre sentada a mi lado. Será difícil esta vez, ya que por fin tenemos buenas noticias y las emociones que solemos contener se están desvaneciendo para dar lugar a otras nuevas. Respiro hondo y retengo el aire.

«Jaja saldrá pronto», me escribía el padre Amadi en su última carta, que aún llevo doblada dentro del bolso. «Tienes que creer en ello.» Y yo lo creía, creía lo que él me decía, aunque no teníamos noticias de los abogados y no estábamos seguros. Creo en lo que dice el padre Amadi, en el trazo firme e inclinado de su letra. «Palabra de Dios, te alabamos Señor.»

Siempre llevo conmigo su última carta, hasta que me llega una nueva. Cuando le conté a Amaka lo que hacía, ella me respondió burlona que estaba enamoriscada del padre Amadi y dibujó una cara sonriente. Pero la verdad es que no llevo sus cartas conmigo porque esté enamoriscada de él; lo cierto es que en ellas hay muy pocas muestras de cariño. Firma con un simple «como siempre» y nunca me responde sí o no cuando le pregunto si es feliz. La respuesta es que irá a donde el Señor lo envíe. Apenas me escribe acerca de su nueva vida, excepto para explicarme pequeñas anécdotas como la de la mujer alemana que se niega a estrecharle la mano porque no cree que un negro tenga derecho a ser su sacerdote, o la de la viuda adinerada que insiste en que cene con ella cada noche.

Sus cartas me calan muy hondo. Las llevo conmigo porque son largas y están escritas con mucho detalle, porque me recuerdan mi valía, porque me llegan al alma. Hace unos meses, me escribió que no quería que pensara en los porqués, que a veces ocurren cosas para las que no podemos encontrar un porqué, para las que los porqués simplemente no existen y tal vez no sean necesarios. No mencionaba a padre (casi nunca lo menciona en sus cartas) pero sabía que se refería a él, sabía que estaba removiendo todo lo que yo no era capaz de remover en mi interior.

Y también las llevo conmigo porque me conceden armonía. Amaka dice que la gente se enamora de los sacerdotes por el gusto de competir con Dios, porque les tienta tener a Dios como rival. Pero Dios y yo no somos rivales, tan solo compartimos algo. Ya no me pregunto si tengo derecho a querer al padre Amadi; me limito a seguir adelante con mi amor. Ni me pregunto si los cheques que he enviado a los Padres Misioneros o al Camino Sagrado representan un soborno para Dios; me limito a seguir enviándolos. Tampoco me pregunto si he elegido San Andrés como mi nueva iglesia en Enugu porque el sacerdote es padre misionero del Camino Sagrado, como el padre Amadi; simplemente voy.

—¿Hemos traído los cuchillos? —pregunta madre. Habla en voz alta.

Saca el bote cilíndrico lleno de arroz *jollof* y pollo. Coloca un bonito plato de porcelana china, como si se tratara de poner una mesa lujosa, de la forma en que Sisi solía hacerlo.

—Madre, a Jaja no le hacen falta cuchillos —digo.

Ella ya sabe que Jaja come directamente del bote, pero aun así siempre trae un plato y cada semana elige un color y un motivo diferentes.

—Deberíamos haberlos traído, para que pueda cortar la carne.

—No corta la carne, solo se la come.

Le sonrío a madre y estiro el brazo para tocar el suyo, para tranquilizarla.

Coloca una cuchara y un tenedor plateados muy brillantes en la mesa incrustada de suciedad y se aleja para contemplar la disposición. La puerta se abre y entra Jaja. Lleva la camiseta nueva que le traje hace solo dos semanas, pero ya está llena de manchurrones oscuros, como de zumo de anacardo, de los que nunca desaparecen. De niños nos comíamos los anacardos con la cabeza inclinada sobre la fruta para que el abundante zumo no fuera a parar a nuestra ropa. Sus pantalones cortos terminan muy por encima de las rodillas y acabo por apartar la vista de las costras que tiene en los muslos. No nos levantamos a abrazarlo porque sabemos que él no quiere.

—Buenas tardes, madre. Kambili, *ke kwanu?* —nos saluda.

Destapa el bote de comida y empieza a comer. Noto que madre tiembla a mi lado, y como no quiero que se desmorone, me apresuro a hablar. Tal vez el sonido de mi voz frene sus lágrimas.

—Los abogados conseguirán que salgas la semana que viene.

Jaja se encoge de hombros. Incluso en el cuello tiene la piel cubierta de costras secas, hasta que se las rasca y brota el pus amarillento. Madre le ha puesto todo tipo de ungüentos, pero ninguno parece haberle ido bien.

—En esta celda hay muchos personajes interesantes —dice Jaja.

Se come el arroz a cucharadas tan rápido como puede. Tiene la boca repleta, como si se la hubiera llenado de guayabas verdes enteras.

—Me refiero a salir de la prisión, Jaja, no de la celda —le expliqué.

Él deja de masticar y me mira en silencio con esos ojos que se han ido endureciendo mes a mes, durante todo el tiempo que ha pasado aquí. Ahora se parecen al tronco de una palmera, inflexibles. Me pregunto si de verdad hubo un tiempo en que practicábamos el *asusu anya*, el lenguaje de los ojos, o si eran imaginaciones mías.

—Saldrás de aquí la semana que viene —le digo—. Volverás a casa.

Tengo ganas de cogerle la mano, pero sé que se soltaría. Sus ojos contienen un sentimiento de culpa demasiado grande para verme, para ver su reflejo en los míos, el reflejo de mi héroe, del hermano que siempre trató de protegerme lo mejor que pudo. Nunca creerá que ha hecho suficiente, y nunca llegará a entender que no creo que debiera haber hecho más.

—No comes —observa madre.

Jaja coge la cuchara y empieza a engullir la comida de nuevo. El silencio nos rodea, pero esta vez es un silencio diferente, que me deja respirar. A veces tengo pesadillas, sueño con el otro silencio, con el de la época en la que padre vivía. En mis pesadillas, se mezcla con la vergüenza y la pena profunda, y con tantos otros sentimientos para los que no tengo palabras; y todo junto forma lenguas de fuego azul que reposan sobre mi cabeza, como Pentecostés, hasta que me despierto chillando y empapada en sudor. No le he contado a Jaja que cada domingo ofrezco una misa en memoria de padre, que deseo verlo en mis sueños, tanto que a veces los creo yo misma cuando no estoy ni dormida ni despierta. En ellos veo a padre, él se acerca para abrazarme y yo también trato de abrazarlo, pero nuestros cuerpos no llegan a tocarse porque algo me sobresalta, y entonces me doy cuenta de que ni siquiera soy capaz de controlar los sueños que creo yo misma. Hay muchas cosas que Jaja y yo aún guardamos en silencio. Tal vez con el tiempo hablemos más, o tal vez nunca seamos capaces de contarlas todas, de envolver con palabras esos sentimientos que han estado desnudos tanto tiempo.

—No te has atado bien el pañuelo, madre —observa Jaja.

Me lo quedo mirando asombrada. Jaja nunca se ha fijado en lo que la gente lleva puesto. Madre se lo desata y se lo vuelve a atar a toda prisa, y esta vez lo hace con dos nudos muy fuertes en la nuca.

—¡Se acabó el tiempo! —El vigilante entra en la sala.

Jaja pronuncia un breve y distante «Ka o di», sin mirarnos a los ojos, antes de dejar que el vigilante se lo lleve.

—Tenemos que ir a Nsukka cuando Jaja salga —le digo a madre mientras salimos de la sala.

Ahora ya puedo hablar del futuro.

Madre se encoge de hombros sin decir nada. Camina despacio; su cojera se ha vuelto más pronunciada y a cada paso su cuerpo se tambalea de un lado al otro. Estamos cerca del coche cuando se vuelve hacia mí y me dice:

—Gracias, *nne*.

Es una de las pocas veces en los últimos tres años en que ha dicho algo sin que antes le hayan dirigido la palabra. No quiero plantearme por qué me ha dado las gracias o qué quiere decir. Tan solo sé que, de repente, ya no noto el olor a humedad y a orina del patio de la prisión.

—Primero llevaremos a Jaja a Nsukka y luego iremos a Estados Unidos a visitar a tía Ifeoma —concluyo—. Cuando volvamos, plantaremos naranjos nuevos en Abba y Jaja también plantará hibisco púrpura. Yo plantaré ixora para luego libar el jugo de las flores.

Me río y le paso el brazo por el hombro a madre; ella se apoya en mí y sonríe.

Por encima de nosotras, las nubes de algodón teñido penden tan bajas que tengo la sensación de poder estirar el brazo y alcanzar su humedad al apretar la mano. Pronto llegarán las nuevas lluvias.

AGRADECIMIENTOS

A Kenechukwu Adichie, mi hermano pequeño y mi mejor amigo, lector de los borradores y remitente de historias, por compartir cada «no» inicial, por hacerme reír.

A Tokunbo Oremule, Chisom y Amaka Sony-Afoekelu, Chinedum Adichie, Kamsiyonna Adichie, Arinze Maduka, Ijeoma y Obinna Maduka, Uche y Sony Afoekelu, Chukwunwike y Tinuke Adichie, Okechukwu Adichie, Nneka Adichie Okeke, Bee y Uju Egonu y Urenna Egonu, más hermanas que amigas, por demostrarme que el agua puede resultar tan espesa como la sangre; por acertar, siempre.

A Charles Methot, por tan sólida presencia.

A Ada Echetebu, Binyavanga Wainaina, Arinze Ufoeze, Austin Nwosu, Ikechukwu Okorie, Carolyn DeChristopher, Nnake Nweke, Amaechi Awurum, Ebele Nwala, por anunciarme a bombo y platillo.

A Antonia Fusco, por editar con tanta lucidez y afecto, por aquella llamada telefónica que me hizo dar saltos de alegría.

A Djana Pearson Morris, mi agente, por creer en mi proyecto.

A la gente y al espíritu de la Stonecoast Writers' Conference, verano de 2001, por aquella gran ovación acompañada de silbidos.

A todos los amigos, por hacerme creer que me entendían cuando no les devolvía las llamadas.

Gracias. *Dalu nu.*

ÚLTIMOS TÍTULOS PUBLICADOS

Milagro en Haití, Rafael Gumucio
El primer hombre malo, Miranda July
Cocodrilo, David Vann
Todos deberíamos ser feministas, Chimamanda Gnozi Adichie
Los desposeídos, Szilárd Borbély
Comisión de las Lágrimas, António Lobo Antunes
Una sensación extraña, Orhan Pamuk
El Automóvil Club de Egipto, Alaa al-Aswany
El santo, César Aira
Personae, Sergio De La Pava
El buen relato, J. M. Coetzee y Arabella Kurtz
Yo te quise más, Tom Spanbauer
Los afectos, Rodrigo Hasbún
El año del verano que nunca llegó, William Ospina
Soldados de Salamina, Javier Cercas
Nuevo destino, Phil Klay
Cuando te envuelvan las llamas, David Sedaris
Campo de retamas, Rafael Sánchez Ferlosio
Maldita, Chuck Palahniuk
El 6º continente, Daniel Pennac
Génesis, Félix de Azúa
Perfidia, James Ellroy
A propósito de Majorana, Javier Argüello
El hermano alemán, Chico Buarque
Con el cielo a cuestas, Gonzalo Suárez
Distancia de rescate, Samanta Schweblin
Última sesión, Marisha Pessl

Doble Dos, Gonzálo Suárez
F, Daniel Kehlmann
Racimo, Diego Zúñiga
Sueños de trenes, Denis Johnson
El año del pensamiento mágico, Joan Didion
El impostor, Javier Cercas
Las némesis, Philip Roth
Esto es agua, David Foster Wallace
El comité de la noche, Belén Gopegui
El Círculo, Dave Eggers
La madre, Edward St. Aubyn
Lo que a nadie le importa, Sergio del Molino
Latinoamérica criminal, Manuel Galera
La inmensa minoría, Miguel Ángel Ortiz
El genuino sabor, Mercedes Cebrián
Nosotros caminamos en sueños, Patricio Pron
Despertar, Anna Hope
Los Jardines de la Disidencia, Jonathan Lethem
Alabanza, Alberto Olmos
El vientre de la ballena, Javier Cercas
Goat Mountain, David Vann
Americanah, Chimamanda Ngozi Adichie
La parte inventada, Rodrigo Fresán
El camino oscuro, Ma Jian
Pero hermoso, Geoff Dyer
La trabajadora, Elvira Navarro
Constance, Patrick McGrath
La conciencia uncida a la carne, Susan Sontag
Sobre los ríos que van, António Lobo Antunes
Constance, Patrick McGrath
La trabajadora, Elvira Navarro
El camino oscuro, Ma Jian
Pero hermoso, Geoff Dyer
La parte inventada, Rodrigo Fresán
Americanah, Chimamanda Ngozi Adichie
Goat Mountain, David Vann

Tercer libro de crónicas, António Lobo Antunes
La vida interior de las plantas de interior, Patricio Pron
El alcohol y la nostalgia, Mathias Énard
El cielo árido, Emiliano Monge
Momentos literarios, V. S. Naipaul
Los que sueñan el sueño dorado, Joan Didion
Noches azules, Joan Didion
Las leyes de la frontera, Javier Cercas
Joseph Anton, Salman Rushdie
El País de la Canela, William Ospina
Ursúa, William Ospina
Todos los cuentos, Gabriel García Márquez
Los versos satánicos, Salman Rushdie
Yoga para los que pasan del yoga, Geoff Dyer
Diario de un cuerpo, Daniel Pennac
La guerra perdida, Jordi Soler
Nosotros los animales, Justin Torres
Plegarias nocturnas, Santiago Gamboa
Al desnudo, Chuck Palahniuk
El congreso de literatura, César Aira
Un objeto de belleza, Steve Martin
El último testamento, James Frey
Noche de los enamorados, Félix Romeo
Un buen chico, Javier Gutiérrez
El Sunset Limited, Cormac McCarthy
Aprender a rezar en la era de la técnica, Gonçalo M. Tavares
El imperio de las mentiras, Steve Sem Sandberg
Fresy Cool, Antonio J. Rodríguez
El tiempo material, Giorgio Vasta
¿Qué caballos son aquellos que hacen sombra en el mar?, António
    Lobo Antunes
El rey pálido, David Foster Wallace
Canción de tumba, Julián Herbert
Parrot y Olivier en América, Peter Carey
La esposa del tigre, Téa Obreht
Ejército enemigo, Alberto Olmos